U0017121

倖存者，如我們

we, the survivors

歐大旭
Tash
Aw

獻給法蘭西斯（Francis）

我們在這裡受到了第一擊：

這種打擊是如此陌生且毫無意義，

因此我們感受不到痛苦，身體和精神方面皆然。

只剩一種全然的詫異：

一個人怎麼會沒發怒就去打另一個人呢？

普利摩・李維（Primo Levi）

《如果這是一個人》（*If This is a Man*）

CONTENTS

導讀

那就是羞恥聽起來的聲音？

關於歐大旭的《倖存者，如我們》

吳明益

那時我才明白，母親編故事的用意並不是要安慰我，而是想讓自己安心。她越對我、阿王或任何想聽的人重複講述，我就越清楚她必須堅信那些故事是真實的——父親仍然在我們的生活中，我們的未來一片光明……。

——歐大旭《倖存者，如我們》

我在學校開設「世界文學選讀」時出過一個作業，要學生試著繪製一幅他們自己所閱讀過作品的「地圖」。地圖無奈得有邊界，比較方便的一種邊界便是國界。於是，便有學生會這麼問我：那柯慈（J. M. Coetzee）要算在哪裡？魯西迪（Ahmed Salman Rushdie）呢？那些移民作家呢，那些暫時「在他鄉寫作」（借用哈金的書名 *The Writer as Migrant*）的作者呢？

要給個粗糙的答案並不困難，但追究這些「國籍變換」、「族裔和所在國家的關係」、「移民或流亡」……原因各異的作家背景後，我們可以發現，通例式的答案並不存在。在這個全球流動，而且流動的原因如此多元的時代，我們不能不關注到個別例子之間的微妙微小差異。

歐大旭（Tash Aw）出生於臺北，但父母均為馬來西亞籍的華裔，二歲後他便隨雙親返回吉隆坡，這使得他從小便中、粵、英、馬來語混合使用。中學畢業後歐大旭赴英國習法，並取得律師資格，如果放在英國電視臺的「新住民」節目裡（假如有的話），就是典型的正面移民範例。但歐大旭對文學心存嚮往，於是進入東安格利亞大學（University of East Anglia）著名的創作課程就讀。這個屬於文學、戲劇暨創意書寫學院（SCHOOL OF LITERATURE, DRAMA AND CREATIVE WRITING）的課程從一九七〇年代就開始了，石黑一雄、伊恩·麥克尤恩（Ian McEwan）都是校友。在學程結束時，歐大旭創作的《和諧絲莊》（*Harmony Silk Factory*）讓他備受矚目，因為這部初試啼聲之作，讓他獲得了英國惠特布列（Whitbread）首部小說獎、大英國協作家獎「東南亞與南太平洋區第一本書獎」（Commonwealth Writers' Prize），並且入圍了數個重要文學大獎。從律師到作家，這不僅是新住民的典範，說不定也暗示了我們作家這行因為寫的正是人性，好的寫作者如果從其他行業轉向寫作，往往能展示另一種「心眼」。

《和諧絲莊》以日軍侵略馬來西亞的戰爭為背景，被視為是一本後殖民小說，對英國殖民的經濟剝削、日本帝國的血腥統治有直接的描寫，也同時寫到了被殖民者長期受殖民後的心態。《沒有地圖的世界》（*Map of the Invisible World*）則以戰後的印尼尋求自己民族國家的定位，因而與馬來西亞產生的各種較勁與互動作為主軸。歐大旭在國際文壇上再獲矚目的是《五星豪門》（*Five Star Billionaire*），透過五個角色的生命交織，寫下他們來到中國上海尋找金錢、愛情與中國夢的故事。而這本《倖存者，如我們》（*We, The Survivors*）則把時間設定在「當代」，敘事地當下大約是二〇一八年前後，一個網路社群媒體活躍的時代。二〇一八的前一年發生了羅興亞難民危機，二〇一八發生了馬來西亞有史以來競爭最激烈的一場選舉，選擇這個年分應該不是偶然。（以下會提及小說的某些情節）

從敘事結構來說，這本小說都是李福來（Lee Hock Lye，英文名是 Jayden Lee，通常大家叫他阿福）的第一人稱，但因其情境不同，略有差別，差別在於他訴說的情境。小說裡的主要聆聽對象是留美的社會學博士譚素敏（Tan Su-Min），譚素敏因為教授的推薦，回馬來西亞針對殺人案的案例進行田野調查，她選上了犯下了殺人案的阿福。當她寫信徵詢阿福的同意時，在信件中表示自己想用「非正式的方式跟你談，描寫出你這個人。」

於是，小說裡的一個聲腔是「阿福對譚素敏說的自白」，另一部分則不一定是在面對譚素敏的時候，敘述加入了「阿福對譚素敏的觀察與反應」。這兩個有著微妙差異的第一人稱，就此凸顯出人心的複雜，以及水面上與水面下的心理狀態。

阿福是成長於一個叫做「雙溪由新村」（Bagan Sungai Yu）的小漁村的孩子，這個「地方」顯示的不只是地方，還有眾人看待某個地方出身的人時不一樣的心理距離。他說：

「不是所有法庭文件上寫的瓜拉雪蘭莪（Kuala Selangor）。這兩個地方是由雪蘭莪河（Selangor River）的一個急彎處分隔，其中有些地方只相距四、五十英尺，而那一小段距離偶爾卻感覺像是區分了兩座大陸的海洋。現今，兩地間有了橋梁跟平坦的柏油路，人們還以為它們是同一個地方：瓜拉雪蘭莪。我拿起報紙，讀到河邊防波堤上有新建海鮮餐廳的文章時，看著照片裡那些來自吉隆坡的一日旅客享用週日午餐，不禁會想：那裡又不是瓜拉雪蘭莪，那是我的村莊。不過事情都是這樣發展的：大的吞併小的，所有事物都會變成某個事物的一部分。我只是覺得很有趣：在我還小的時候，就算是小學，我們也得搭渡船到城裡，或是騎腳踏車好幾英里遠，繞過河流的彎曲處，等我們到達對岸時，就會覺得那裡是個繁忙的重要地帶，讓我以為自己是在東京或紐約。**妳現在手機上看到的那種地圖，**

無法顯示出我們這一側跟城市那一側的真正距離。」（粗體字是我加的。）

這段話顯示出了阿福成長時期的馬來西亞局部狀況：城市漸漸發達，漁村成為支持附近加工廠的廉價生產區，辛勤工作的漁民獲得最低獲利，而那些投資者以及懂得用方法賺錢的舊識，有朝一日則開著嶄新的日本車回歸，吸引更多漁村孩子投向城市。漁村另一端森林則被砍伐生產棕櫚油，這項過去由印度人控制，現今則是孟加拉人和印尼人投資的產業，更映襯了小村的破敗。漁獲少了，森林沒了，剩下的是那些認定自己「只能這樣過活的人」——那就是阿福，以及小說裡和阿福作為同向對照，引導他走到不可知命運的阿強（keong）。

原本像阿福這樣的人，在故事裡的命運通常或者是樣板式地「逆流上游」，或者是悲劇性地「永劫回歸」。阿強便是那種在掙脫不開環境枷鎖的代表。在一個沒有人看重的地方、身分、階級裡長大的孩子，有一部分總是宿命地加入幫派。而阿強母親為了讓阿強離開這種「劫」，帶著兒子移居他處，卻命運式地促成了阿福與阿強的相遇。

到此為止，都是底層人物的故事典型，很像某些我們在青春期都看過的幫派電影。不過阿福試著回到第一種樣板力爭上游，他做過餐廳服務生、管理魚塭、娶了妻子，就在至少不在上游也在中游的狀況下，他接到了阿強的電話。

談到這裡該把情節回交回讀者，讓您們自行閱讀。我想談談這部小說與一般傳統的寫實主義的差異，因為這反映出歐大旭作為一個傑出作者，他不只運用自己的筆讓殖民世界重被審視（畢竟後殖民文學已經不可避免漸漸形成一種議題正確了），也試著去探討他自己或許**還不甚明朗**的一些感受。

小說裡寫道譚素敏寫給阿福的信裡提到，她寫的報告（其實未來會是一本書）將：「把你當成一個「人」來描寫（to build a portrait of you as a human being）」，這句話在某個部分打動了阿福。因為從童年以來，阿福身處的社會階級，就不被當成是一個個體。他們的犯罪行為會被歸納為集體的特徵，他們的貧窮會被統整成集體的怠慢，他們的政治立場會被視為是集體的政治立場。

於是他答應了譚素敏，開始對她陳述自己的人生，從十月講述到隔年一月，把自己的前半生在那百日之間轉述出去。

說、敘事、陳述的誰的故事？不只是我的，而是**我們**這些倖存者的故事。

時常在接觸年輕的寫作朋友時，他們會有一些疑問，那就是：我寫的明明是真實啊，小說為什麼一定強調是虛構的文體？或許這從《倖存者，如我們》的敘事模式裡可以明瞭。逃避罪責的人，面對犯罪事實的回應，最常說的一句話便是「我不記得了。」因為講了愈多細節，謊言就會愈可能露出破綻。另一方面，從科學上來看，人確實可能記得局部記憶超乎常情的細節，但要能記住並且轉述漫長時光的事件順序和細節，不但要有驚人的記憶能力，還得要對敘述工具（不管是語言還是文字）有高度的掌握。比方說，一個犯人即使有意願對自己的律師陳述人生，那也很難是條理分明，鉅細靡遺。因為通常對律師傾訴，只會侷限在跟犯罪有關的事實，那是大量省略的敘述，很可能把不利於官司的部分刻意省略了。

一九一〇年代從心理學領域挪移來評論文學的「意識流」（Stream of consciousness），便對小說敘事產生了極大的啟發——如果人的心理意識是揉合了無意識、夢幻意識和語言前意識，是連續不斷的流程，不是完美的銜接，那麼敘事者（特別是第一人稱）的真實心理，就會和語言陳述有很大的差異。

無論是法庭或是與辯護律師談話的陳述，都是語言陳述，裡頭充滿了「陰影」（未被陳述的角落）。歐大旭作為出色的小說作者絕對不會不瞭解這一點，因此他讓他的陳述對象是田野調查的「社會學家」，而且是初出茅廬的新銳學者，這使得如此鉅細靡遺的陳述對讀者而言便得合理。而他讓整本小說都由阿福來「自述」，不管是有意無意，那些陳述都必然「象徵化」。因為那個「我」替代了群體，不會跟現實裡的「一般語言」完全一致，而是淬礪過的擬仿語言。

因此，或許一開始讀起來像是沒有刻意修辭的敘事，對我來說卻蘊藏著傷悲的詩意。比方說阿福在青春期對母親既依戀又開始對她的決定不以為然的時刻：

母親和吉叔從關丹回來時，她衝過來一把抱住了我。她抱得很緊，經過好久才放開我。我想要感受她的親近，從她的擁抱得到深深的安慰，我想要放心和開心地哭出來，可是我卻發現自己的身體在她擁抱時很僵硬也沒反應。我希望她再次離開，去某個離我很遠的地方。

比方說童年時期對自己未來扮演角色的想像：

人們過去曾經試圖跟怪物戰鬥，每次他們都會被擊垮，留下殘缺不全的屍體，證明了那隻生物的力量。這種情況一直持續到我出生為止。我是身世卑微，沒人會注意的小阿福，整段童年都在訓練自己的心志與身體，每天都在刺眼的陽光下鍛鍊。連那隻怪物也不知道我的存在。但是我存在。而小看我這種人就是牠的錯誤。因為我每次揮刀都在提升自己的能力。有天晚上，我站在一條巷子口，那裡會通往那隻可怕生物出現的水灣。死吧，惡魔！

我就是你的地獄！粗厚的藤蔓與樹枝替我纏住了怪物。我使出所有力量劈砍與揮打，感受到銳利的刀鋒沒入牠的身體。我在擊敗牠之前都沒停下來。受到致命傷但沒死的牠滑行回到大海，現在開始害怕起牠侵擾了多年的人們。

現實被轉述後，特別是被以小說的形式轉述後，轉化為一種安慰、一種重塑過的記憶、裡頭同時蘊含了抵抗被別人把自己的故事說了的恐懼，這就是我一直強調的具有小說感的語言。

李有成教授在〈冷戰歲月：歐大旭的《沒有地圖的世界》〉（收錄於《記憶》）裡提到：「歐大旭不只一次對英國作家再現的馬來西亞歷史現實深表不滿。他舉毛姆（W. Somerset Maugham）為例，認為毛姆筆下的馬來西亞只是一九三〇與四〇年代的馬來西亞英國殖民社會非常局部的現象，充滿了文化偏見與異國情調，他覺得有必要向毛姆挑戰，將當時的馬來亞自這種成見中解放出來。歐大旭曾經在訪談中表示：『我的意圖在摧毀受毛姆影響的一九三〇和四〇年代的馬來西亞歷史小說。……就是那種觀念，以為文學中只有兩種版本的馬來西亞，一邊是白人圍坐在一起暢飲粉紅色的琴酒，另一邊則是一堆各色人種忙碌著各種古怪的事』……」他認為《沒有地圖的世界》是一本「記憶之書」，他在前兩本作品裡寫了「歷史與記憶的問題」，

因為「自身過去一無所知，我們就無法求取我們的未來。那就是問題所在，你永遠無法前進。」（小說角色之語）

到了《五星豪門》，或許歐大旭轉向探討歷史記憶已經模糊的新一代何去何從？像他一樣的經歷可以作為樣板嗎？還是像部分中南美洲的人民把美國夢視為依歸那般，變成亞洲版「中國夢」的鮭魚們？

《倖存者，如我們》看似是一個殺人犯對著年輕的（而且和他出身完全不同的）研究者陳述「他的世界」、「他的記憶」，但也不妨視為一種申訴、抵抗、重述。因為「我所經歷的不是法律所能判明的」，「我所經歷的不是妳這樣階層的人所能理解的」。歐大旭寫的不是知識分子，他也不是用一種俯視的角度，以知識分子的觀點在看這些他筆下的角色。他很像在自己對自己的寫作者身分做出質詢：即使和他們對話了，你真的能「筆代他心」嗎？

To build a portrait of you as a human being 我覺得是非常難翻譯的一句話，人一旦變成某種肖像，還能是他自己嗎？

訪問結果寫成了書，在發表的時候引起轟動，許多人認為這是一種正義，好像是人類精神的更進一步，我們願意理解一個殺人犯，知道了他殺人並非是他自己的關係，是社會的集體問題，因此「這不是謀殺案」。這種「好像找到正義的共感」其實才是這本書引發共鳴的原因，並不是眾人發現了阿福的無辜。因為在這個社群媒體的時代，每個人都特別願意讓大家知道自己站在「明智、正義、公理」的那一邊，也更樂意把這種沒什麼經過殘酷世界檢驗的自我認知暴露出來。「我讀了這本書，我更了解那個階級了」，議論、閱讀（網上的或社群裡的）、讀書會、演講……豐富了我們在「知」上面的經驗，但這些經驗真的能取代真實的經驗嗎？

在我看來，阿福並沒有因為一本書而被當成人（as a human being）看待，相對地，他被當成一個替代對象、一個象徵，一個眾人想讓自己的形象更為光鮮的訊息——彷彿參與了這個訊息的發布，自己的靈魂就被洗滌了一樣。

小說最傑出的地方，在於讓阿福警覺到了什麼。

回到小說之初，庭訊時女律師以他的家世背景作為辯護的材料，阿福轉述在法庭上聽到自己名字的心情：「她談論的那個人很悲慘，沒受過什麼教育，簡直毫無希望。是個無法選擇人生的人。聽到的人都會可憐他。陪審團裡有個女人正緩慢點著頭，表情扭曲皺起了眉頭。就連我也差點對律師正在描述的那個人感到遺憾。不過後來我想到：等一下，這樣不對。我也想到：我很快樂。我很正常。我知道律師試圖要幫助我，可是我想要她別再說了。」

而小說的最後阿福對譚素敏說：「亂講。那是妳的書，又不是我的。」譚素敏回答：「但那是你的故事。你一定要來！……不答應不行喔！」一本書把阿福帶到了鎂光燈下，但他聽不懂他們在說什麼。（可是他們談論的明明是我，書裡寫的是我，不是嗎？）

阿福轉述母子在住進那個可能會庇蔭他們的「吉叔」家時說：「我記得她把我們的東西打包進草編袋時，我站在廚房裡，等著她進一步解釋剛才說的話——向我說明，或許也擁抱一下，這說不定能夠安慰我，讓我放心面對這突然改變的情況。不過她只是繼續說著似乎跟當下無關的話——那一季的魚價因為供應過剩而下滑；她那天晚上下班回來時得洗的碗盤；她留給我做的家務事清單。再去井裡打水，跟連阿姨（Lian）要一些木炭，確認你的衣服都摺好可以打包。我等她解釋如何及為何決定要搬出我們的住處，去住在一個幾乎不認識的男人家裡，可是什麼都沒聽到。雖然她在說話，但在那喋喋不休的話語中仍然有種可怕而空洞的沉默。現在我回想起那一刻的時候，會想：那就是羞恥聽起來的聲音。」

一個被丈夫拋棄，打算依靠情人的女人應該羞恥嗎？罪犯應該羞恥不是嗎？一個被稱為「落後」的國家應該羞恥是嗎？（我們是為了讓你們進步才來殖民你們的）被政府遺棄的外地移民應該羞恥不是嗎？那些遭遇種族屠殺的羅興亞難民應該羞恥是嗎？我該對我的人生感到羞恥是嗎是嗎？

這雖然是小說裡不算非常重要的一個句子，但一直縈繞在我的腦中。直到我讀完全書，試著回想記憶裡的細節，這句話依然存在。我在想，歐大旭的《倖存者，如我們》表達的正是這樣的一種「羞恥聽起來的聲音」，但完整的句子應該是「不應該（必）羞恥而羞恥，聽起來的聲音」。

我想問自己，作為一個作家，我們的寫作能讓一些人感受到這點。是嗎？

PART I

OCTOBER

十月

OCTOBER, 2ND
十月二日

妳要我談人生，不過我談的只有失敗，這兩者似乎是同一件事，至少緊密交纏到我無法分開——就像妳在舊城見到生長在半毀建築裡的樹。樹根緊附於外牆，支撐著磚塊、石頭、殘存的漆面，樹枝則從屋頂穿出孔洞。有時妳稱為屋頂的地方其實幾乎什麼也不剩了——就只有陶瓦的碎片，或是被樹頂枝葉推撐起來的生鏽錫片。往城外幾英里，妳會在面向海岸的加埔（Kapar）另一側發現一間店屋，建築正面的柱子被一棵茂密無花果樹的樹根爬滿，整個構造都被樹吞沒——門口現在只是個幽暗的空間，通往一大片纏結枝葉的中心。哪裡是開始，哪裡是結束？何者為生，何者為死？不過，在這些屋舍的一樓仍然會有行號或商店，從事某種小生意，例如某個老傢伙會收二十塊替妳補輪胎。或是有間印刷廠會印製便宜傳單，宣傳當地購物中心的關門大拍賣。或是有間糕餅店，但冷藏櫃裡什麼都沒有，只剩兩塊擺放了三個星期的九層糕（kuih lapis）；架上的小包裝餅乾覆蓋著從附近工地飄來的灰塵，那裡應該正在建造新鐵路或大賣場，天曉得是什麼。這些人已經二十年不曾有過像樣的生活。他們都七老八十了。雖然還活著，但生意都被一棵樹掌控了。想像一下吧！

那天晚上，在謀殺之後——或是妳客氣稱為不足以構成謀殺的過失殺人之後——我在黑暗中走了好幾個鐘頭。我沒辦法告訴妳多久。我試圖掌握住時間感，不停看天空是否就要亮起，我甚至還加快步伐讓每一步感覺有如一秒，就像那面牆上的時鐘，那時鐘現在聽起來走得好快。滴答，滴答，滴答。可是那晚每一秒鐘拉長成了一分鐘，每一分鐘彷彿都是一輩子，而我毫無辦法令一切加速。

我的上衣濕了——不只潮濕，而是濕透——它像第二層皮膚緊黏在我背上；只是那層皮膚並不屬於我，而是屬於另一個活機體，既冰冷又沉重，使我不堪重負。隨著我越走越遠離我現在知道是犯罪現場的地方（但當下並不知道——那只是河岸上一個陰暗的場所，跟其他任何地方沒有什麼分別），我留意聆聽警車的鳴笛，以為隨時都會聽見。我一直想，他們要來找我，結束了，警官會把我抓起來丟進監獄關一輩子。我大聲說，你完蛋了。這就是你的下場。聽到自己的聲音讓我平靜下來。我從未感到如此絕對與確定。警察會抵達，他們會把我關起來，而從那時起，我都會過著一樣的日子。想到要待在空蕩的小牢房裡，下半輩子什麼都不必思考——光是想到這種生活方式就讓我覺得安慰。每天早上醒來，我會看見跟昨晚入睡前相同的四面牆。什麼都不會再改變。我身上穿什麼，每晚要睡多久，一天能吃喝拉撒幾次——有人會為我決定好一切，我會跟其他人一模一樣。我的生活會被某個人掌管，那就是我的故事結局。我仍然有點希望結果會是那樣。

我走過長長的草叢——那些草細長而尖銳，我膝蓋以下的部位都割傷了。當時很熱，我穿著短袖，皮膚開始覺得刺痛。有兩次還是三次，我會過橋到對岸遊蕩。一開始我是要找我的車，不過很快就發現我是想要盡可能遠離現場。唯一的問題是我不太記得事情發生於何處。在某個時刻，我開始覺得腳趾之間有泥巴，才發現自己掉了一隻涼鞋，一定是陷在濕地裡了，於是我踢掉另一隻以赤腳行走。雖然當時很晚，但不至於晚到遠方公路跟上方橋梁完全沒車。車輛前燈有時會照亮我頭上的樹頂，使我突然看清楚一些小細節，是我如果在白天行走該地時不會察覺的——畫著鳥類笑臉的風箏卡在樹枝間，要不就是塑膠袋，而且數量很多，像浮腫的水果，如鬼魂般掛在那裡。

有時候我會看見奇怪的形體漂浮在河中央。那些是倒場的樹幹以及在上游被暴風雨連根拔起的灌木，它們交纏成大型的木筏，看起來彷彿《西遊記》中的某種神祕野獸，就像大人胡扯來嚇唬小孩乖乖聽話的那種東西，不過沒人會嚴肅看待，連小孩也是——哪個孩子真會相信有九顆頭的蟲子？——直到某個晚上他們獨自走在河岸上，感覺那些惡魔變得如此真實又嚇人。其他時候，我會在經過的蘆葦叢中看到一隻死去的生物，屍體膨脹到我根本無法判別那是什麼——可能是貓也可能是猴子。當一具屍體在水裡泡了那麼久，外形就會開始模糊，尖銳部分也變得緩和，直到完全不可能分辨出是什麼動物。

我的手臂發疼，而我的身體有一側比較不靈活，所以動作很滑稽。我發現我還拿著那根木頭，它的長度跟樹枝一樣，不久之前握在手裡感覺非常輕，可是現在卻好像有一百磅重。審判期間，人們在法庭上提及從未尋獲的凶器時，我想起了那晚我拿著的兩英尺長木頭。只是一棵樹的碎片而已。幾個鐘頭前，我第一次攻擊那個男人時，木頭斷片感覺是如此微不足道，我還以為它不會造成任何疼痛。我以為它會碎裂，我以為那個男人會笑我愚蠢到選擇這種武器。現在我覺得像是要舉起一整棵樹，全世界的重量都緊附於樹根。我抬起手臂，想將它遠遠丟進河的中央，卻突然發現體內已無氣力殘存了。它從我手裡滑落，掉在僅僅幾英尺之外。

經過一段時間我才明白警察不會來了。沒人會來找我。那晚不會，隔天不會，也許好幾個星期都不會。最後他們花了超過兩個月時間才逮捕我——不過妳已經知道了。妳也知道為什麼會這麼久。如果受害者是那種人，警察就不太在乎。對，那種人。外國人。非法移民。深色皮膚的人。

孟加拉、緬甸、尼泊爾。警察來的時候，對他們而言都一樣。甚至是非洲。那些人就好像來自一塊無名的大陸。我還住在蒲種（Puchong）的時候，見過一群非洲人在路邊，總共十幾個男人。有些坐在人行道上，其他的站著，他們在說笑，喝啤酒和其他酒類。有一、兩個在跳舞

——他們有一部很大的手提式音響在播放音樂，聲音大到我幾乎聽不見自己的音樂了。我正在用手機聽張學友——當時我們只有那種小型的 Sony Ericsson 手機，播放出來的每一首歌都會破音，彷彿是用收音機聽著某個遙遠國家的音樂。也許妳太年輕，不記得那種手機了。我在路的另一邊，在 7-Eleven 外面跟阿強（Keong）共吃一個 Ramly 漢堡。這是十七、十八，說不定甚至二十年前的事了。那個時候可不會看到這麼多非洲人。大家對他們什麼都不清楚——他們來自哪個國家，為什麼要來這裡。隨便問一個人對於非洲知道什麼，對方一定會說，獅子。

阿強正在看他的手機，假裝不感興趣，彷彿他是跟黑人一起長大的。可是他忍不住要發表意見。哇靠，穆罕穆德．阿里（Muhammad Ali）帶了所有的朋友過來！我記得自己在笑，儘管我覺得不太有趣。很可能是因為我也說了一些批評的話吧！真是好久以前的事，我回想不起來了。那天晚上有一陣微風，這個我記得。我們旁邊有位老印度人攤販正在清理攤子準備晚上休息了。生意不是很好，街上沒什麼人外出。「每個週五晚上，」他說：「每個禮拜他們都會來這裡惹麻煩。星期五應該是神聖的日子——這些傢伙，他們眼裡根本沒有尊重。」事實上他並不是說這些傢伙，他說的是這些 Mat Hitam★。最好還是別翻譯出來。

我說：「他們是奈及利亞人。」我在《南洋商報》看過一篇報導說奈及利亞的學生來到馬來西亞，在畢業之後負債，因此無法買票回家。我記得當時我在想，他們一定真的很想到這裡念大學。

「你閉嘴啦，」阿強說：「奈及利亞個屁。你什麼都不知道。」

我看著他們，感覺他們好像在城市中漂流，不依附於任何事物。唯一真實的似乎只有他們的音樂——是他們跟家鄉的連結。我心想，所以他們才會開得那麼大聲。可是他們已經離家成千上萬英里，而從他們交談的方式，看著他們為了蓋過音樂聲而大喊，並在半明半暗的街上大笑，我發現他們大概永遠也回不去故鄉了。我突然想到，我就跟他們一樣，我的生活就是在漂流。

「哇操，」阿強說。他的語氣有點興奮。那群人之中有兩個開始打了起來，不過是人們喝醉時那種胡亂扭打，不算真的打架，只是抓住彼此，翻滾到了路上。經過的一輛車還得突然轉向避開他們。駕駛按了很久的喇叭——是一部Kancil☆，車子一邊駛離一邊響著的喇叭聲聽起來很尖，就像在夜市買的廉價兒童玩具。那讓我們笑了起來。幾分鐘後，他們又開始聊天說笑，似乎什麼事都沒發生過。我們不再看他們了——他們沒什麼特別的，他們就跟我們一樣，只是跟朋友出來廝混而已。阿強正在跟他的新女友傳簡訊，還把她的訊息大聲念出來給我聽。他一

★ 指「黑人」之意。

☆ 馬來西亞的國產車品牌。

定在吹牛。我知道她才不覺得他是世界上最帥的人。事實上我確定她根本就不存在。但我還是假裝相信了——跟老朋友相處就是這樣。妳會關心他們的生活，即使在他們說謊時也是如此。

後來我們突然聽到一陣騷動——更多叫喊聲。我們的目光從手機向上移，看見三輛警車跟另外三輛沒標示的車子圍住那群奈及利亞人。所有人都在大喊。那裡有很多警察，我算不出人數。他們推著一個人靠在車子邊。我聽得見他用英語大喊，沒毒品沒毒品我什麼都沒有！不過他們還是給他上了手銬，讓他跟其他十幾個朋友一樣坐在路邊。剛開始奈及利亞人一直在吵，對著警察大吼大叫。他們都是大塊頭，比我們高很多，也許以為說話大聲就能讓他們脫離麻煩，但他們並不了解警方。雖然有太多人擋住，我看不清楚發生了什麼事，不過突然之間一切就安靜下來，而其中一個人已經躺在地上，一隻手臂圍著自己的頭，另一隻則像是要拿東西一樣往外伸。他沒動。過了一會兒，其中一些人開始求饒了——我們從對街就聽得見。他們的聲音細微深沉，而且每次說拜託時還會變得更低。拜託。這個詞讓我覺得自己彷彿突然從結實的土地上墜入深淵。我希望它停止。

「給他們錢吧！」阿強說：「把你們口袋裡該死的現金全都拿出來。給錢吧！」可是我們知道他們沒錢賄賂警察。我相信他們一定跟我們一樣了解體制，只是他們真的沒錢。阿強搖搖頭。「哎唷慘囉，我的朋友們，你們今晚要被關起來啦！」如果妳在我們那種地方長大，就會知道接下來要發生什麼事了。

一輛大型警用卡車抵達，所有奈及利亞人都上去了。車子還停著的時候，其中一位警察過來買菸。我們問他發生了什麼事。他說：「本地人——我們不喜歡看到 Mat Hitam 在附近出現。」他用銀色的 Zippo 打火機點了根菸。「我們就像市議會，只是在清理街上的垃圾。」

我們大聲笑了出來——彷彿我們跟他是最好的朋友。對啊，全都清理乾淨吧！我不記得我們還講了什麼，不太確定我們還說了哪種笑話，不過我們希望警察認為我們是跟他們站在同一邊的。我們知道他們那天晚上不會找我們麻煩，也知道他們比較感興趣的是別人。即使我很年輕，也認為我已經了解事情是如何運作的。可是那晚讓我明白了，就像由外國歌手唱的歌詞。妳記得旋律，可是妳唱不太出來那些詞，妳只能偶爾了解某些英文的片段，跟著副歌唱出一、兩句並稍微理解意思，後來某一天有個人對妳解釋了那些詞的意思，一切突然都變得很清楚，整首歌都有意義了。那不再只是一首好聽的曲子，還具有意義——而那天晚上的含意很明顯：如果妳黑皮膚又是外國人，那就沒人在乎妳。誰會在妳被丟進雙溪毛糯（Sungai Buloh）監獄的時候來看妳？或是在妳緩緩沉進河底的時候來找妳？沒人會問的。等到有人想知道時都已經太遲了。

我不知道為什麼我要告訴妳這一切。我猜是想要在經過這些年後把我腦中的東西全部清空吧！那正是妳從一開始要我做的。盡量講，妳是這麼說的。不予置評。盡量講。

OCTOBER, 4TH
十月四日

這些日子我沒什麼好抱怨的。每天都一樣，這是一種福氣。現今人們認為只有變化才能給予生命意義，可是他們忘了一成不變也是種特權。沒有打擾，沒有瘋狂的情緒波動，沒有心碎或悲痛——千篇一律也有其神聖之處，對吧？是神賜的禮物。我很幸運。我靠存款過活——我把以前跟妻子在貝斯塔里花園（Taman Bestari）住的那棟房子賣掉後得到了一小筆錢。我很訝異在我出獄後，房子竟然還有點價值，於是我賣了它搬到這個地方，這棟房子比較小，只有兩間小臥室，而且位在城外更遠一點。教會的人每週兩次帶著食物籃來看我——裝著基本的雜貨跟一些甜點——而如果真的有需要，我隨時都可以去教會找人，他們通常會給我一點餅乾或剩下的蛋炒飯——就看他們廚房裡還剩下什麼。那裡叫豐收教會（Harvest Assembly）。從我出獄以後，去那裡已經將近六年了。

除此之外，有一個中國的慈善團體偶爾也會輾轉給我小筆的錢。妳知道的，是L基金會（L-Foundation）。律師原本想針對我在裡面受的傷向監獄方面求取賠償金，不過當然沒有成功。我應該在他們開始嘗試之前就先說的。到底有誰能夠從警方或監獄得到任何賠償金呢？不過由於律師的努力，有人聽聞了我的案件，儘管這件事從未出名過，也沒在報上占據版面多久。雖然上帝知道我當時並不值得憐憫，但還是有人同情我。接下來我只知道我收到了一張六百令吉的支票。這對妳可能沒什麼，可是對我來說很多。我以為只有這一次，已經很開心了，結果支票還繼續送來——不是定期而是偶爾，沒有提醒也沒有理由。有時候是兩百五十令吉，有時候是四百。在那幾天我會走路到公車站，搭車進城，在肉骨茶那些老店關門之前抵達，吃一頓豐盛的早餐，然後到小印度（Little India）散步。有時候我喜歡花幾個小時在新城的一座購物中心裡閒晃，通常是巴生百利廣場（Klang Parade）。我會到德州炸雞（Texas Chicken）吃一份大餐，而且永遠都點一樣的東西：墨西哥漢堡跟蜂蜜奶油比司吉。有時候我覺得自己應該更冒險一點，試點別的東西——我很喜歡墨西哥辣味轟炸機看起來的樣子。轟炸機！聽起來真棒。可是後來我會想，如果我不喜歡怎麼辦？一想到要面對新東西我就會緊張。我想要我的一天過得很快，不希望有壓力，我要一切都很平靜，而且一如既往。

我坐在那裡，看著那些穿學校制服的青少年，他們一邊分享著炸雞，一邊把自己手機上的照片拿給對方看。那些男孩假裝很強悍，說著我在他們這年紀時說的語言——妳知道的，用粵語罵髒話，聽起來真的既粗俗又挑釁。如果妳聽見那個年紀的我和我朋友，大概就會換到隔壁桌坐了吧！可是這些孩子，他們的家境都還不錯。雖然十四、十五歲了，不過他們只是小嬰兒，放學後到購物中心放鬆，然後在手機上玩遊戲。即使在學校過了一整天，他們的制服看起來還是像剛洗過，沒有發皺，也沒因為流汗而變灰——他們的白色衣服就像上了漿。他們的生活沒有任何憂慮，而奇怪的是，他們的快樂使我再次感受到純真，並且充滿希望。外出到城裡的那些日子很特別。我的口袋裡有錢，我覺得獨立又自由，即使只有一、兩天的時間。那就是支票對我的意義——一天的自由。我從來不祈禱或甚至徒勞盼望獲得支票，它們就這樣出現了。我猜那就是上帝的作風吧！永遠使人訝異，永遠不吝給予。

在監獄受的傷讓我無法工作。妳看得出來，我還是有一點跛，可是我慢慢走的時候不太明顯。只有在我必須加快動作的時候妳才會注意到，例如我要跑著追公車時就沒辦法正常移動一隻腳。我的大腦會說，快一點，快一點，接下來幾秒我以為我做得到，我真的覺得我可以跑起來追上公車——但這條腿還是拖累了我。那時我才發現我跛得很嚴重，身體會左右傾斜。我也沒辦法像以前那樣搬重物了——我可是曾因此出名的。我青少年時期在一間工廠工作，那裡的人會給我一項挑戰，看我一次可以搬幾箱魚，而我雖然很矮，卻總是能令他們吃驚。就是我粗短的腿讓我能夠保持平衡。大家都說這是福建人的特徵，說我們祖先需要短一點的大腿和小腿才能種田或採茶，做著兩百年前人們在中國南部做的其他事，不過誰在乎呢？我只知道我的雙腿一向都很稱職，直到我進了監獄。〔停頓。〕這是因為我背部的一條神經，跟我的脊椎有關，而我其實不太了解。雖然醫生讓我看了X光片，可是我只看得出灰白色的骨頭。他們要在吉隆坡的一間私立醫院動手術才能為我矯正，不過現在有誰負擔得起？當時我在醫院笑著說：「我又不是跛子，所以我們就接受現實，OK？」教會有人建議我可以找不同性質的工作，不必使用勞力的，然而那種可以讓妳坐在舒適辦公室裡的工作現在全都需要文憑、證書，天曉得還需要什麼別的——而我一項都沒有。我在學校的表現一直都不太好。

在我出獄才一年後，有一次某個常上教堂的人為我在他們的家族事業裡找了份工作，那是一間貿易公司，會從中國進口貨物，再分發到國內各地。我有一張很棒的桌子，辦公室裡有空調，而且我不必接電話或跟不認識的人說話。我要做的就只是加上數字——就是這麼簡單的工作；沒有什麼能比數字更確定也更純粹了。我要確認請款單的內容吻合，檢查收據，類似這些事。就算我以前從來沒做過那種工作，我也知道該怎麼處理金錢。可是那個時候，我在不熟悉的情況下遇到不認識的人時，就會變得有點焦慮——我猜一定是因為在監獄裡的那段時間改變了我。妳明白的，其實也沒什麼嚴重，只是在有人跟我說話時我會猶豫一下，而在他們的問題跟我的回答之間那段空白，會讓他們以為我有精神問題。五秒，十秒——誰知道？我看著人們的表情從疑惑變成焦慮，然後就是生氣。有時是沮喪，有時是憤怒。某些人認為我是故意的。曾經有次辦公室裡的一個人說，**媽個逼，真是自大的王八蛋啊！**他直接當著我的面大喊，不等我回應，好像大家都是這麼看我的，好像我又聾又啞，聽不見他在說什麼。「無論如何，」我的老闆在幾個月後說——她人很好，她能明白——「我們認為你最好別工作了。就回家休息吧。」在那之前，我還不知道自己在前三年裡改變了多少，可是失去了那份工作讓我領悟到我已經不一樣了。我沒辦法告訴妳到底有多麼不一樣，但我不再是同一個人了。在那之後，我去面試了幾次工作，結果都沒成功。

所以我才會說我很幸運。我沒工作，然而我還活著。我的日子很平靜。我甚至可以說自己受到了賜福。

〔長時間靜默。〕

有時候……〔遲疑；伸手拿起一杯茶卻沒喝。〕有時候，對，我當然會想起那一晚。我怎麼可能不想起呢？我會想到在場的兩個人，阿強和那個孟加拉人。我知道妳預計我會說什麼：我會見到他們的臉，我光看到他們就很痛苦——但其實並不是那樣。我對他們沒有任何感覺——沒有憎恨，沒有同情。也許我應該對阿強感到憤怒；要是他沒回來看我，也許事情的結果就會不一樣了。他有選擇。他不必叫我去做那些事。

現在我想起阿強時，並不會看到那晚的他。我看到的版本，是三年後出現在法庭上的他，當時我的案件正在審理。他的白色長袖襯衫，他整齊的頭髮，甚至是他輕聲而尊敬對法官說話的方式——任何人都會覺得他是八打靈再也（Petaling Jaya）一間ＩＴ公司的業務員。一開始我還沒認出他，我以為是別人，以為檢察官找錯人上法庭了。律師問他關於他的問題，而他只回答了最基本的內容——他擁有一間從中國進口冷凍水餃的公司，他的收入很穩定，他有一輛豐田Camry汽車，而且要向豐隆銀行（Hong Leong）繳房貸。最近他去過澳洲度假，目前正在存錢，要在七、八年後送他女兒去寄宿學校，到時候她的年紀就已經大到可以獨自旅行。現在她才剛開始到蕉賴（Cheras）的一間私立學校上課，離他住的地方很近，所以他可以花很多時間在家陪她。他一下班就會趕回家找老婆和女兒，晚上大家就一起吃晚餐，和女兒一起寫作業，看一下電視。她是個勤奮好學的女孩——她真的很喜歡自然科學！

他的回答很小聲，彷彿不想讓我聽見他在說什麼。我在法庭另一邊很難聽懂他說的一些詞。貸款。筆電。遊樂場。說話的人似乎對自己生活的方式覺得不好意思。為什麼會因為擁有那種生活而害羞呢？就在那個時候我才明白對方是阿強——是我從青少年時期就認識的同一個人，而且我也知道他為什麼表現得這麼尷尬。他會不好意思是因為我很丟臉——說得更精確點，他為自己在我的醜事展現給全世界時過得很快樂而感到內疚。我們小時候一起分享太多東西了。大家常說：「給阿福（Ah Hock）冰淇淋也沒用，他會直接把一半分給那個小王八蛋阿強。」然而時間是我們無法分享的。它只會偏袒我們其中一方。

後來我心想，他當然變了。在獄中的那些年，我經歷了一些階段，不是整天整夜都在睡覺，就是整天整夜都清醒躺著——那些階段持續了好幾週，瓦解了我對時間的感受，使我不再認為每一天都應該有所不同——那段時間裡，阿強也正在改變。任何人都可能在那段期間變得完全不一樣，任何人都可能獲得全新的生活。他曾經對自己的頭髮很得意，他在十五歲時把長長的瀏海染成了銅橘色，而且一直維持到我們上次見到面的那個晚上。我以前常對他開玩笑，「嘿，大哥，都要當父親了，還留那種流氓的髮型咩？」他說那是「金黃色」，還認為這讓他看起來像一位香港流行歌星。他老是做這種動作（一隻手誇張揮過額頭，稍微做作地把頭往後甩）。我都會笑。你什麼也不是，就跟我們一樣——每次他想要賣弄的時候我都會這麼對他說。

現在那種頭髮已經不見，而是剪得很短，也回到了自然的髮色。從我們十幾歲以來，我還沒見過他留黑髮。他的體重增加了，這讓他看起來更年輕而不顯老，就像原本胖嘟嘟的青少年開始甩去所有稚嫩的肥胖，就要變成一位英俊的男人。我看得出他戒了菸，吃的東西也好多了——他的皮膚變得更光滑，從小在眉心就有的深深皺紋也消失了。那三年將它消除了。

後來律師開始問他關於我個性的問題。他知道我是會衝動的人嗎？他見過我有暴力傾向嗎？我會不會感到愧疚或後悔做了壞事？一開始他答覆得很簡潔，毫無遲疑，這很符合他嚴肅認真的商人身分。他並不是在扮演什麼角色，他現在真的就是這個樣子。他的英語和馬來語都進步了，而他使用得很謹慎，每個字都經過考量才說出口。不過隨著問題持續下去，他開始放鬆，也變得更敢說了，有時還會使用妳可能覺得粗俗的字眼。他甚至還講了一個我們十幾歲時的小故事。有一次齁，我從商店偷了餅乾，跟他一起吃，可是我偷了太多，我們吃不完，他說一定要還，一定要還，我說不行，頂你個肺，但他還是逼我，所以隔天我們去還了餅乾。你娘哩。讓我丟臉！可是他說怎麼可以偷，她也沒錢。

「好了，好了，譚先生（Tan）。我想應該夠了。」律師一這麼說，我就笑了。即使有了新生活，阿強還是忍不住會講太多話。當他描述那件事——我已經不記得了——有那麼幾秒鐘，我看見了他這些年的經歷與負擔全都消散了。我再次看見了那個面孔鮮明並戴著耳環的瘦孩子，我跟他一起長大，還一直覺得他最後會進監獄。「別擔心地址了，」我曾這麼告訴他：「我會直接去監獄找你的。」

他在律師的勸告之後又再次變得沉默——那是一位丈夫，一位稱職的父親，是妳會認為能夠支撐起家庭的人。那就是我這些日子裡偶爾想到他時會有的感覺。是位值得尊敬的人，不應受到憎恨。

後來過了好久，我才想到我只在監獄裡待了三年。三年——根本不算什麼！為何我在牢房裡的時候會覺得那麼久？還有阿強怎麼會變得這麼快？那時我才感到不滿。我從來沒怨恨過他，即使是他回到了巴生市（Klang）並將邪惡帶到我的生命中。幾年後我在跟教會成員談到這件事時，他們說，你必須像上帝原諒你那樣原諒他。我心裡想，我又沒有什麼好原諒的；我對他沒有任何感覺。可是當我在法庭上看見他，想到他改變得有多快，我其實覺得很憤怒。他掌握了時間，而且充分利用，我則是讓自己被時間壓垮。才過了三年，我告訴自己，才三年——你可以彌補那段時間，為自己扭轉局勢。可是我知道我再也無法改變我的生命了。人生的發展很有趣。在最長的一段時間裡，妳會相信改變的力量——儘管透過最微小的行為，妳也有能力塑造自己的生命。就算買了一張四位數的樂透也會讓妳充滿樂觀，彷彿花掉的那五塊錢可能會變成兩萬塊的意外之財並改造妳的生命。接著有一天，對希望的盲目崇拜會消失，妳會知道即使祈禱一整天也什麼都不會發生。我的憤怒是針對自己，我並不怪阿強。看見他令我想起我永遠無法變成自己想要的樣子。

至於另一個男人，他的臉還是一片空白，儘管這是那天晚上我應該記得的事。在我的抗辯中，我第一次見到他時周圍非常暗。而且，他在我拿起那根木頭之前就轉身背向我了。我打他的時候沒看見他的臉。

OCTOBER, 6TH
十月六日

進入審判的尾聲時，我的律師試圖向陪審團說明我經歷過的童年。她既年輕又聰明，她不收費用，她想要幫助我。我明白我的人生正被用來當成許多事的藉口。我聽著她談論我，雖然說的是事實，但我卻覺得她是在講別人，某個在我家附近長大的人，也許是住在岸邊幾英里處的一個村莊。那個人跟我的名字一樣，而她一直反覆提起。李福來（Lee Hock Lye）。李福來。總是講出我的全名。有時候她會說，李福來，別名傑登・李（Jayden Lee），這讓這名字聽起來像是假的，似乎是我編造的——是我編造的沒錯。不過這還是我的名字——已經變成了我的名字。我會選擇它，是因為我在結婚之前找到了適當的工作，而且一切都很順利。這名字很好聽，大家都喜歡——他們以前沒聽過像這樣的名字。這是個很酷的名字，在我印的名片上看起來很專業，而當時我的事業正開始要上軌道。傑登——這是我，不過每次她在法庭上念出來時，聽起來就像她提及的是別人，因為她發音時把它當成了兩個字。傑，登。她好像覺得這很反常。每當我聽到這個名字，就覺得它正從我身上被剝離，而我從未真正擁有過它。別名。我根本就不應該用那個名字，我會選擇它真是太愚蠢了。

她談論的那個人很悲慘，沒受過什麼教育，簡直毫無希望。是個無法選擇人生的人。聽到的人都會可憐他。陪審團裡有個女人正緩慢點著頭，表情扭曲皺起了眉頭。就連我也差點對律師正在描述的那個人感到遺憾。不過後來我想到：等一下，這樣不對。我也想到：我很快樂。我很正常。我知道律師試圖要幫助我，可是我想要她別再說了。我開始哼起一首曲子想遮擋住她的聲音。我閉上眼睛，試著想像回到小時候的那個村莊。我嘗試記起自己當時的樣子，但這麼做很荒謬。那段生活已經過去了。在因為殺人而受到審判時嘗試重現自己的童年，那實在太傻了。回憶我的生活並不會讓它更加真實——那種真實存在於由我律師所敘述的版本中。我笑自己很愚笨。我笑得很大聲，結果停不下來，於是用雙手摀住了臉。律師轉過來看著我。她的話說到一半就停住，然後注視著我——那種表情就像妳以為某個人心臟病發作了，可是妳還不確定發生了什麼事。法官說：「我不認為被告的生平跟案件有關。請繼續妳的法律論證。」雖然我的律師想要針對這一點提出爭執，可是我的笑聲和法官的斥責讓她失去了專注；我所敬佩的智慧、決心和熱情，當下全都在那間悶熱的法庭裡消散了。那天非常熱，空調又壞了，讓我連呼吸都覺得困難。她失言了幾次，思緒也亂成一團。我很高興一切就快要結束了。

她弄錯了細節。所有人都弄錯了細節。也許妳可以徹底改正這一切。妳的手機全都錄下來了嗎？我出生於雙溪由新村（Bagan Sungai Yu），不是所有法庭文件上寫的瓜拉雪蘭莪（Kuala

Selangor）。這兩個地方是由雪蘭莪河（Selangor River）的一個急彎處分隔，其中有些地方只相距四、五十英尺，而那一小段距離偶爾卻感覺像是區分了兩座大陸的海洋。現今，兩地間有了橋梁跟平坦的柏油路，人們還以為它們是同一個地方：瓜拉雪蘭莪。我拿起報紙，讀到河邊防波堤上有新建海鮮餐廳的文章時，看著照片裡那些來自吉隆坡的一日旅客享用週日午餐，不禁會想：*那裡又不是瓜拉雪蘭莪，那是我的村莊*。不過事情都是這樣發展的：大的吞併小的，所有事物都會變成某個事物的一部分。我只是覺得很有趣：在我還小的時候，就算是小學，我們也得搭渡船到城裡，或是騎腳踏車好幾英里遠，繞過河流的彎曲處，等我們到達對岸時，就會覺得那裡是個繁忙的重要地帶，讓我以為自己是在東京或紐約。妳現在手機上看到的那種地圖，無法顯示出我們這一側跟城市那一側的真正距離。

我的父親是位漁夫，在他之前，我的祖父也是漁夫。事實上，村裡的每個男人都是漁夫。那片區域讓我們別無選擇——河流繞過村莊，擋住我們往南前往城鎮的路線，永遠都在將我們推向大海。村子的另一邊是叢林和人造林，能提供的東西比大海更少。當時採收棕櫚油的是印度人，現在則是孟加拉人和印尼人——無論是誰，我們只要看看他們的生活，就知道他們的命運比每天面對暴風雨、潮汐、糾纏漁網的我們更慘。

我們全都任由環境擺布——暴風雨、洪水、蛇、會鑽進妳腳裡的蟲。當妳從遠處觀看，或是在窗戶緊閉的車子上經過時，才會覺得大自然很漂亮。如果妳必須在戶外工作，就不會覺得這麼漂亮了。昨天我在臉書上讀到一篇文章說：我們都應該花更多時間到戶外！我看著照片裡的人們走在公園裡、擁抱、用小瓶子喝水、吃著切片的西瓜。沒鋪墊子躺在草地，臉上也沒有遮陽。大家都玩得很開心，沒有人流汗或中暑。照片中有各種人。亞洲人、非洲人，陽光下有各種膚色——可是他們全都表現得跟白人一樣。我的意思是，除了這些瘋狂的紅毛★（angmoh），還有誰真的喜歡去荒野？妳工作放了一天假，結果卻想去叢林裡？那些快樂的西方人，他們才不知道這裡的「戶外」是什麼樣子。

我記得有一次，在我十三、四歲的時候——當時年紀已經大到開始覺得要是我不逃出村莊就會發瘋——我花了一整天往我能想到的方向盡量騎遠。我進入內陸的人造林，在棕櫚油樹的陰影中前進，直至淤泥路軟爛到我踩不動腳踏車為止。我看著前方，心想，我還得再騎多久才能到園地的另一端？我只看見完美排列的樹林消失在黑暗中，於是我回頭往海岸去，沿著岩石海岸線的爛泥路騎，而紅土沾上了我的腳趾。在騎到適耕莊（Sekinchan）並離開的一路上，我只看見：紅土、岩石、泥巴，而綿延至印尼的大海是如此平淺，彷如一片無盡的銀色。沒有風。沒有陰影。熱辣的太陽照著我的頭和手臂，使我的皮膚感覺像是要被砂紙磨去。陽光刺得我睜不開眼——從我還是嬰兒時就認識的同一種陽光。我知道在我成年後的所有日子——直到我在這世上的最後一天——我都會活在那顆熾熱的太陽下。在那一刻，我突然覺得我所認識的一切——我的家人、我的家、樹木、草地、水、食物、土壤、巨大的大海：一切——全都變得奇怪而陌生，似乎我從來就不認識它們。它們都是我的，是在我出生時交付於我，是我唯一知道的傳統，然而在那一刻它們彷彿全都不屬於我。這片土地應該是我的一部分，而我也是它的一部分——那一瞬間，我們就像陌生人。我不想要它。總有一天它會殺了我。

〔停頓；長嘆一口氣。〕

我喜歡我目前在室內的生活。如果我有小孩，我絕對不會讓他們出去的，絕對不會。

我們跟到人造林裡工作的那些印度人的不同之處，在於我們是為自己而工作。如果下雨了，我們就不吃東西。如果豐收，我們就可以存一些錢，換掉破舊的鞋子，買一塊防水布拉過前院上方，讓雨不會下到屋子裡——諸如此類的小事。這種公式對我們很簡單。不過他們是為大公司工作，就是政府從英國人手上接管的那種。新的主人，相同的規則。時代改變了，可是工人的生活從未改善。他們的薪水很差，住所很糟，沒有學校，成天都要處理有毒的化學製品，晚上沒有任何娛樂，只能喝著會害他們失明與發瘋的自製三蒸酒（samsu）。然而他們還能做什麼

★在馬來西亞或新加坡對白人的貶稱。

呢？逃離到城市，然後住在街頭？至少在那個時候他們還有證件。現在那裡全都是孟加拉和緬甸工人了——我認為他們沒一個人有身分證。

我們很少講起人造林那裡的印度人，只會說他們的命運有多悽慘。可憐的黑鬼，要死不死的——重複這種說法會讓我們覺得自己相比起來就過得舒服自在多了。我們從來不會跟他們混在一起——我們的生活毫不相干。我們不想跟他們有任何瓜葛，免得沾染上他們的不幸。在成長的整段期間，我跟村民一樣害怕人造林的那些印度人，因為他們的貧窮可能會傳染給我們，而我們的生活真的不需要再更貧窮了。也許這只是我們華人特有的另一種迷信——妳知道的，例如：別看葬禮隊伍，要不然妳可能也會死。現在回想起來，我猜那是因為他們讓我們明白了我們跟他們其實並沒有那麼不同。他們只是生存著，持續存在於那裡的人造林，剛好就在我們旁邊——提醒著我們情況能有多糟。

我猜妳可以說我生在漁人世家是地形導致——所以我們才會變成那樣。可是歷史也有影響。我的祖父母和外祖父母之中有三位跟村裡大多數人一樣，都是在第二次世界大戰初期從印尼過來的，當時華人在那裡並不安全。他們聽說過拘留營、就地處決、年輕女孩被強暴——我相信妳在大學全都研究過了。就連我在學校也聽說過。他們知道這裡的情況可能也一樣，但他們還是冒險了。是什麼使一個人願意離開自己的國家，前往可能讓自己受到相同迫害的另一個國家？

妳在蘇門答臘搭上一艘船，跨過麻六甲海峽，知道自己可能會跟其他人一起被關進囚犯集中營，就跟妳之前一樣。為何他們要這麼做？我永遠都不會知道。哎呀，他們撐過了戰爭，我們現在都沒事了，你幹嘛還在意？那是我母親在我詢問祖父母的事情時所說的話。在戰爭時發生的事——忘了吧！老一輩華人絕對不會談那種事的，所以就別去問了。

有許多年，我的外婆都不肯登記投票。她身分證上的地址是她阿姨在安順（Teluk Intan）的資料。她剛到這個國家時在那裡待過幾年，認為那裡也算是她的家。她是一行人之中最年輕的，抵達的時候才十五歲。我不確定她在那裡住了多久，不過她一來到我們的村莊，就一輩子再也沒離開過。倒不是說我們其他人真的很想去投票——我們並不想，或者只是偶爾想。那對我們根本就不會有太多改變——政客會變，我們的生活仍然不變。但對我外婆而言，就不只是在不在乎的問題了。她非常積極地想要隱藏自己。如果他們來找我們，就不會知道我住在哪裡！我會有一、二、三天的時間可以逃跑。她常常那麼說。才不像你們！到時候他們會知道你們的地址，知道去哪裡找到你們。瘋狂的老女人。人們常笑她。誰會來找我們？沒人在乎我們或我們做的事啊！可是她確信某一天就會有政府發出的命令，會在一夕之間通過某種法律，要將有華人名字的人全部抓起來關進集中營，就像戰時那樣。嘿，婆婆，冷靜一點！我們現在有網路了！臉書、推特、Instagram 跟 Snapchat，我們可以用 Skype 跟俄羅斯的某個人通話，同時聽

Super Junior的直播，跟在哈爾濱和哥本哈根素未謀面的人一起組隊打電動。妳真的相信在這種世界，我們可以直接把幾百萬個人抓起來，把他們丟進囚犯集中營，然後趕出這個國家？妳以為妳會哪天醒來就看見好幾十萬人要走過邊界到泰國，什麼也沒帶，然後我們建造的家園、村莊、城市還有摩天大樓跟購物中心全都被遺棄，就這樣嗎？跟上時代吧，婆婆！

她不肯聽。她後半輩子都執迷於要讓地址保密，認為這樣能夠在華人末日到來時保護她。在她非常老的時候——當時我已經搬離村莊很久，後來又回去住在那一區——有一天她伸手要從她種在屋外那棵小樹摘石榴時摔倒了。無論她如何照料，那棵瘦巴巴的植物永遠長不好。那棵愚蠢的植物是她的另一種執迷；最後，它差點就害死她了。她為了搆到枝葉而拿來攀爬的一張塑膠凳子已經脆掉也裂開了，所以在她踩上去時無法承受她的體重。她摔了下來，結果髖部骨折而被送進醫院。我抵達醫院的時候，發現有很多表單要填寫。每次我要填資料，她都會堅持要我寫假地址。「那樣做到底有什麼用？」我說：「如果他們要做什麼後續檢查，就會到離妳住處五十英里遠的地方去找妳。」

「很好。」她說。也許是因為戰爭爆發時她太年輕了，在十五歲，或是十六、七歲時就必須搭船跨海到馬來西亞。她知道那個年紀的女孩在戰時可能會發生什麼事。我猜這就是她想要隱藏起來的原因。隱形就是安全。現今的孩子完全活在網路上——他們過的每一分鐘都會向全宇宙廣播。謝天謝地，我的婆婆完全不知道臉書——她已經隨時都很焦慮緊張了。死囉，警察看電腦就知道你在哪裡！她正好相反——她想要她的生平，關於她的一切，全部都從這世上抹去。

那時我才明白，對她而言，我們的村莊是個安心的地方。我們困在沒沒無聞之地，進來很困難，出去也很困難。要是發生什麼事，她可以直接逃到海上。再一次。這非常適合她。

我的祖輩全都來自福建省。根據我的計算，來自蘇門答臘的他們，最多只在印尼待了十年，然後就被迫再次遷徙。想像一下——妳大老遠從中國過來，妳離開了戰爭、饑荒，在海洋上換搭一艘又一艘小船，漂流了好幾個月，最後在印尼的某個小鎮上岸，想辦法靠陸地或大海謀生。妳認為妳擁有那一小片矮樹叢或沼澤，或是妳上岸後占有的任何地方；妳認為妳可以開始有孩子，開始新的生活。後來，當妳開始覺得每一天每一週開始上了軌道，當妳對時間的概念開始拉長為一年、兩年、未來——當妳看著妳所在的地方，不再覺得好像每一棵樹、每一片草葉都要傷害妳，結果妳卻又要遷移了。更多戰爭，更多船隻，更多濕地。

我猜那就是他們一抵達村莊就不想離開的原因。對他們而言，就是這裡了。路的盡頭。停止。別回頭看。別向前看。哪怕這個新地方最後會變得跟他們離開的地方一樣糟，他們也願意冒險。不去任何地方，再也不去了，就連去巴生看場電影也不要。他們的孩子也一樣——跟我父母同年齡的人似乎全都附著在那片充滿岩石、紅樹林與浮木的海岸線，隱身於海灣與沼澤地帶。他們開始捕魚，一開始是先餵飽自己，接著在戰爭結束後，就到岸邊的小市集上賣魚。上一代將這份工作傳給下一代——這是我們唯一的傳家之寶。男人坐船出海，女人在村裡縫補漁網，孩子在建於泥濘岸邊支柱上搖搖欲墜的簡陋棚屋裡殺魚——這種生活方式將近半個世紀都未改變過，直到第一座橋在一九八〇年代初期於河口建造完成。

前幾天我在教堂分類人們捐贈的成堆書籍和雜誌——舊平裝本與教科書丟在一張桌子上，就在我們於彌撒結束後食用茶點的大廳裡。我在教會的其中一個小任務是整理書本並清空捐獻箱。裡面幾乎都沒什麼錢。偶爾可能會有人拿走一本《暮光之城》（*Twilight*），可是卻不放錢進去。那天有人留下一大疊舊《時代》（*Time*）雜誌，是一九七九、一九八〇年出版的——就在我出生的幾年後——而我出於好奇把雜誌都帶回家了。我整夜沒睡都在看裡面的照片。美國的總統被射殺了。射殺！妳能相信嗎？約翰．藍儂（John Lennon）也被射殺了。古巴街頭上的數十萬人。在阿富汗境內戰鬥的俄國人。整個世界都在變。我們自己的國家一定也在變。而我只想到：我們要怎麼維持不變？村裡的人——我的祖輩——我的父母，甚至是孩子——我們一定都在努力保護自己不受到周遭所有事物的傷害。那就是村莊對我們的意義：它的存在是要讓我們不知道世界上正在發生什麼。不可能有其他解釋。

可是那座橋一建造好，情況就不同了。沒過多久，南方的生意人就開始在瓜拉雪蘭莪興建小型工廠，目的是清潔並處理漁獲，再分發到國內各地。我們捕的主要是白鯧和明蝦——都是需要小心處理的產品。工廠做得比我們快，而且更衛生，他們是這麼說的。這是城市裡所有大型超級市場的要求，那些巨大有冷氣的空間正在陸續興建，於是我們將捕獲物便宜賣給他們，讓那些殺魚用的破爛棚屋緩慢沉入海中。

村民都說那樣比較好——至少現在我們可以節省時間去抓更多魚，我們的小孩也可以去上學，不必殺魚也不必跟女人一起補破網。不過我們還是沒去上學。我們應該要去，可是沒人真的會去。我們有時候想去就去，我們會到處混，我們會蹺課，跑去田裡跟林地裡，我們會抽菸，討論逃離村莊的計畫。香港、舊金山——我們想像那些地方就在水面的另一邊，而口袋裡的一點現金就能讓我們跳上一艘船到那裡重新開始，就像我們的祖輩從印尼過來時一樣，或是像在我們出生前一個世紀從中國逃出的祖先。那似乎非常簡單。

可是當我回想起那段時間，卻發現了我們當然不是真的相信自己最後能夠住在美國。那只是個模糊的想法——是一種渴望，想要去某個比我們現在更好的地方。那種抱負屬於你們這種人，不是我們這種人。妳知道我的意思——就是住在城市裡，去上好學校的人。我們只是到處廝混的村莊小孩。孩子們之中有一、兩個在學校很認真，他們很用功，通過了所有的考試，那些人最後只會去上附近位於巴生的一所大學，或是受訓成為教師。阿強跟我，還有村裡的其他孩子，我們並不想要那種生活。我們想要當大亨。不過有趣的地方是我們也知道自己不會成為大亨。要怎麼解釋呢？我們越渴望某件事，它就越不可能發生。妳只會幻想妳永遠無法得到的東西。

我們聽說過附近村莊的人搬到吉隆坡或新加坡，不然就是出國去澳洲或美國，而他們回來的時候都很有錢。當時我們是八歲、十歲、十二歲——我們根本不知道那是什麼意思，不知道他們怎麼變得有錢或是做了什麼而有錢，甚至也不知道需要多少才能算是有錢。我們只知道他們離開了家，而現在他們擁有的比我們多。有時候他們會回來過春節或清明節，這些曾經出現於我童年的男男女女，我甚至都不認得了。他們有又大又新的日本車，例如本田雅歌（Accord）之類的，而小一點的孩子都會爬進去。我記得自己爬到座位上，用臉磨擦著座墊，嗅聞那種嶄新的味道；另一個孩子則是假裝在開車，儘管他的視線根本還不到方向盤上方。村莊裡有這種車輛的存在，讓其他的一切看起來都很破舊粗劣。銀色車身的光滑曲線非常漂亮、瀟灑又有力——就像一隻劃過水流的鯊魚。在它的周圍，我們的房子看起來很老舊。脆弱。混凝土塊跟木材，用鋅板與厚木板修補，每一樣都是不同的顏色和材質。如果有一陣風暴正好在當下吹過村莊，那麼其他的一切都會被刮走，只剩下那輛車停著。

隨著我年紀漸長，開始了解這世界，我也知道可以問他們做了什麼，從事哪種工作，如何離開村莊之類的，可是我從未接近他們。我看著他們從後車廂取出禮物，將那些盒子慢慢擺進家裡，讓村裡其他的人看看是什麼——彩色電視、日本製電子鍋、吹風機。他們改變的不只是衣裝，還有聲音——不多，只是比以前更響亮清晰；在我們的方言之中加入更多英文和中文。但那就足以讓我覺得自己再也無法跟他們交談了。也可能是我沒那麼感興趣。我不必離開去做他們做的事。我相信生命會為我改善，儘管我並不知道會如何改善。

覺得樂觀的不只有我一個人。這段時期，新的道路與工廠正要開始興建，新的近郊住宅也要跟著購物中心和停車場往南推進，而村裡的每個人都很高興我們再也不必殺魚了。我們很開心有別人帶走我們的漁獲並在加工廠處理。光聽到那種說法，就讓我們覺得自己變得更進步了。雖然我們知道賣魚的價格比以前更便宜，可是沒有關係。現在我們可以花更多時間在海上。現在我們可以開始在淤泥灘養殖烏蛤，範圍就從我們的前門往外延伸好幾百碼。洪阿姨（Hong）找到了蝦餅的新作法，聞名到一日旅客會在週末專程從城裡過來買。某天在全國性報紙上還出現了一篇文章，標題是〈遺忘的海濱魅力〉。我還記得她那張照片，她盛裝穿了一件紅色女用襯衫，塗了顏色相稱的口紅以及藍色眼影，讓她看起來像是個完全不一樣的人——誰知道她竟然會化妝？不過照片裡的她就是那樣，驕傲地一隻手拿著一袋餅乾，另一隻手掌上放了一隻生蝦。

在我離開村莊前的十年期間，我們已經習慣了鳥蛤收成時的興奮感——遠處傳來的碰撞聲，是船隻在將鳥蛤倒進大型藍色塑膠桶準備清洗的聲音。那是一種響亮清脆的敲擊聲，從幾百碼外就能聽見。這比長時間出海更輕鬆，男人和女人可以一起工作，不必跟自己的家人分開那麼久，看到暴風雨要來了也可以躲避。孩子會在採收時幫忙整理。我們會撿起所有的空殼，或是已經半開跟死掉的。離開村莊時，我知道我會是做那種工作的最後一批孩子。收成的量每年都在減少，在泥地採收時也會一併撈起越來越多塑膠袋，那些塑膠袋會包住外殼，讓鳥蛤窒息。有一年我也發現了幾十個保險套。也許是某間工廠丟在那裡的，或是被河水沖到下游——誰知道。年紀較輕的孩子不知道那是什麼——他們會吹起來當成氣球，還會戴在手指上並捏住空氣，假裝是龐蒂亞娜★（Pontianak）或某種惡鬼。那一年我們有很多開心的事。

後來有些孩子的手上開始起了疹子——又紅又痛，就像燒傷之後的一片紅腫，但覺得更癢而不是痛。只有我猜原因來自泥巴——一些村民於收成期間在淺水處涉水，腳上也出現了一樣的情況。人們開始去猴神（Monkey God）廟獻祭與祈求。我們會燒紙錢——我們認為這是我們的錯，是我們做的不夠而無法滿足天神。每個人都說，要是我們更富有，就可以捐獻更多給廟裡，我們的收獲就會更好。他們不明白他們其實無計可施，因為那些汙染會隨著穿過城市的河水沖下，流入我們房子前方的大海。或者，從沿海地帶再往上走，在水深較深的離岸蝦場——妳偶爾會在傍晚風往某個方向吹的時候聞到化學味。那是一種酸臭味，像過了很久的貓尿。雖然我功課不好，可是我知道往更內陸那些製造汽車、冷氣、洗衣機、美國品牌運動鞋的大工廠——它們座落於流過我們蛤場的同一條河附近，就在四、五十英里外，而隨著時間過去，它們也會繼續把越來越多廢棄物倒進河裡。我一點也不感到傷心或生氣——為什麼要對妳無法改變的事發火呢？事情本來就是這樣。

唯一令我憤怒的，是當我告訴他們我認為發生了什麼事時，卻沒有半個人願意聽我的話。汙染？我的外婆重複這個詞，彷彿這是另一個世界的某種奇異現象，例如在另一個太陽系發生的行星碰撞。她轉身背向我，然後往廟裡去。「真不知道他們這些日子在學校教了你什麼。」

只要有人從廟裡回來，就會談論命運。*這樣活著是我們的命運。*我本來從未想過天命與際遇的意義，一直到我入獄之後，在那些漫長的時間裡躺在床上什麼也沒做，便開始出現了一些想法。如果我的祖輩在岸上更遠處落腳或是漂流到南方會發生什麼事？如果風或潮水更強或更弱一點，帶他們到了霹靂（Perak）或柔佛（Johor），或是巴生港（Port Klang）呢？我會不會

★馬來西亞傳說中的女吸血鬼。

成為碼頭工人或水手，說不定是一艘船的船長？那一定會很有趣。如果他們在沿海其他地方落腳，不是困在河與海之間，也許他們就會往內陸去，直接進入城市了。這麼一來，也許我就會變成妳了。

我只是在開玩笑。我當然不會變成妳。我知道沒那麼簡單。而且我也不是想要變成妳，或是像妳一樣的人。只是有時候我忍不住會想自己是不是註定要成為現在這樣。

OCTOBER, 10TH
十月十日

爭執的內容是關於金錢，一向都是如此。所以那個人才會死。原因並不是女人，有些報紙上是這麼暗示的。像我們這種人不會為了愛爭吵，我們會爭吵的是房子、土地，有時候是車子，大部分都是金錢——會影響我們生活方式的東西。

在那一晚的五、六週之前，我在工作時接到了一通電話。替我們工作了一段時間的印尼人漢卓（Hendro）從水邊跑上來，大喊著老闆，老闆，電話。他的頭上包著平常那條藍白色大頭巾，而他用變黑又有油脂的雙手示意我去辦公室。在一段距離之外，他看起來像是個超級英雄卡通玩具，身材矮胖，面露笑容，儘管他從黎明就開始工作，跟其他幾個人為小型辦公建築前方的泥土庭院鋪上瀝青，要將那裡轉換成一座適合的停車場，有柏油碎石地面，好讓汽車和機車在雨季時不會攪起一堆爛泥。那個時候我們的訪客越來越多，從吉隆坡到遠至亞羅士打（Alor Setar）的人們都會來視察養殖場，親眼確認我們產品的品質、我們新的過濾系統、水質新鮮與否、衛生的程度。他們必須先確認這些才會跟我們簽署供應合約，所以我們必須給他們好印象。我們不能讓他們的車子陷進紅泥地，或是讓他們回去城裡時看起來像是去過一趟撒哈拉沙漠。當時我的老闆有錢，生意很好。

我開始在走道上前進，要回到岸邊。當時我正在監督最新一批人工魚苗的放養。那一年我們的重點完全放在海鱸魚上，我們知道這種魚的價格會很高。雖然中式餐廳一向都有需求，不過高檔的西餐廳也開始提供了。我們有兩位客戶，在八打靈再也經營一間街坊餐廳，就拿了他們的菜單給我們看——我們的魚可能會跟鮭魚和鱈魚那種聽起來很高級的進口產品售價相同。「你在開我玩笑嗎？」我說：「當地人真的會為海鱸魚付那種價格——你確定不是西方人？」他們向我老闆保證這很容易。他們的客人喜歡新鮮的當地漁產，不想要從澳洲或阿拉斯加冷凍後大老遠空運過來的東西。他們的餐廳只是間小餐館，看起來沒什麼特別的，不過一份海鱸魚片就要賣五、六十令吉。我一邊想著那些錢，一邊看著小魚緩緩游出塑膠袋，在昏暗的水裡閃爍，就像明亮的銀雲。每一隻在城裡某個人的盤子上就能賣一百塊。

我沿著繫在漂浮金屬油桶上的木板走，忍不住想著那些脆弱小魚的價值。養殖場最近擴張了規模，每一年我們都會再新增幾處魚塭——漂浮的魚籠，在水面部分以方木條框住當作走道，網子就懸浮在底下的水中。那是養殖場經營的第十二年，我們已經成長到有二十個區域，光是過去幾個月就新增了五個。我喜歡這些整齊的格子，也非常熟悉，就算遇到水面起伏與強風吹襲的壞天氣時，我也能夠迅速跑在狹窄的木板上，完全不會失去重心。工人丟飼料時，我會站在那裡低頭看著魚群拍打水面，腳底也會感受到平臺因為魚兒擾亂水面而輕微上下晃動。而我很高興自己再也不必跳進去修補破網，或是取出由暴風雨吹進來的塑膠袋、瓶子和其他垃圾。雖然我在海邊長大，可是大海對我來說仍然無法預測，永遠能夠改變與破壞。

我花了一點時間才回到突堤，覺得打電話的人應該已經掛掉了。人們很不喜歡等待，尤其是年輕人——大家隨時都很匆忙。漢卓跟我一起走向辦公室，一邊抱怨著他們得做的那些工作。鋪設停車場的只有他跟另外兩個印尼人——布迪（Budi）和喬約（Joyo），他們的資歷較淺，不知道怎麼操作機器。他們動作很慢，所以他什麼都得示範給他們看。漢卓也必須處理其中一部發電機，因為它前一晚燒壞了，要在今天結束之前修好才行。有一個魚籠被扯破了，需要修補。其中一座突堤也需要整修。另外還有保養魚塭、檢查濾水器、餵魚——他全都得做。他們笨，老闆，他們笨。我笑了。我剛開始到養殖場時，所有工作都要一手包辦。「哎呀，現在的人啊！」我告訴他：「他們什麼都愛抱怨。臭移工也愛抱怨，怎麼會呢？」我們笑了。「先把柏油碎石鋪好吧，其他工作可以晚點再做。」

他知道如果他把一切做好，也沒弄出什麼麻煩，完成我們所有的新工作後，我就會讓賴先生（Lai）在月底額外給他一些現金，他就可以寄給在爪哇的妻子和女兒——金額不大，大概五十、一百令吉，在開齋節則會給到兩百塊。有時候，如果我覺得他那個月做了很多工作，或是如果我們因為天氣或補給而生意特別差，老闆只給他一些小費，我就會自己拿一些錢給他。他跟著我們四年了，我認為他值得一些獎勵——能待那麼久的工人非常少見。

這些（我們在養殖場付出的勞力，或是其他工作的人）老闆不一定都會注意到。他開始花越來越多時間在外奔波，往更遠的地方尋找客戶——當時他一心想的是巴生谷（Klang Valley）的大型連鎖超市，例如Tesco和家樂福。有幾週他甚至一天都沒出現在養殖場。大部分的日子只有我在看管整個地方，監督著十二位工人。要找到好的印尼工人一向很困難，他們通常都做得不久，會偷竊或騙人，或是把賺來的錢賭掉——老闆都是這麼說的，而我覺得那就是他從來都記不起他們名字的原因。他不想了解他們的生活，不想把他們當成真正的人——在他們其中一個突然沒來工作時，這樣想會比較簡單。那樣少了一個人，妳當然會納悶他發生了什麼事。說不定他晚上從港口附近其中一家妓院回來時被一輛公車撞了，或者他跟人打架被打死了，或是被警察抓走，不然就是覺得已經受夠了，連薪水也不來領就直接回加里曼丹（Kalimantan）去了。

在這一行待得夠久，妳就會聽到這些外籍勞工發生的各種故事。光是那一週，路上那間板金工廠就有三位工人失蹤，兩天之後在人造林邊緣的一間棚屋找到，結果他們的眼睛鼓脹流血，嘴巴不見了——沒有嘴唇跟舌頭，都被強酸融化了，只剩一堆骨頭和血。那就是巴拉刈中毒的後果，會在妳的喉嚨燒出一個洞——就是這裡〔觸碰喉嚨，發出喀喀聲〕——然後血跟其他之類的東西就會冒泡流出來。其中一個是女人，其實是女孩，連二十五歲都還不到。誰曉得他們為什麼決定要一起自殺。這裡一直都有工人自殺，而我並不訝異。我知道這樣不對，這是一種罪。每個人都知道。我剛開始上教堂的時候，這是他們最早告訴我的事——我猜他們很擔心我的心理狀態，害怕我一旦開始懺悔，知道自己做了什麼之後可能會做出什麼傻事，一副我以前並不知道的樣子。如果你自殺，上帝就會懲罰你的！常上教堂的人老是這麼告訴我。不過有時候，要是妳看見那些印尼人跟孟加拉人的生活方式，就會明白了。（停頓。）我的意思是，如果妳的生命中沒有儀式或休閒，對於死亡又為何要在意這些呢？如果我一天工作十八個小時，一個月只休息兩天，而且七年都沒見過家人，那麼我才不會想到要有奢華的葬禮，讓全部的朋友過來，到處擺著大把花束，以黑色轎車排場，就像妳偶爾在城裡看到某個大老闆死掉後舉辦的那種葬禮。我不會想到我的家人是否會在報紙上弄一個全版廣告宣布我去世了，就像那些中國大亨一樣。我不會想到要有一張自己穿西裝打領帶的遺照。我會想：該是離開的時候了。然後我就會離開。不會浪費時間。

老闆對這些完全沒興趣。只要養殖場經營良好，而且沒人偷走錢或機器，他才不在乎是誰在那裡工作；他們會待多久；他們快不快樂。阿福，那就是我要你的原因啊！他常常開玩笑說我是半個外國人——說不定我爸曾找過妓女，所以我才能跟工人相處得那麼好，因為我有印尼人的血統。「不知道是怎麼回事，不過你真的了解這些傢伙。」他常這麼說。有時候當客戶造訪，說這裡運作得多麼順暢，老闆就會告訴他們是因為我。「我的領班會處理好一切，確保那些孩子們認真工作——他是來自村莊的孩子，跟他們比較好溝通啦！」

他那樣吹噓我的事讓我很驕傲。雖然我偶爾會抱怨他沒出現，不過還是因為受到那樣的信任而暗自開心。我在養殖場工作了將近十年，而且已經做到開始讓每一年都維持差不多的水準，以我能夠預期並以我想要的方式改變。雖然我的薪水只有微幅成長，不過一直在穩定增加。我逐漸習慣了一些小驚喜——在春節時從客戶或機器供應商那裡收到的大紅包；有時候是老闆度假回來送的禮物，例如他有一次去日本帶回來了一盒很特別的北海道威化餅。

當生活像那樣慢慢演變，出現一個又一個小禮物，妳就會開始變得堅強。薪水一開始會令妳很訝異——因為它的規律很驚人，因為即使妳認為它可能會隨時突然停止，它還是會繼續出現——而妳會開始覺得好像它一直都在。彷彿宇宙不可撼動的一部分，就像原子或妳體內的細胞。妳一個月又一個月地收到它，一年，兩年，四年，八年——永遠不會結束。妳開始感到滿足，儘管它不會讓妳認為是件該滿足的事，但卻有種踏實的感覺包圍著妳，那種感覺濃厚到妳偶爾在夜間醒來時會相信自己伸手就能觸摸。

換句話說：我很感激。那個時候我已經離家幾年了——搬離村莊，在吉隆坡接連換過幾個工作，然後又回到附近。我在巴生的一間五金行工作幾個月，然後去了一間賣小型農業工具和設備的商店，就在火車站對面。某天我正在把幾袋肥料搬上一位顧客的卡車時，看到他戴著一只大錶，是勞力士。我在吉隆坡待的時間裡學會注意到這種東西——又亮又貴的物品，穿戴在主人身上當成一種挑戰。看著我吧，抗拒我吧。垂涎我吧，拒絕我吧。我一直搬，一次把五十磅重的肥料翻到肩上，從店裡扛向卡車，而我的眼角餘光只看得到那個男人手腕上的錶，他就站在那裡，雙手插腰。他看了一下時間。中午了。很熱。

我搬完後，他把手伸進口袋，我還以為他要給我小費，也許是兩、三令吉之類的，結果他給了我一張名片。「需要工作的話，就打給我。」他說。他叫賴先生，在適耕莊附近擁有幾座菜田、一些果園、一座山羊牧場。而且，他還是仲介，會為那個區域擁有最大稻田的馬來人僱用移工收割稻米。他會為他們安排好一切，在收成的季節找來孟加拉人和印尼人，用現金支付他們薪水，然後再把稻米賣給地主。他當然會從這一切抽成——不多，這裡一點，那裡一點，足夠使他成為有錢人了。隨時都有人會提供工作，可是當妳打給他們，工作就已經不在了。我已經習慣了那種生活方式。承諾並不是承諾。不過我還是保留著那張名片。

幾個月後，我跟我的僱主之間發生了問題——他們指控我偷竊，這並不是事實（就算有也不是在那份工作時做的）——於是我直接轉身離開。當時老闆娘坐在櫃檯邊，收銀機是打開的，而她一直罵我，聲音就像鑽混凝土時一樣刺耳。你想要錢幹嘛，買毒品嗎？欠高利貸嗎？幹嘛？她的丈夫站在她後面，手臂在他的大肚子上方交叉。他們上方的時鐘顯示是九點鐘。我感覺腦中開始想到句子，要解釋說這弄錯了，如果他們再看一次帳簿，金額就會一致，而且負責收錢的也不是只有我一個人。或者我可能出錯了，在收到一大筆錢時沒數好鈔票——誰知道呢？可是她吼得太大聲了，一個問題接著一個問題，我沒辦法跟上，腦中的句子根本無法組合起來讓我好好辯解。我想大喊罵出所有的髒話，用我的拳頭直接砸破面前的玻璃櫃，踢倒擺放油漆、螺絲、磅秤的架子，看著那一切廉價的廢物掉在地上。但結果我只是咧開嘴笑著。一開始我根本不知道自己露出了一副興高采烈的愚蠢表情，直到老闆娘說：「笑什麼？瘋孩子。你要去哪裡？回來啊！為什麼你要笑？」

「嘿。」我搖搖頭。仆街。我轉身走出商店。我從來就不喜歡她。她老是在探人隱私，老是問我關於我家的事、我生長的地方——那些都是我不想談的事。死八婆。在記憶裡，我真的當面那樣喊她，也告訴她我對她的看法，但也許我並未那麼做。以我現在說話的方式，妳一定不相信我，可是我從來就不多話，尤其是遇到類似那樣的情況。我離開走出去的時候她還在大喊。我走到對街，在河邊那座鐵橋底下的盛發★（Seng Huat）吃了些肉骨茶。即使處於巨大生鏽圓柱和附近樹木的陰影中，我還是能感受到上午陽光的溫度越來越高，讓衣服都黏在背上了。

在我周圍，辦公室職員和退休老夫婦吃著快餐，然後就要去做更重要的事情——他們吃得很快，喝湯時發出聲音，沒抬頭看其他人。我跟一個年輕的家庭共用桌子，一位母親帶了兩個孩子，男孩在玩任天堂，小女孩看著我笑，而她母親則是在看小說。我微笑回應，模仿小丑睜大眼睛笑得很開露出開心的表情。她的笑聲是如此清亮，毫無束縛而自由。在那幾秒鐘裡，我相信我可以完全過著我想要的生活，不會受到任何傷害，從那天早上開始到以後都不會。她的母親抬起頭，對我繃起了臉。她一隻手臂環抱女兒，然後說：「不要看那個人。吃完妳的東西，我們要去看阿嬤跟阿公了。」

他們離開之後，我心想，我又變成這樣了，沒有工作，毀了，廢了，完蛋了。這不是第一次，也不會是最後一次。我知道我很快就會找到另一份工作。如果妳什麼都願意做，就會有事情做。可是妳一定會有覺得陷進泥淖的時候，一扇門關上，其他的也都消失。妳連看都看不見，更別想說還要打開。

我沒忘記賴先生的名片。它還在我口袋裡，因為透過衣服滲入的汗水而變得鬆軟破舊。我找了個電話亭打給他。有人在電話上方的塑膠圓頂塗鴉，就像某種罕見而細膩的玻璃雕刻藝術

★ 馬來西亞肉骨茶名店，亦稱「橋底肉骨茶」。

品——那是首相的名字，後面接著「PANTAT」這個詞。那些字是從外面寫的，所以我花了些時間才看懂顛倒的字母。我笑了起來。是誰會花時間站在一座電話亭外面罵首相賤貨？而賴先生正好就在此時接起了電話。我試著解釋我是誰，以及為什麼打電話，不過因為我還在竊笑，所以很難說得清楚。「你心情很好，」他說：「我喜歡愉快的人。」一個星期後，我就到他位於丹絨加弄（Tanjung Karang）附近的養殖場上班了。

一開始我做的是養殖場工作，等於是勞工，負責修補、搬運。起初只有兩個籠子，不過其他的已經在建造了，後來很快就有兩個印尼人哈林姆（Halim）跟阿迪（Adi）加入我，然後是里歐（Rio）、英卓（Indra）、尤迪安托（Yudianto）、塞卓亞（Satria）、巴猶（Bayu）、艾迪特（Adit）、蘭迪（Rendy）、艾卓（Adra）、埃卡（Eka）。〔停頓。〕拉瑪（Rama）、哈尼夫（Hanif）、阿布迪（Abdi）、弗曼（Firman）、李歐（Leo）、迪瑪斯（Dimas）、丹尼（Denny）、法里茲（Fariz）、恩唐（Endang）——他們是比較晚來的。經過這麼久，我還是可以記住他們所有人的名字。待很久的人非常少。幾個月、一年——那很常見；一年很厲害，兩年就很稀奇了。當時所有的仲介都開始賺大錢了，他們會引進工人，綁上三年合約，而且在他們還沒開始工作之前就先從薪資總額扣下一整年的薪水，但即使這樣，工人還是會消失。等妳看到他們工作有多麼努力，就會明白原因了。他們並不是在心理上無法接受薪水——一個月

四、五百塊——是他們的身體無法承受工作。

不久前我在臉書上讀到文章討論移工的最低薪資。我不知道它是怎麼出現在我臉書上的——通常只會出現一堆約爾・奧斯汀★（Joel Osteen）的影片連結跟其他跟宗教相關的東西，不然就是羽毛球或足球——不過這次是一篇文章，談論吉隆坡有個人權團體之類的組織想為在這裡工作的數百萬民外國人爭取基本權利。他們一定會失敗的啊！就連我都可以直接告訴他們結果了。他們一直抱怨缺少政治決心——政府這個、政府那個的。讓我驚訝搖頭的是他們關於金錢的謬論。*移工的薪資正在降低，簡直是侮辱人格*。他們不懂並不是薪水摧毀了這些男女的靈魂，而是工作——在他們都還沒考慮薪水的問題之前，工作就已經弄壞了他們的身體。工作光在幾年內就能將他們從孩子轉變成枯老的生物。任何人都可以讓自己的身體像他們那樣工作個一、兩年，也許再久一點。可是隨著一年一年過去，時間在妳面前拉長展開，就像某個炎熱日子裡的大海，風平浪靜，沒有任何變化——當那種生活變成妳的未來，妳就會逃跑了。就算有人每個月給妳一萬塊，妳的身體也不會接受。妳的大腦告訴妳要留下來，要為妳家中的孩子賺錢，而妳年邁的雙親也需要照顧。可是妳的身體會說：*逃走吧！*

★知名美國傳教士。

前幾個月，我都跟那些外國人一起工作，有時甚至還會跟他們下水修理魚籠，或是在興建辦公室和其他農用建築時推著手推車，將十噸重的沙從陸上的一側搬到另一側。我們穿著寬鬆的衣服防曬，不過到後來太陽下山，我們去洗澡時，我還是看見了太陽在我們身上留下的痕跡——臉上、脖子、雙手的皮膚都比其他部分黑了三倍，就像是其他人的身體，是某個比我們更不幸的人。後來我在脖子上繫了一條小毛巾防曬。我讓毛巾在前面打結，這樣我就可以輕易解開用來擦臉上的汗，結果他們就開始取笑我。嘿，牛仔先生，他們開玩笑地說，約翰．韋恩（John Wayne）來上班了！

有一天賴先生出現，發現我在跟印尼工人一起攪拌混凝土。他車子都還沒停好，我就聽見他大喊了。他搖下車窗。「你為什麼要浪費時間做這種工作？去檢查發電機、檢查存貨——做點有用的事情啊！」我看著他，眨了眨眼睛。汗水滴進我的眼睛，而我也突然覺得很熱。「看什麼？領班也要做這種骯髒活嗎？給他們指示就可以了啦！不必一起做。」我到我們在某些樹的樹蔭中蓋的臨時淋浴間沖洗時，腦中一直想著領班這個詞。這個詞的新奇感在我腦中緩慢旋轉，有如從上方稀疏枝葉間透進的陽光，像玻璃碎片掉落在我的周圍。也許那天是我的眼睛有問題，說不定是我在太陽底下工作太久了。

我明白我即將有能力影響其他人了——我或許可以要那些人依照我的意願行動，他們跟我很像，他們身體勞動的方式跟我一樣，而我不只理解，還能跟他們共享絕望與喜悅。我們是朋友嗎？當然不是。我從未去過他們的宿舍，他們也沒來過我的。到了晚上，他們會消失在夜晚之中，我則是回到我自己的空間。我們知道我們永遠不會成為好朋友，但這一點卻讓我們連繫起來。友誼並不需要親近。在那段時期，那些在太陽和雨水底下的漫長日子裡，我們以同樣的方式經歷了痛苦，還有滿足與歡笑，不過大部分是艱苦，這使我們有緊密的連結。

現在，有人給了我權力指使這些人。隔了幾秒鐘後，我們就不再相同了——或許我們一直都不同，只是我自己傻傻以為我們相同。雖然聽起來很蠢，不過我突然覺得跟他們不一樣了。我走回容納著辦公室的灰色混凝土空間時，看著那些人鏟起沙子和水泥，用推車推著碎石，將一包包砂礫扛在肩膀上。他們沒有一個人抬頭看我——他們只是繼續工作，就跟之前一模一樣。他們好像知道有某件事改變了，知道我脫離了他們的世界，不再屬於那裡。我不知道要做什麼。我想呼喊他們，開個玩笑，例如阿迪的跛腳或是巴猶工作時嘴巴總停不下來——我們很常說這種爛笑話。可是感覺不對了。我們之間開啟了一種空間，而他們跟我一樣都感覺到了。附近的賴先生正走向突堤，要是我呼喊那些人並跟他們開玩笑，他一定會聽見，然後說些難聽的話。我沒得選擇，只好繼續走。

我把上衣扎進褲子，然後進入辦公室。我的周圍有一堆堆的紙張和檔案，全都是帳單和請款單。我打開一個資料夾，盯著那些根本不知是什麼意思的文字與數字。雖然我在幾個月內很快就學會如何破解它們，可是我永遠無法完全忘記第一天時體驗到的恐慌感。妳不會懂那種感覺的——在一張紙前感到無力。我告訴自己，這就只是一張紙而已。上次我見過這麼多頁文字是在學校的時候，而那已經是好幾年前的事了。那個時候，我被它們打敗了——在考馬來西亞教育文憑（SPM）時算是不及格吧，甚至在中文和數學得了D。我只在一科得到好分數，就是歷史——C4——這真是個笑話，因為過去對我毫無意義。完全沒有。全國大概沒人考得比我差吧！當時我十七歲，等不及要離開學校了。早在那個時候，我就心想：真是浪費時間，謝天謝地我再也不必閱讀與寫作了。我怎麼會知道自己還得完全重新學習一遍？

我往外看著在庭院工作的那些人，聽著鏟子挖起砂礫的聲音，還有水泥攪拌機的輕微隆隆聲——一切有如某種奇特音樂的節奏，在我坐到檔案堆前方時引我入睡。桌上的電風扇吹著我的臉，使我感到睏倦。醒來。醒來。我知道如果我真的想要成為我應該成為的人，就必須弄清楚眼前的那些紙張。

我聽見賴先生走近，於是在他進來時假裝正在查看檔案。「我們需要一些發電機的零件，」我說：「不是大東西，只是個小裝置，長久下來可以幫我們省錢。」我不清楚我是怎麼知道的，但我就是知道——一定是在前一份工作裡學到的。賴先生遲疑了一下，然後點點頭。「我會給你一些現金。」他就要離開時，又轉過來說：「跟你說，我會買個保險箱放在辦公室。我會拿幾千塊放進去——目前就由你保管。」

他離開後，我就坐在桌子後方看著工人工作。他們的手臂舉起又落下，他們的雙腿深埋進土堆和沙堆，褲管捲到了膝蓋。里歐穿了一件尺寸過大的山寨版皇家馬德里（Real Madrid）短褲，繫著一條皮帶還垂過了膝蓋。他跟哈林姆正在搬運幾包水泥往攪拌機去，他們踏著小步伐迅速走著，赤腳在地面留下了足跡。他們的膝蓋偶爾會稍微彎曲一下，而我記得我的雙腿在幾個小時前也有過同樣的感覺——強迫身體做它不想做的事，直到這種感覺讓妳熟悉到再也不知道如何不強迫自己的身體，到時連像拿起一杯茶或一碗飯到嘴邊這種簡單的動作都會令妳覺得怪異而毫無生氣。上方的天空正在變暗。再過不久就會出現午後陣雨，將庭院轉變成泥地，到時就會更難行走，而他們也知道這一點，所以現在才會逼自己加快進度。跑步，搬起，丟下。巴猶預期會下雨，所以先脫掉了上衣，而我看見了他背上的深色疤痕，那是他前一份工作在芙蓉市（Seremban）一處工地時受的傷——一道很長的曲線，寬度約一根手指寬，看起來才剛癒合。在倒光推車內的石子時，他滑了一跤摔在地上。他的頭撞到推車把手發出砰一聲悶響，他在摔下時笨拙地伸出一隻手撐住——這會讓手腕和鎖骨受到很大的衝擊。唉呀！他的叫聲就像小孩，聽起來很尖很軟弱——跟他寬闊的肩膀與矮壯的雙腿很不搭。其他人笑了起來。要是我在那裡，我也會做一樣的事——笑著嘲弄他的笨拙。他揉揉自己的頭，拍了拍手臂，然後推起空推車跑起來，準備繼續搬運。他當然會像孩子大叫。他才不到二十歲。

我坐在椅子上看著自己的雙手，轉過來又轉過去幾次。手背的膚色比手掌淺多了。我閉上眼睛。突然之間，我覺得好累。我趴下去直接睡覺，身上被桌扇吹涼了。

每一年我都會讓自己在養殖場少勞動一些。早期有幾次，在監督工人興建磚造倉庫或新魚籠的時候，我會因為覺得他們動作太慢或做得不對而感到失望——我有股衝動想跳到船上，像我童年時期那樣把糾結的網子從水裡拉上來整理好，或是親自均勻塗抹砂漿並排好磚塊。我站在那裡看著他們工作，身體感覺像是想脫離我的控制。現在我跟以前一樣必須強迫它，不過是以不同的方式——這次是保持不動，因為它並不習慣這麼做。我越不行動，心裡就越沮喪，對工人也就喊得更大聲。

然而，身體還是能夠忘掉花了一輩子記起來的東西，沒過多久，脫掉衣服到太陽底下工作的念頭對我就變得非常陌生，甚至令我討厭。為何我要那麼做？我花時間到處來去，確認魚群健康，還要確認幫浦、濾水器、發電機都正常運作。我也要監督所有的建造和修補工作。養殖場一直在擴大規模，幾年之後我們還有了一位銷售經理跟一位祕書。

我開始存錢並擁有工作以外的生活——照我想像一般人的方式度過晚上和週末。我結了婚，買了一間房子。我們開始到城外去——開一整夜的車到檳城（Penang）、在曼谷旅遊五天。即使我請假，也還是會領出薪水——我已經對「我會收到錢」這個念頭感到習慣，即使沒工作我也認為我會收到錢。那一年的八月，我記得我去銀行檢查帳戶，看到我的薪資正常存入時竟然也沒多開心——總共一千九百令吉。我根本不知道那會是最後一次。

當我回想起那天，想到漢卓跑過來說有電話找我的時候，我偶爾會好奇那通電話如果掛斷了會怎麼樣，由於我們的線路不是很穩定，所以有時真的會發生這種情況。我知道那是上帝的旨意，而事情會那樣發展也是因為祂的安排。不過我還是會好奇。我有時會想像漢卓說：「有人打來，可是說『算了，阿福正在忙的話沒關係。』」可是，我記得他快步走在我身邊氣喘吁吁的樣子，然後他就離開我往我們未來的停車場去，回到那群工人之中。我進入辦公室，看到聽筒朝下放在桌上，跟底座有一段距離——我不知道從漢卓接了電話到現在，來電的人到底掛斷了沒有。

「哈囉？」

「喂，小弟！是我。」

「你是誰？」

「嘿……是阿強啦！」

她坐在那裡看著我，眼睛都沒眨一下。

我從一開始，從第一次訪談時就注意到了。她從來不會眨眼。就連我沒話好說的時候也一樣。在沉默的時候，她會跟我對望並露出微笑。每次先別開眼神的人都是我。

一開始我並不喜歡她，而現在我還是有點不太信任她。這些來自大城市受過教育的人，你永遠無法相信他們說的話——他們太容易露出笑容，對你也太感興趣了。她在我說話時看著我的眼睛，彷彿我正在說出世界上最重要的事。她偶爾會點頭，好像真的明白我在說什麼。有時候她會發出聲音，例如嗯……哼，彷彿是在說對，我在聽。她會皺眉，看著我，似乎正在理解我說的每一個字，儘管有時我只是在說些無關緊要的事——有一次我在金河廣場（Sungai Wang Plaza）買了哪種內衣；我在二〇〇三年某個晚上吃了哪種麵，諸如此類的事。有時候我是故意的。我想看看她會不會覺得無聊，因此催促我講別的東西。

然而她從未失態，總是能裝出一副感興趣的樣子。從不打哈欠，從不看手錶。她的三星Galaxy手機放在我前方桌上，正在錄下我說的一切，可是她幾乎不會看它。她只會偶爾在筆記本迅速記下內容。我覺得自己好像正在舉辦現場直播記者會的政治家。

結果是我為了確認手機仍在錄音而不斷看它。

兩個月前第一次收到她的電子郵件時，我還以為是垃圾郵件，就跟我信箱裡的其他東西一樣。美麗中國新娘、線上美國文憑、強效威而鋼。那天我注意到一則訊息，標題是請求訪談。我沒理會——那對我而言跟其他信件一樣沒有意義。大約過了一個星期，我發現同一個人寄了另一份電子郵件，標題是：轉寄：請明確回覆。到底有誰會點開這種電子郵件？每天我都會讀到有人被詐騙的消息。你點了一個連結，然後你的整部電腦就會中毒，在俄羅斯的某個駭客就會取得你所有的銀行資訊。有人會偷走你辛苦賺來的錢。他們甚至會搶走你的身分。

然而，我就是會點這種連結的人。我沒使用線上銀行，沒有信用卡，沒有會發現我在電腦上看了什麼的配偶——我沒什麼好損失的。我等了一個星期，然後是兩個星期，每天都會看那份電子郵件一、兩次。最後我心想，她把我誤認成別人了。

但這並不是誤會。她曾在美國做研究，聽說了我的案子。現在她回到馬來西亞要花一些時間做實地考察。她想要訪談我，試圖了解與案子相關的情況和事件。是個詐騙犯，我立刻這麼想。有人假裝成某個人。我說好以後，「她」就會帶著十個有武器的男人來我家，搶走我僅剩的一點現金。

> 我想以非正式的方式跟你談，描寫出你這個人。我對你的個人生平有興趣。我們可以先聊一聊，看看情況發展得如何。

因為我很無聊，所以就回信了。她回覆時，附上了她大學的一封推薦信當作證明。我在

Google查詢她，看見她的大學照片。譚素敏（Tan Su-Min）。為了確認，我請教會的牧師撥打推薦信上的電話。紐約，是吧？他說。他緩緩讀著信，然後說，社會學的博士學位——哇，不是開玩笑的。沒問題，這是真的，不必打電話了。

第一天，她按了一下門鈴，沒等我應門就打開了金屬柵門。我都還沒離開廚房，她就已經通過了那座小型混凝土門廊。我心想，她一點也不害怕。隔壁的狗開始吠叫——由於經常有人會闖空門，所以這附近很多人都會養狗。你應該覺得像這種社區有什麼東西好偷的，可是現在盜賊為了電視或音響，什麼事都做得出來。只要出現最細微的情況——晚上有一部摩托車停在一間屋子前——所有的狗都會開始大叫。然而她一點也不在意牠們。

她應該感到憂心才對，結果猶豫的人是我。我站在那裡透過前門的格柵看著她。頭髮剪得很短，像男孩的髮型。或是像大約一九九五年那時期的王菲。（我在幾個星期後對她說了這件事，那時我才覺得自在到可以對她開玩笑。）跟我一樣高，差不多五英尺七英寸，穿的短褲很長，看起來就像軍褲，旁邊有大大的口袋。比她大學那張照片看起來愉快多了。她摘下墨鏡，戴在頭頂上。

你在屋裡聊沒關係嗎？她說。如果你覺得到外面比較自在，我們隨時可以出去，到別的地方進行第一次談話。看你比較喜歡哪種方式都行。她的問題讓我覺得比較像是命令。

沒關係，我們可以待在這裡，我說。

她一進來，就開始四處張望。她面向我，試圖閒聊以表示禮貌——謝謝你答應見面，我希望這樣不會太麻煩，很熱對吧，最近都沒有下雨——可是她的目光並未聚焦在我身上，而是一直看著室內的東西，頻率多到讓我也轉頭去看她在注視什麼。可是那裡什麼也沒有，就只是我這些年熟悉的同一個地方，而那些老舊的藤製傢俱都是教會人士捐贈的。電視正在播放一齣韓劇。我忘記在她抵達時關掉了，所以現在室內都是演員的聲音。Oppa, myo haeyo（哥，對不起）。室內另一邊的桌子上有一堆報紙。《南洋商報》和《星洲日報》。一本聖經。一個我用來放萬能4D（Magnum 4D）和大彩（Big Sweep）彩券的小餅乾盒。我想不出她在看什麼。

我拿飲料給她，就像教會有人來訪時我做的那樣——一個楊協成（Yeo's）菊花茶的紙盒包。熱天喝很好的，我說。

她笑了，然後接過紙盒包。她看著飲料，彷彿從未見過似的。她用手機照了張相片，研究了一番，然後才拆下黏在包裝上的小吸管。糖含量非常高，她說。

她的前幾個問題很簡單也很乏味。我住在這裡多久了；我那天晚上打算吃什麼晚餐；她是不是打擾了我的日常行程——諸如此類的。我之前很緊張，以為她可能會提出令人不自在的問題，讓我無法回答；或者我會根本就聽不懂她的問題。不過我突然覺得自己沒有什麼好怕的了。

對，妳打斷了《藍色海洋的傳說》，我指著電視說。她轉頭看著螢幕。一個男人跟一個女人騎著馬看著天空。她笑了，似乎我剛說的話真的很好笑。

所以你喜歡韓國節目嗎？她問。我也喜歡。

我沒料到像她這樣受過外國教育又聰明的人會說出那種話。穿著昂貴皮革涼鞋的富裕女孩。我不可能想到她會看韓國節目。我開始聊起自己會看什麼打發時間，聊到《步步驚心》和《太陽的後裔》，還有我之前最喜歡的劇，例如《祕密花園》和《擁抱太陽的月亮》。我告訴她幾年前有一次，我整個晚上都在喝啤酒吃炸雞翅，然後一邊追《來自星星的你》，目的就是為了感受全智賢在劇中的角色，結果我太喜歡那個雞啤（chimek）配電視之夜，所以隔天又再試一次，享用了更多啤酒、雞翅和浪漫韓劇，直到街燈熄滅，天色開始變亮。教會團體那天早上來訪時，很震驚地發現我身邊全是啤酒罐，而我看起來也有點不舒服的樣子。他們以為我又要重蹈覆轍了，所以要我跟他們到教會見牧師，而牧師告訴我惡魔能夠在我完全不知道的情況下進入我心中。如果我不隨時保持警惕，沒祈求上帝保護，就會很容易受到攻擊。雖然我覺得很難過，也知道他說的沒錯，但我也很清楚自己不會停止看韓劇的。我只會停止喝啤酒——反正那也太貴了。

那一整段時間裡，她都在點頭附和著，偶爾會笑出來——那是種柔和的輕笑，會讓我想要繼續說下去。她有時會在筆記本寫下幾個字，並且把手機放在桌上，錄音。

但我講的只是廢話，我說。

不，不——這真的很有趣。請繼續說吧。

我一邊說，一邊不禁納悶她為何對我這麼感興趣。可是我也講到停不下來。而且，對方還是個徹底的陌生人。她點頭和安靜寫筆記的方式，讓我覺得自己很重要，同時也覺得很不安。有時候她會說些簡單的話，如那些情況對你一定很難熬之類的，而那幾個字就像火柴碰上一道汽油痕跡，點燃起前方一條小路，使我想要再繼續講下去。我試圖抗拒說話的衝動，可是失敗了。我會揭露什麼事，到時候就後悔了呢？我喜歡她讓我繼續說。我討厭她要我繼續說。

她說中文的方式很明顯像是第二語言——有時候非常標準，其他時候則會結巴，還混雜著一堆英文字。在那天第一次會面中，她的一切在我看來都像是外國人，儘管她來自只距離三十英里的地方。她的異國特質讓我更能夠侃侃而談。我想告訴她什麼都行，而她必須相信我。第一天，雖然我說話時盡量保持莊重，但還是發現自己不小心說了方言——帶有鄉村風味的閩南語偶爾會滔滔不絕湧現，要不就是奇怪的粵語髒話在我還沒注意之前就脫口而出。

我突然意識到自己的說話方式，發現我的粗鄙有別於她的優美，她說話時總是能夠控制好，絕對不會太大聲或太小聲。有時候我會說出不適當的話，心想，現在她會知道自己犯了個大錯。

現在她會開始找藉口要離開了。可是她的表情完全沒變——總是拿捏在介於趣味與娛樂之間。她待了四個鐘頭。

過去兩個月裡，我們每週會見面一、兩次，有時候三次。每一次她來我家就是耐心坐著聽我說話，完全沒變過。我們會喝中國茶或紙盒包菊花茶，而我可能會吃些餅乾。她從來不吃任何東西，就連瓜子也一樣。如果有陌生人走進來，他們看見的會是兩個認識的人，或許是親戚——一位年輕女子順從地聽著年紀較大的表親說話。可是他們並不像表面上看起來那麼親近。區隔他們的不只是那十或十五歲的年齡差距，還有某種兩人都無法明確指出的東西。

例如你要怎麼解釋這次事件？在我們第一次見面後不久，大概經過了四、五次會談後的某一天，我正在談論童年時一些隨機、不連貫的事件——從我們跟我叔叔住那時期開始，在這之前我父親離開了我們，而我們無處可去。當時我才十歲，可是已經很討厭那棟房子了。我一整天都在外面，沿著小溪和水灣走，那些後來都會流向河裡，最終進入大海。我熟悉所有的稻田和森林，我知道怎麼設陷阱捕魚和用彈弓打鳥。偶爾我射中的鳥沒死，只是掉到地上，虛弱拍打著斷掉的翅膀。有時候我會同情牠們，後悔傷害了牠們，但即使我感覺到悲傷，卻也知道自己還是會繼續那麼做。我唯一能夠替牠們結束痛苦的方式就是殺了牠們，通常是用大石頭砸，或者扭斷脖子——就像這樣，我用雙手示範給她看。

她點了點頭，繼續做筆記，可是我注意到了某件事——她的表情有細微變化，一種像是痛苦的表情劃破了她的微笑，只有一瞬間，然後她又平靜了下來。於是我繼續說。我描述將石頭砸向小鳥時，會聽見石頭底下傳來一陣輕微的嘎吱聲。還有牠們的骨頭比我手裡的樹枝更脆弱。她點點頭，彷彿能夠明白，可是我知道她不懂了結一個生命的意義。

她無法體會我的感受，在那一刻或其他時刻都一樣。

我開始告訴她關於貓的事。有一天我在路邊發現了一隻黑白花色的小貓，牠受了傷，後腿斷了還流血。牠尖叫得很大聲，而我一度覺得我也許應該帶牠回家當寵物。我會讓牠恢復，給牠一些藥並治好牠的腿。可是我知道牠沒救了，牠太虛弱了，沒辦法活下來。牠甚至在回家的路上就會撐不下去。我拿起石頭的時候心裡想著，我很抱歉，不過生命就是這樣。在這個世界裡，我們有些比較強，有些比較弱。有些會活下來，有些會成長茁壯，但全都會死。我想要感到同情卻沒辦法。我用力將石頭砸向牠的頭。然後我又舉起石頭，盡量不去看沾染在硬地上那些黑紅色的東西。我用石頭又砸了一次，而且更用力，確認讓小貓不再受苦。

她繼續低頭看著筆記本，可是不再寫字了——她的筆尖停在紙張上方，等待著。她咬緊下巴，右側稍微抽動著。最後她又露出笑容，但眉頭緊鎖著——她的眼角出現了一些皺紋。她說，嗯，就像要清清喉嚨。她像是要咳嗽，結果卻沒咳。

今天是普通的一天，這表示我們很放鬆，對話的內容也很輕鬆。我沒什麼特別想說的，可是沒關係。她不介意我閒扯。雖然我們沉默了幾次，但都沒持續太久。我們已經不會有初期那種尷尬的靜默，那時我偶爾還會想逃離現場。現在我正說著如果我哪天中了樂透大獎我打算要做的事。也許去旅行。也許接受一些電腦方面的訓練。她一邊微笑一邊寫筆記。她揚起眉毛彷彿在說那真是個好主意。

不過我一邊說，一邊想到了某件事，是我跟她在一起時偶爾會想到的事。我記得我告訴她那隻貓的事情時在她臉上的表情——雖然嘴脣拉開變成笑容，可是眼睛瞇了起來，就像要指控我。指控什麼？我不知道她那種表情是什麼意思。我不知道是要當成憤怒、輕視，或是悲傷。

而我也無法阻止那個念頭在我腦中成形：比起我，她更在意那隻貓。

OCTOBER, 13TH
十月十三日

我第一次見到阿強的時候，他正在揍另一個小孩。男孩的嘴脣腫脹裂開，一道鮮明的血跡往下流到T恤，跟他腿上兩道紅腫的痕跡顏色相符，那是兩條從膝蓋延伸到腳踝的平行線。他半蹲半坐在地上——阿強一隻手抓著他的手腕，另一隻手拿著一根大約三英尺長的木棍。我出現在門口時，他們兩人都抬起頭來看我。暫停了。接著阿強打了一下，然後又一下，彷彿我從未出現似的——彷彿我是個幻影，是光線造成的錯覺。我不知道另一個孩子犯了什麼罪要受到那種毒打——總之他讓對方覺得受到了侮辱。後來我才發現阿強很容易就會覺得自己受到侮辱。

那場爭執——我猜妳大概會說那是毆打——發生於一座水灣邊緣的一間廢棄棚屋，那座水灣本來會停泊小型船隻，以躲避從開放水域吹進來的暴風雨。當時潮水已經退去，我正穿梭於紅樹林間，希望能從泥地裡挖出螃蟹——只是在消磨時間，就跟平常一樣。我十二歲，成天都待在外頭。我聽見迅速壓抑住的呻吟聲，有人想大喊卻沒那麼做——尖叫聲擠壓在喉嚨裡，結果發出時只是一陣有氣無力的噪音。我在那短暫的聲音中聽出了大多數人根本不會注意到的痛苦——我在我家裡聽過很多次——而我立刻就知道聲音是從哪裡來的。隨著能夠前往更遠距離捕魚的大型船隻出現，我們的小船開始慢慢變得多餘，而原本用來存放漁網和可攜式油桶的那間棚屋也被清空了。小屋有一部分已經腐爛沉入下方泥地，當中還有我們長年以來直接遺棄於此的木船殘骸。

我站在門口看了幾分鐘，直到阿強打完那個男孩為止。我沒試圖幫助受害者或插手。世界就是那樣運作的，至少在我們的世界是如此——我們不會捲入其他人的麻煩之中。阿強跟我擦肩而過，走到外頭明亮的陽光下。我還是覺得他沒注意到我，但沒多久後他就轉過來說：「跟我來。」雖然現在我明白了那不是命令，比較像是問句，不過當時的我以為自己沒有選擇的餘地。跟他一起走回村裡時，我想到那個男孩躺在那間殘破小屋的殘破地板上——他的身體也很殘破，被擊敗了。我在想自己是不是應該回去試著幫助他。我不想讓他自己一個人。我可以召集村裡其他男孩，說出我目睹到的事。但我只是繼續跟著阿強走。

現在我明白了，我們的關係以什麼方式開始，就要以什麼方式結束才合理。生於暴力，就要死於暴力。

他家最近搬到了村裡的邊緣地帶，那裡的房屋開始變少，到處都是紅樹林，另外還有不均勻散布的果園，努力要在浸滿鹽分的土地上生長。他只比我大四、五歲，卻已經像是來自另一個世界，那個世界我聽說過也幻想過，可是卻不認得，甚至不知道是不是真的——它才剛開始要在我的想像中聚焦成形，阿強就替我實現成真了。我說的是那座城市——我不是指三十、三十五英里之外的巴生市，而是再往外十英里、十五英里的吉隆坡。雖然我不太確定，但我知道妳無法想到比那五十英里距離更大的缺口了。

阿強才剛從那裡搬過來，就等不及要回去了。他的母親來自這種地方——我想應該是瓜拉雪蘭莪——不過為了找工作而搬到吉隆坡。她結了婚，生下阿強，可是後來情況就開始變糟。最後她離婚了，沒多久生活就陷入困境。一位年輕女人要照顧一個十四歲的孩子——妳不必有博士學位也能知道這種情況很糟，而且只會越來越糟。一個華人男孩在城市裡，沒有錢，也沒有父母管教——這種人只會做一件事，加入幫派。

阿強在父母離婚後不久就開始蹺課——這裡蹺幾堂課，那裡蹺個半天，然後是一整天，甚至是一整個星期。他不如直接退學就好了。他告訴我，有一次他很晚才散步走進教室，當時課上到一半，老師正在講解大陸板塊如何持續變化並擠壓而形成地球的地塊——他記得她在黑板上畫的工整圖案，記得當時他心想也許我應該直接拿起一根粉筆毀了它。他那麼無禮又明目張膽地在課上到一半時漫步走進教室，讓她震驚到嘴巴開著都忘了說話。她不敢指責他，一個字也沒說。幾秒鐘後，她又開始講解她的圖表，假裝沒注意到他把雙腳放到桌上，還透過褲子磨擦著自己的屌，彷彿在說操哩，我無聊死了。那個時候，她才知道他是個幫派分子——雖然只是個小角色，但卻是真正的流氓，不只是個故作凶狠的惡霸。他染成銅色的頭髮，他戴的戒指——都代表著妳應該避而遠之的跡象。雖然只有十五、六歲，但關於這些孩子有些傳聞——據說有老師在學校大門口被揍得很慘，或是有個討厭的混帳校長對一位年輕的硬漢發火，在朝會時當著大家的面拿藤條打他，隔天校長的車子就著火了。妳從五英里外就能看到一陣巨大的火球和黑煙。三年的薪水，就這樣沒了。

有一天他走進教室，給了老師一個飛吻。她很了解他，知道他的名聲，所以她沒理會他。她知道他總會這麼做：很晚才散步進來，雙腳抬到桌上，搔抓下體，大聲說話讓其他男孩分心。她什麼也沒說。我唯一知道的火山壓力就在這裡，他指著兩腿之間大聲說。其他男孩笑了起來，互相丟擲揉皺的紙球。老師還是沒說什麼，她在笑聲與擾動中繼續講課。男孩平靜下來之後，阿強拿出了一包沙龍香菸（Salem），將一根菸小心放進嘴脣間，然後閉上眼睛，像是在打盹。他等著聽到斥責，可是老師什麼也沒說。也許她不在乎——為什麼她要在乎他呢？接著他拿出了打火機——它的火焰是藍色，像惡魔般舞動著點燃他的菸，而他吸了好大好大一口。他看見老師正透過銀色的煙霧注視著他。噢喔。其他男孩壓低聲音驚嘆，同時帶有尊敬與挑戰的意味——尊敬是針對他，挑戰則是針對老師。然而她還是沒說話。她站在那裡看著全班，手裡還拿著粉筆，然後就走出門了。（哭了——她哭了！阿強在告訴我這個故事時笑著說。）兩個星期後，阿強就被學校開除了。沒什麼大不了的，他心想。反正我本來就快要退學了。

至於面對他媽則是另一件事了。就算被開除了，每天早上他還是會換好制服假裝去上學。他帶著背包，掛在一邊肩上，試著讓自己看起來像回事。他母親問他在學校情況如何，他說，還好，還不錯。數學很棒，我喜歡數學。地理也很有趣。他是認真的——重點來了——因為現在他被開除後，反而比以前在學校時更常想起班級和課程。他母親微笑著說：「好孩子。教育是你的未來。用功一點，才不會變得像我一樣啊！」這讓他突然感到心跳加速，罪惡感就像他開始帶在身上並即將於不久後陷入幫派鬥爭時用到的那把刀，切割著他的五臟六腑。

（這時期他母親正好在求職。每天早上她都會外出找工作，每天回來時都一無所獲，只能承諾一定會找到工作，卻從未成真。這持續了一個月，直到她在蕉賴一間叫「天使風」〔Angelique D'Style〕的沙龍裡當洗頭工。）

他決定要賺一些錢。只有這樣才能緩解他的罪惡感。（這是我分析他情況後的心得，不是他的——他從來就不太談論像內疚或義務之類的事。）這時他開始跟十九、二十歲或甚至年紀再稍大點的人混在一起。他們的事業經營了幾年，例如賣盜版ＤＶＤ、小型電器——妳知道那種東西的。他們的朋友和夥伴在城裡到處都有攤位，秋傑路（Chow Kit Road）、劉蝶廣場（Low Yat Plaza）、金河廣場頂樓，妳想得到的任何地方。不過他們的錢主要是來自毒品——那些人是低階的毒販。冰毒、搖頭丸、冰塊、G水、K他命——不管什麼名稱，反正他們都賣。

妳看著我的樣子好像一點也不知道那些是什麼。是安非他命，有各種形式，它們會從寮國和泰國跨越邊界氾濫進來。雖然一定也有更強烈、更昂貴的東西到處流通，我猜像是海洛英、古柯鹼之類的，但就算有，阿強和他朋友也不會太常拿到那種垃圾。記住，他還是個孩子，才剛滿十六歲。他賺的錢對真正的毒販而言只是零頭。大部分時間裡，他只會坐在武吉免登（Bukit Bintang）一個擁擠的攤位前，販賣可攜式電子產品、Discman隨身聽、錄影機、任天堂主機——就是那個區域裡其他攤位看起來會賣的東西。偶爾有人向他要一些藥丸時，他就會漫不經心地走到五十碼外的另一個攤位，幾分鐘後，他的某個朋友就會帶著一小包東西過來。有時候他則會跑腿，把小塑膠袋從一個地方送到另一個地方。他夠年輕，警察不會注意。

然而，他賺的錢能夠讓他買新衣服了，就是小流氓喜歡的那種風格——屁股部分寬鬆但腳踝收緊的「蘿蔔」褲、有墊肩的上衣、左耳一顆小鑽石耳釘。他想要看起來像譚詠麟或其他香港的巨星歌手。他真的看起來很像譚詠麟！那是他自己以為像。他曾驕傲地讓我看他跟他兄弟的照片，但那些人其實完全不是他真正的兄弟，因為他們並不會在他需要的時候伸出援手——老實說，我看得出來他最後看起來就像他學校那些老師所說的流氓或阿明★。男孩很快就會退學，表面上是攤販或點心侍者，實際上則是小流氓。

有天晚上阿強正要送幾捆錢到富都路（Jalan Pudu）的一棟建築——他並不知道錢要給誰或是什麼用途。他只知道地址，他把地址記在腦中，才不必像上次那樣寫在手心。蠢蛋，沒腦袋咩？他的朋友嘲笑他。（他真是太傻太天真啦！）他要送去的只有一千令吉，拿來買輛二手摩托車都不太夠了，但還是不值得冒險。這並不是說阿強覺得風險很大——這段時期他覺得自己是無敵的，因為他有一幫兄弟跟口袋裡的錢。意外的是有兩部警用機車停在他前方——又大又有力的白色機車，驚人地安靜，不像他朋友騎那些吵得要命的摩托車。他以為他們停下來是要攔別人，或者只是要在傍晚休息一下喝個東西，結果他們快步走向他，逼得他後退靠到牆邊。他不在乎，他裝出強硬的樣子。你們為什麼攔我？他的語氣有點挑釁，使得他們更火大了。你們有逮捕令嗎？沒有逮捕令不能抓人。為什麼？因為我是華人嗎？他們將他推壓在牆上，扯下他的背包，發現用橡皮筋整齊綁成小疊的錢。他們拿出來的那些錢看起來就像小磚塊。

華人小孩的袋子裡有一堆錢——不需要多做解釋了。流氓。他們拍打他的頭。

然而他還是很驕傲，毫不悔過。進了警察局，他坐在一間牢房裡等著兄弟出現，搞不好連傳說中的終極老大也會過來。他只聽聞老大的名聲卻從未見過面，據說老大跟警察總長可是最

★類似臺灣的「臺客」之意。

好的朋友。他在那裡待了一天、兩天之後，才明白自己被遺忘了。就連巡邏牢房的警察好像也幾乎沒注意到他的存在。他們給他水跟飯配參巴辣椒醬（sambal）——沒有蛋、雞肉或其他東西——他非常餓，所以吃得很快，結果因此生病，腹瀉了一整天。而他們放他出來的原因很明顯，就是因為他把牢房弄得太臭了。就連關在那裡的兩個印尼人也抱怨那味道聞起來有多麼噁心。

最後結束他短暫幫派生涯的並不是他跟警察的那場小磨擦，而是他的母親。他覺得她會因為他偶爾給她的錢而開心，即使她懷疑他做什麼賺錢，也還是會睜一隻眼閉一隻眼，因為他們實在太需要錢了。現在她可以付電費了。現在她可以買些中藥來燉雞湯，讓自己有力氣工作。他想讓她穿新衣服去上班，於是在茨廠街（Petaling Street）買了兩次上衣給她，但她堅持絕對不穿——看到她討厭這些禮物，令他很心痛。他以為她會很開心，不過她卻總是順從地收下錢，從未表達感激之意。他給她的紙鈔都會摺起來，讓她看不出數量有多少，而她每次接過時都會別開眼神。「現在當兼職服務生的薪水真好呢。」她只會這麼說。後來某個星期天，他們兩人都在家看電視時，她說：「昨天我下班後很想吃麵，所以去了灣仔麵屋（Wanchai Noodle House）。我問他們你那天有沒有上班。」

阿強等著她說：「他們告訴我沒聽過那個名字。」他等著感到難堪、內疚、憤怒，一度好奇自己應該有什麼反應，是不是要正面衝突，對她大吼，砸壞傢俱，燒掉某個東西——任何能夠應付傷痛的事。不過她沒再多說什麼，而是繼續安靜看電視。

兩週後他們就來到這裡，住在我們的村莊。

真是個爛地方。

他母親在一間處理魚的工廠找到了工作——挖掉內臟、去除鱗片、包裝起來準備運送給超市。我母親也曾經在那間工廠上班。工廠很新，還不錯。她的工時很長但很規律，薪水很少但很規律。她在那一區出生，就在海岸邊，一直待在那裡，直到二十二歲時才去了丹絨加弄。一個親戚告訴她在雙溪由新村有房子空出來，包含了兩間臥室、一間大客廳、一間廚房——正好適合一位女人跟她的兒子：女人的年紀不大也不小，兒子的年紀不再是小孩，但還要過幾年才會成為男人。雖然有點偏遠，但是她不在意，她有一輛摩托車，而阿強如果要進城的話可以騎腳踏車。現在河上有兩座橋了，所以要去哪裡都不會太困難。她不知道他們要做什麼，她沒有計畫——她只知道她必須搬回來這裡，並且待得越久越好。

她在那條路上還有家人，一位嬸嬸跟一位叔叔，還有兩位表親，這樣似乎就很多了。她可以偶爾打電話找他們一起吃晚餐——雖然不算多采多姿的生活，可是感覺永遠不會有什麼改變，事實上這跟她二十年前離開時比起來也沒改變多少。當時她討厭的東西，現在她很喜歡：那種延續感，那種向比她更強大的某種力量投降的感覺——她的眼界逐漸縮小，她能自在地看待抱負破滅。她已經忘了她離家前往城市時想要達成的目標，不過無論那個夢是什麼，都造成了太多焦慮，迫使她做出錯誤的決定。現在夢想消失了，她也可以再次開始生活了。幾年後，我也會有同樣的感受，而且我會想起她，這個話很少但笑容很多的圓臉女人，她的臉頰笑起來時還有小酒窩。蔡阿姨（Chai）。每當我們在路上遇到，她總會要我去她家吃餅乾喝冰飲，但不知為何我很少過去，儘管我們的村莊這麼小。

她唯一的問題就是阿強。他即將滿十七歲，無聊到快發瘋了，而他鄙視在這裡生活的每一分鐘，也怨恨自己被迫離開了吉隆坡，在那裡他才能覺得自己很強大並像個大人。他憎恨他母親用欺騙他的方法搬到這裡——她告訴他是因為清明節要來拜訪親戚，說他們只會離開一個星期，這樣才有時間掃墓並向幾位遠親打招呼。他們打包所有東西是因為她不租吉隆坡那間公寓了，不過等他們回去後就會再找一間新的。他怎麼會這麼蠢？他應該在發現時就堅持留下——他可以輕易靠自己謀生。可是他還能怎麼辦呢？母親就是母親。如果他待在吉隆坡，很可能就再也見不到母親了。

他住在村裡的十八個月，是他生命中最漫長的時期。「如果我二十歲的時候還在這裡，我就會自殺。我向佛陀、觀音，任何你想得到的臭神發誓。我一定會做的。」

村裡的其他孩子都跟他保持距離。他在路上經過他們時，眼睛就直直看著前方，不會停下來打招呼。他們不喜歡外人，他也感覺得出他們不會接納他成為一分子——這沒關係，因為他也沒什麼想跟他們說的。「我跟你們——你們這些人，我是指你們全部——我們一點都不相同。我根本不知道怎麼從泥巴裡挖蝦子。」他告訴我。

「可是蝦子又不住在泥巴裡。」

「那你們這些海上吉普賽人為什麼老是在翻挖泥巴，好像那是你們生命中最有趣的事？」

在那之前，我從來沒懷疑過我們跟淤泥灘的關係——我們一輩子都靠海生活——可是突然之間，我們蹲伏在灰白色濕黏淤泥的急切模樣，似乎變得非常可笑了。為什麼有人會想要成天從泥巴中篩選出一公斤才賣幾塊錢的貝類？

「我甚至連看到你們都不喜歡，」有一次他笑著說：「你們除了破布沒別的東西好穿嗎？」他仍然穿著他的城市服裝，那是真正的上衣，長袖的手腕部位有扣子，不過他的銅色挑染已經褪色了，他的頭髮現在就跟其他人一樣黑，唯一不同之處是垂在他額頭前那些長頭髮——其他男孩私底下都會嘲笑那種髮型。他譏諷我們，我們也嘲笑他。有時候，我想起他在我審判作證時那種外表和說話的方式——他跟我變得多麼不一樣了——我會回想起他早期在村裡的日子，才明白我應該早點知道我們之間永遠都會有一段無法跨越的距離。我們兩個人都應該知道這一點。但是在那個年紀，我們怎麼可能知道呢？

只有在遊戲時，其他孩子才會跟他有真正的接觸——在充當為足球場的小片泥地上，以及寺廟捐給村裡的籃球場。阿強在場外看了幾個星期，一邊抽菸一邊假裝不感興趣。後來有一天，我們跟平日一樣在傍晚比賽，但也只是投投籃，沒有真的要比的意思——我們上學很累，還要處理網子跟鳥蛤的工作——後來球滾出場地，直接進了阿強的手中。他射了一球，手臂劃出一條又長又美的弧線，從他那樣瘦弱的孩子手中投出更是驚人。雖然他沒投進，不過當時他彷彿是要彌補自己的失投，於是弄熄了菸，往我們慢跑過來，揮了揮手要接球。

在那第一場比賽以及後來每一場比賽中，阿強的加入都代表了情況會變得很粗暴。他推擠搶奪每一球，手肘亂揮，為了讓對方知道他在而故意撞人。我們通常不是這樣打球的；他不在的時候，我們一向都打得有氣無力也不夠認真。阿強讓我們忘了溫度和疲勞——他讓我們想要對決。他用手打我們的臉，抓破我們的手臂，挑釁要我們打他，而他也真的被打了。有一次，一個年紀比他大也比他高的男孩跟他叫陣，阿強辱罵他，結果男孩一拳把阿強打倒在地上，其他人都笑了起來。隔天踢足球時，同一個男孩滑過去截球，使得阿強臉朝下摔進爛泥裡。這次阿強有備而來。他的口袋裡有顆石頭，而他緊抓在手裡揮向那個男孩的頭。當時是乾季，後來血跡在地上留了好幾天。

在其他時候，就算是最輕微的侮辱也會讓阿強立刻停下腳步。他會站著不動，然後握緊拳頭走向冒犯他的人。那可能是任何事，包括輕聲說出沒什麼意思的話——恁阿嬤、雞掰，真的，就只是沒意義的表達而已——可是阿強總會有同樣的反應，先揮出第一拳，讓骨瘦如柴的身體全力撲向隨口低聲說出髒話的人。我不確定他們為什麼一直要辱罵他。他住在村莊最邊緣的一棟屋子，而且沒去上學，所以他們跟他很少有接觸。也許只因為他不是我們的一分子吧！也可能是我們不自覺對生活的規律感到無聊吧——我們害怕自己的命運要由天氣和潮汐決定，月亮位置只要有最細微的變化，就可能表示我們下個月能吃的東西不多。至於阿強，情況就簡單多了。只要罵他，他每一次都會有一模一樣的反應。我始終不明白他為何要一直出現在我們的遊戲中，畢竟他很清楚最後都會打起架來。我猜他那麼做是為了提醒自己他從來就不屬於我們的村莊——他要提醒自己在那裡受到憎恨，所以有很好的理由離開。

我會成為他在村裡唯一的朋友，這一點也不令人意外。雖然他從未對我沒說出他揍那男孩的事表達謝意，可是我知道他感謝我沒對他多造成麻煩。我想要解釋那並不是因為我為了他著想才不出賣他，只是因為我不想牽扯上任何麻煩事。我一直都是那樣，從小就是。可是不知為什麼，在那個年紀，解釋並不容易，而且似乎也不必要。因此那次事件就深埋在我們共同的經歷中，從來不會提起，但也從來不會忘記。在謀殺之後的那些日子也是一樣，當時我正在等待警察，等待某個人，等待發現我做了什麼事的任何人。我不知道那何時會發生或如何發生。我害怕生命突如其來的不確定性，可是我很確定一件事：阿強絕對不會告訴別人那件事。如果沒有其他人發現，那件可怕的事就會安靜地被我們的過去吞沒。

他和他母親是離我最近的鄰居——是我騎腳踏車進村裡時最先看到的人。那個時候我們住在自己的家，距離村裡大約一英里遠，到了晚上，我可以隱約看到他們家的燈光在田地另一邊。我們在地理位置上與村莊其他地方分隔，所以比較容易建立起不被別人注意到的友誼，而他們都覺得阿強那種城市人的行為很不自然也很荒謬——他那副莽撞而大搖大擺的樣子，手臂和肩膀晃動的方式，嘴上喋喋不休念著，老是抱怨村裡的一切都不如他以前經歷過的。雖然我知道他也是個笨蛋，但我就是無法抗拒他的城市生活故事，儘管我懷疑那些都誇大了，而且說不定全都是假的。跟阿強在一起聽著他的故事，例如在購物中心後巷裡打架，或是賺的錢多到身上所有口袋都裝不下，那種感覺就像觀看一場完全包圍住我的電影，即使我知道是虛構的，但如果我想就能夠參與其中。只要伸出手，我就能觸碰到那個世界。只要跳上公車，我就可以在那裡生活。我越沉浸在他描述的生活中，他就講得越滔滔不絕，編造出更多驚人的故事。恁娘哩，當然全都是真的啊！我需要他提供的娛樂，但他更需要我當聽眾——少了我，他對城市的記憶就會在我們這座海岸村莊的鹽分與陽光中皺縮乾枯。我們都有自己的生存之道，而他的就是說故事。

他在適耕莊海岸邊一間海鮮餐廳找到了服務生的工作，那種地方建立在淤泥灘的支柱上，又大又吵，是城裡一日旅客的熱門地點。雖然他不喜歡替人點餐、被老闆和顧客大聲使喚，不過他還是容忍了一段時間，因為他喜歡看到來自吉隆坡的人，他們能讓他想起他在那裡的生活——是他真正的生活，而不是他必須暫時忍受的地獄。他一邊收碗盤一邊跟他們閒談，發現自己的行為舉止不一樣了。令他震驚的是，才幾個月的時間，他就開始像村裡的男孩一樣懶散拖著腳步，而不是原本那樣昂首闊步。他怎麼會在這麼短的時間內改變這麼多？「嘿，你好嗎？」他走到桌邊為來自吉隆坡的旅客點餐時說。他看得出他們的眼睛稍微張大，然後就露出笑容，顯然很訝異會在這麼鄉下的一間餐廳裡遇到他這種人。他的語氣輕快，說話清晰，因此他們把他視為自己人，而在他們的認同之下，他也終於了解自己。

最棒的部分是女孩。那才是他繼續這份工作的原因——低調的眼神接觸，那些笑容，以及他很清楚的一件事——他很清楚！——這些來自首都近郊又有品味的女人覺得他很酷。某個星期天，有一整桌年輕女人來吃午餐，總共八位，裡面一個男的都沒有，妳能想像嗎？真是阿強的絕佳機會啊！他像隻黃蜂在她們的桌邊飛掠來去，從不多做停留——替她們點餐；雖然她們沒要求卻還是送上一杯溫開水；背著老闆多給她們幾盤花生；到處安插不經意的讚美，例如

「哇，真棒的手提包」；甚至在她們點了虎牌啤酒並開始有點喧鬧時加以慫恿。「不必這麼傳統啦！女人應該要有獨立的生活，可不能隨時都跟老公在一起啊！」他知道城市人喜歡聽什麼——無論我怎麼嘗試，就是無法說出那樣令人信服的話——而他也喜歡跟他們溝通。他終於能夠跟了解他的人對話，而不是這些說話遲緩腦袋不靈光的鄉下笨蛋。偶爾遇到像那群女人的顧客時，他就會與對方建立起這種連結，而他們隨時想要任何東西的時候就會開始直接叫他名字。在那幾個小時裡，他會覺得自己好像有了朋友。

他把名字寫在一張餐廳的名片上，交給其中一個女人，她對他笑的方式暗示著她非常欣賞他那天的辛勞。他很確定！「如果妳再回來，只要找我，我就會給妳好位子，就在水邊。」她也給了他名片，說她一直在找新員工，但她從沒說自己是做什麼的。他留著名片好幾個月，要等待適當的時機打過去，可是當他終於這麼做的時候，電話卻是空號。當時我跟他一起，他就在瓜拉雪蘭莪那間郵局外的電話亭裡。他至少試了三、四次才放棄。「阿福，你來試。」他邊說邊把話筒遞給我。有趣的是我並未聽見任何語音說那組號碼是空號，也沒聽見那種持續的單音，就像電影裡有人在醫院死掉時那種聲音——妳一聽就會知道沒希望了。話筒裡只有一陣靜默，一種廣大到可以永遠延伸下去的空虛。

我站在那裡，話筒緊貼耳朵，看著阿強坐在路邊石上，心不在焉地拔起身邊長長的草葉，然後丟向空中。在村裡待的十八個月裡，他似乎縮小了——也可能是我長大了。大海上空有看起來像要吹進內陸的雨雲，接著突然一陣微風擾動樹頂。我等得厭煩，於是掛斷了，但在我們騎腳踏車回家時，電話上的靜默似乎被一種更巨大的空虛取而代之。我們都沒說話。或許是因為即將到來的暴風雨讓空氣變得濕黏，濃厚到使人無法呼吸——而這也讓時間在我們面前拉長，變得永無止境且駭人。

不久之後，阿強離開村莊回去吉隆坡了。我以為我再也不會見到他，但是過了幾年，我也有了離開的衝動，就跟其他人以前經歷的一樣——那種焦躁不安的感覺會影響到了特定年紀的男孩和女孩，讓他們一直想著要去別的地方。這就像一種疾病，一種我總以為自己能夠免疫的病毒，不過我也變成那樣了，就像其他人一樣急切著想要離開。我到阿強母親的家問了他的電話。後來我到電話亭打給他，他沒幾秒後就接了。

這時是一九九六年——我青少年時期的最後幾個月。

她注視盤子，彷彿想弄清楚上面是什麼，儘管那很明顯。

是豬腸粉，我說。早午餐。

我知道。

吃一點。我買的夠我們兩個吃。

不，沒關係，我不餓。

嘿，別這麼客氣，吃一點吧！是從龍記（Long Kei）買的，妳知道吧，就在永安鎮（Taman Eng Ann）那條路上。城裡最棒的。我特地去的。

真的嗎，你人真好，可是我不餓。

妳必須吃！妳太瘦了！

我開始為她裝盤，而她緩慢地坐到前方。她凝視著盤子，看起來很悲傷。

我向妳保證，很好吃的。他們每天都會做新鮮的豆瓣醬。

不是那樣的。

那是什麼問題？

我不吃碳水化合物。呃，總之目前不吃。

碳水化合物？

是啊。麵條、麵包、馬鈴薯、米飯，類似的東西。

連飯也不吃？

對。

我的天啊。這樣不好！所以妳才會這麼瘦。

沒關係的，沒什麼大不了。我可以跟你吃一些。

她說話的方式讓我對自己的堅持感到內疚。也許是因為某種我不知道的宗教儀式，佛教徒的傳統之類。她切了一片跟她指甲差不多大的豬腸粉放進嘴裡。我緊張地等著。

嗯。很棒。

我就說吧！哈，吃吧——吃多一點。

等一下，她說。醬裡面有肉嗎？

應該沒有吧！

靠，我心想。她是佛教徒。

你知道嗎，我真的很感謝，不過我來之前早餐吃得很飽了。

不吃飯或麵或麵包——妳怎麼可能吃得飽？

你何不慢慢享用完豬腸粉呢？我就坐著看筆記，等你準備好了就讓我知道，我們再開始今天的訪談。

好吧。

我試著慢慢吃，像平常那樣享受著每一小口的麵。可是就算我不望向她，也還是會從眼角看到她坐在藤製扶手椅上翻閱資料夾裡的紙張。她沒特別做什麼事。她沒看我或嘗試跟我說話，只是看著自己的筆記，翻動頁面，重新整理。我試著忽視她，專心在我的食物上，但是那不可能。我吃得很快，然後坐到平常在她對面的位子上。

她抬起頭露出笑容。要開始了嗎？

OCTOBER, 15TH
十月十五日

送瓦斯。

服務生，好幾次。

夜班保全。

奇怪。我試著記起自己在兩年半內做過的所有工作，可是好難——我無法完整回答妳的問題。我知道我忘了一、兩個。

我搬到吉隆坡的前十天，都睡在阿強位於蒲種那個房間的地板上。雖然他在電話上吹牛，但我知道他在城裡的生活沒他編的那麼厲害——像我們這樣的孩子，十六、七歲就退學了，生活一定有其侷限。我只希望這些限制會比在村裡的限制還高，至少跟村裡的不一樣。

城市生活似乎並未讓阿強獲得他在村裡那段短暫時間裡所渴望的成就。他在一棟小公寓裡租了個房間，房東是個瘦弱的廣東老女人，她把兩間臥房租給像我們這樣剛到城裡找工作的年輕人。她自己睡在客廳的藤製沙發上，前方的電視在我住在那的十天裡從來沒關過。半夜兩點，電視開著；早上八點半，電視開著；下午四點——每次我走進門，電視都開著。通常她都半躺在一張椅子上睡覺，可是電視都會開著。她沒有家人，沒有電話，沒有人陪——她唯一盼望的只有每個月初從租客那裡收到兩百令吉，而她會把錢放在沙發底下的一個餅乾盒裡。

「對老奶奶而言這麼做很危險的，」阿強對她開玩笑：「可能有人會直接走進來把妳打得半死，然後拿走妳全部的錢。」

他在那裡待了十個月，這是他幾年前搬回吉隆坡後在同一個地方待最久的了。他說是為了景觀——從他十樓的窗戶可以看見整座城市在面前展開，雖然有另外兩個街區的建築擋住視線，但還是呈現出全天的都市面貌，提醒他可能擁有的大好前途。晚上有閃爍的燈光，白天則有從印尼跨越海面漂過來並遮住天際線的霧霾。那一年巨大的雙子星塔（Twin Towers）才剛完工，而它在夜間發出的光芒能讓妳看見懸浮在空中並不斷變化的塵粒。即使沒有東西移動的時候，城市也一直都在變化。那是他的感覺。唯一的問題是，他困在那個臥房裡了，就算陽光都從薄窗簾穿透進來，他也常常睡到午餐時間才起床。如果沒有穩定的工作，為什麼要早起呢？

在搬回來的幾個月後，他嘗試過自學——存了一點錢，去報名電腦和打字的夜間課程，還有另一門課是風水和占星術。大家都知道未來是科技的時代。如果妳會用電腦，就可以藉由投資股票在三個月內成為百萬富翁，而那說到底其實只是另一種形式的賭博——天曉得一提到賭博他就熱心極了。妳所要做的就只有減少財富的變數——這個時候就需要風水了。妳可以輕易控制宇宙的力量，一旦妳跟自然要素達到和諧，就沒有什麼能夠限制妳的成就了。這個國家才剛出現網路，城裡開始到處出現可以讓妳在電腦上查閱新聞和其他資訊的店。那才不過是二十年前的事——感覺就像昨天。可是每天都要去電腦店實在很痛苦，而且就算他到了那裡，網路連線也常常出問題，他就得花好幾個小時試著執行最簡單的工作。他早該從一開始就放棄，並且明白他為自己想像的那種職業只適合在辦公室上班的人，那種人在二十一、二歲完成了文憑，還知道怎麼說外語——像妳這樣的人。

跟他一起住的短暫時期裡，他從我早上外出找工作到回來以前幾乎都不會起床。我們會坐著一起吃我從我們街區外面的街頭小販那裡買的粿，然後阿強會在狹窄的陽臺上連抽三根菸。他問了很多關於村裡的問題，想要知道跟我們同年那些孩子的最新消息，不管他們是不是還在瓜拉雪蘭莪；我的母親過得怎麼樣；捕魚的情況好不好；金叔叔（Kam）的木瓜是不是還一樣美味——都是妳所能想到最平凡的事。「你在開玩笑咩？」我說。我從不知道他在村裡除了我還注意過任何人。他總是一副離群的樣子，刻意保持疏遠，可是現在他竟然想知道特定人們的消息。我不知道為什麼這些人比其他人重要，為什麼他們令他留下了印象，不過他似乎還是很高興聽到小洪（Little Hong）在路上開了間小店製作水餃和包，以及菲菲（Fei-fei）現在已經結婚並住在巴生市，有一個小孩，另一個也快出生了。也許阿強曾經喜歡過她，誰知道。我甚至不記得他見過她。他目不轉睛聽著我告訴他村裡的事，全神貫注吸收我說的一切，還忘了抽他的菸。我一邊說一邊看著菸持續燃燒，大塊菸灰掉到了地上。我真不知道他為什麼覺得這些有趣。

有時我懷疑他會在我下午出去找工作時繼續回床上睡覺。等我晚上八、九點回來時，他就要準備出門，到他朋友位於秋傑的CD攤位值晚班，而我知道那只是掩飾。後來我搬出去，因為暫時找不到工作而有點困難時，他曾經有幾次想拉我入行——處理藥丸、藥粉、現金的低階工作——可是我完全無法分辨搖頭丸、冰塊、G水、K他命的差別，而且一直很擔心會出錯。他認為他是在幫我的忙。「像我們這樣的人，這是我們唯一可以快速賺點錢的方式了。」可是我看得出他的心不在此，而且他也從未非常認真地嘗試要說服我。他提到自己從中賺了多少錢，而我明白了這很危險的原因——不是因為毒品會害死妳，或是害妳被敵對幫派或警察殺死，或是讓妳進牢裡關上二十年，而是因為那些錢正好足以讓妳沒有正當工作也能過活一陣子，可是絕對——絕對、絕對、絕對——不可能足以讓妳感到自在與安全。某個週末他會賺到一大疊足夠撐兩個月的錢，其他時候則是好幾個星期什麼也沒賺；或者得向某個更大咖更凶狠的人交保護費或服務費，隨便他怎麼稱呼；要不然就是得賄賂會到他 CD 攤位窺探的警察或城市執法官員——一定，一定要賄賂。付了那筆錢，妳就要在等待下次意外之財的一個月裡喝西北風了。諸如此類的。

有一次，在我快要離開吉隆坡之前，他提到要幫忙一位朋友的新生意：女孩。「幫忙？」我說：「我根本不想知道那是什麼意思。」他笑了，然後說：「你跟以前一樣還是個大笨蛋。」他笑的時候，我感覺得出他對我說的話不是吹噓，而是自白，就像某種要我幫忙的奇怪懇求，不過天曉得我會做出什麼呢。我應該怎麼做？我不希望他牽扯到娼妓。那種東西可不是開玩笑的。當時我已經待在城裡超過兩年了，我知道他什麼時候會無法掌控情況。我猜他想要我勸他別那麼做。他會想像我們爭吵，然後罵我膽小鬼，等到他放棄之後，就會說這麼做只是為了我。他就是因為我才放棄了一個可以賺大錢的工作。可是我什麼也沒說——我要說什麼才正常呢？去找個合適的工作？他只是做他必須做的事而已。

一開始睡在他那個小房間的那十天裡，我還沒發現他其實已經困在非他所願的地方了。我現在知道了他一定偶爾會嗑藥，所以他的睡眠模式才會那麼奇怪。有一次他徹夜未歸，隔天卻充滿精力，而且黑眼圈深到我還以為他被人揍了。後來我才逐漸想通那些事，當我有時間思考時，才明白了城市會在妳根本沒意識到的情況下塑造妳。然而在當時，我想的只是為什麼阿強會這麼悽慘？

我則是完全相反——整座城市都在我的腳下，而我等不及要出發了。我在舊巴生路（Old Klang Road）的一間中式海鮮餐廳找到工作當服務生。那是我第一個工作，也是最棒的工作，不過我會那麼想，也許就因為它是第一份工作，而且我也沒時間去細想它其實很糟糕。一開始我必須將餐點從廚房送到桌邊，等某個更資深的人來上菜，可是才過一個星期，我就算是升職了，可以把餐點從托盤上拿起，做出誇張的上菜動作擺在肚子餓的客人面前，這時是別人站著拿托盤。這麼細微的分別，客人都看不出來——我的意思是，妳曾注意過是誰將食物擺上桌，或是誰像一尊愚蠢的雕像拿著托盤站在那裡嗎？——不過對我而言，這感覺像是在世界上踏出了一大步。

才一下子，我就比別人好了——那個沉著臉安靜拿托盤的人——對方一向都是外國人。大部分是緬甸人、尼泊爾人，有時候是柬埔寨人。他們會站在那裡看著我，等待我下達指示。我才到那裡一個星期，十天，卻已經能夠命令他們，神奇的是我根本沒要求過，就只因為膚色和種族跟擁有餐廳的那對四十幾歲夫婦相同。從這些移民看著我的方式，以及跟他們那種帶笑意的脆弱目光對望時，我就感覺得出來。我們雙方都知道，只要我開口指控他們懶惰或無禮，他們就會有麻煩。在他們和我的說詞之間，沒什麼可爭執的。幸好，在那間餐廳我們不必編造故事說有位外國員工在工作時喝酒；或是偷摸哪位華人服務生的屁股；或是對客人不禮貌；或是在爭吵之後故意誇大說對方壞話；或是因為小筆金錢的爭端——總之就是虛構一些小罪名害對方被開除。後來會發生這種事——但不是在那個地方。

妳能怪我因此覺得快樂嗎？突然之間，我有了收入——我在城裡賺錢謀生了！——而且我在工作時也有高於別人的那種奇怪感覺。多年以來，妳以為沒人在乎妳，結果突然之間，在第一份工作中，妳卻發現外面有人害怕妳。這會改變妳對自己的看法，是吧？輪班的時間很長。十二、十三個鐘頭，午後可以短暫休息一下，那時最後幾個晚吃午餐的人離開了，桌子已經清空，廚房也都清理乾淨並重新補貨，準備面對一小時後的晚餐大作戰。我們大多數人會稍微打個盹，就坐在門口附近的吊扇下，手臂交疊擺在桌上當成枕頭靠著。偶爾我沒時間休息的時候，會看著其他人睡覺，心想他們看起來就像在休息的小鳥，蜷縮著身子，在那短短幾分鐘期間忘卻了這世界。

我每個月會收到八百令吉，對我來說很多了，而我可以在離阿強家不遠的一棟公寓負擔起一個小房間。

大約六個月後，我離開了那間海鮮餐廳，原因是我覺得乏味，還想要更多——沒錯，更多錢，可是我也想要更多其他東西。更多變化，更多樂趣，甚至是更多工作。我不知道我在第一間海鮮餐廳最後那段期間的感覺，也會出現在我後來找到的所有工作中（還有其他的）——一種混合了厭倦與疲勞的感覺，但主因並非我的身體要持續勞動超過十二個小時，而是我所處世界的地平線外，存在著一個充滿安穩與滿足的宇宙。我只要推過一片絲綢般的薄膜，就能到達那個只會永遠越來越安逸的世界。這種伸手就能觸及一切的想法，讓我做的任何工作都顯得沒有意義了——唯一重要的是接下來會有什麼工作。

我的後兩個工作也是在餐廳。都沒做多久。那兩間餐廳比第一間高檔，讓我覺得自己也升級了。冷氣跟黑白色制服，第二間還有地毯。我告訴阿強我又要辭職時，他就笑了。「餐廳工作是女孩做的啦！」他說：「像我們這樣的年輕人，我們才不聽別人的命令。兄弟，你是要給別人命令的，不是聽命。」

我到一間補胎店工作，接受過一些算是訓練的東西，可是我一直無法習慣不斷發出的氣閥嘶嘶聲、幫浦聲，以及熱橡膠的臭味。在修理廠工作的人說我雙手很巧，他們也看得出我很強壯，可是妳能在那種工作待多久呢？在那裡工作的人之中，年紀最大的七十幾歲了，是位眉毛又白又長的禿頭海南阿伯。有時候他會無聲無息直接消失，而我們會發現他倒在有扶手的塑膠網椅上熟睡，嘴巴開著，口水都留到下巴了。顫動的眉毛是證明他還活著的唯一跡象。其他人都在笑。老文（Old Boon），起床啦！他們會大喊他的名字並唱歌，但很清楚他連動都不會動一下。他至少得睡半個鐘頭，有時候還要更久，接著才有辦法再開始工作，不過接下來他的動作就會很迅速，工作也會做得很俐落。然後他就會突然碰——又倒下了。看著他時，我心想，我要到廟裡燒兩千萬炷香，向天上的每一個神祈求，還要去清邁膜拜有魔法的僧侶，不計一切避免那樣的命運。

我發現我在晚上沒班時會開始避開阿強。一開始我只要有空閒就會找他出來，然後我們會去攤位吃福建麵配7-Eleven買的啤酒，要不就是騎摩托車去找阿強聽說的便宜搖頭俱樂部，他在那裡或許還可以做點生意。他慢慢放棄了正常的工作，所以有很多自由時間。我知道他賣的藥丸越來越多了。（他經常換住處，有一次我去他那裡時，他正在找一張不見的五十令吉鈔票。所有的抽屜都拉開了，而我看見他的藥丸存貨，每個排整齊的小塑膠袋裡都有一、兩顆，妳想得到的顏色都有。）

有一次我們去了一間叫W—迪斯可的夜店。我當然不能告訴妳它真正的名稱——就我所知，那間夜店還在，所以警察可能會去突襲，到時候那些老闆就會派流氓來把我大卸八塊。我覺得阿強帶我去那裡是要讓我認識首都的夜生活，不過我們也只是待在外頭，邊抽菸邊聊天。「你在等誰出現嗎？」我過了一陣子後問。阿強笑著回答：「也許吧！」我沒再多想什麼——阿強從來不會以所謂常規的方式行事，即使我們在村裡時也一樣，這點我也不介意。我坐在停車場裡一堵低矮的水泥牆上，自在地一邊抽菸一邊看著人們經過——大部分都是年輕的男女，看起來像我們，說話像我們，不過也出現了幾個從豐田汽車下來的有錢小孩，另外還有零星幾個穿緊身牛仔褲跟死亡金屬T恤的馬來人。即使在外面，夜店傳出的音樂還是大聲到我們得提高音量說話，而我記得當時在想，我真是離雙溪由新村好遠了。星期二晚上十一點三十分，我好奇村裡在那當下是什麼情況。海面在黑暗中逐漸平靜；村裡的最後一道燈光早已熄滅；只剩街燈代表著有人存在。大概什麼都沒有吧。我想到我那些沒離開的朋友，他們晚上八點就睡覺，準備在黎明之前起床處理船隻、即將到來的漁獲、前往批發商處等事宜。我笑了。幹，要是那些人現在看到我不知道會說什麼。

「在這裡等。」阿強起身後，若無其事繞著地在前方聚集的人溜達，他們都在抽菸聊天，就跟我們剛才一樣。我看著他一段時間，然後他就消失在人群中，偶爾冒出頭來，到處跟人打招呼。他回來後就開始隨便閒聊，例如在波斯灣跟巴爾幹半島的戰爭，或者麥當勞的冰淇淋到底是不是豬脂做的。而且他會問一些問題，例如：「在美國跟俄國的戰爭中，你會支持誰？」

在我發笑時，某個有錢小孩過來找我們，看起來緊張死了，接著他說：「別敲我竹槓，OK？」妳知道那種類型的人——整齊的頭髮；Ralph Lauren 的馬球衫，那當然是正牌的，不是夜市仿冒品；銀色手錶；蒼白的皮膚；年齡大概跟我差不多，可是看起來像十六歲。

「嘿，小弟，回去跟你朋友輕鬆一下啦！」阿強說：「準備好了我會讓你知道的。不相信我嗎？去問你朋友吧！」那個孩子一離開，他就點了另一根菸。「新手啦——討厭的傢伙。」雖然我的菸才抽到一半，他還是遞來了一盒沙龍牌香菸。接著他給了我一把現金跟一些指示——叫我進入夜店，把菸盒留在廁所，等待一下，然後留意那個穿 **Ralph Lauren** 的孩子。像那種時候妳就會想，我為什麼不拒絕？我可以很輕易地認為那是開玩笑，當成阿強又在說些沒意義的話。我大可以直接站起來走回我的摩托車，說：「恁娘哩。你瘋了。下個星期見。我們之中還有人要工作。」然後我就回家。但事情並非那樣運作的——有時候妳的大腦要在很久之後才會意識到危機或風險——幾天，幾週，幾年——而且妳要到那個時候才會覺得那件事很可怕，因為經過一段時間後，妳會覺得自己好像有選擇。然而當下跟阿強坐在那裡時，我並沒有選擇的餘地。那感覺就像世界上最自然的事——其實像是世界上唯一的事——我會給他想要的回答，然後答應他。「嗯。」妳會說我可以隨時退出，可是當我進入舞廳後，我所做的一切全都混合起來，形成一個連續性的決定。每一個小動作感覺都是必要而且不可避免——只有推擠著往廁所去，才能夠逃離那一大群瘋狂搖頭跳舞的人；只有假裝洗手，才能讓我看起來清白無辜；只有等待 **Ralph Lauren** 男孩出現，我才能確保跟阿強的友誼以及證明自己過著城市生活。我把沙龍牌菸盒放在面前的壁架上，稍微向右擺一點，就在兩個洗手盆之間，這樣要是警察衝進來，我就可以宣稱不知情，但要是別人想拿走，我就可以說那是我的。別問我是怎麼想出來的，我就是知道——把某個人丟進海裡，對方就會想辦法游泳。我越試著不去看菸盒，它在我的視野中就越明顯，綠色和白色，其中一邊壓垮了。我假裝洗手。洗，洗，洗。有人進來，然後出去。沒人碰那盒菸。最後那個孩子走進來了。我擺動下巴往盒子示意，隨即準備離開。他說：「等等。」當時只有我們在。他打開盒子，把裡面的三根菸拿出來丟到潮濕的地上，它們立刻開始吸收由尿和髒水混在一起的暗黃色液體。他搖了搖菸盒，一顆粉紅色藥片倒進了手心。他立刻將它放進嘴裡，接著看也沒看我就走了。

到了外頭，阿強仍坐在矮混凝土牆上，他在我走近時說：「如果世界被外星人占領了，你的最後一餐會是什麼？」

「操你的。雞掰。」

「輕——鬆點啦！你又沒發生什麼事，對吧？冷靜下來，像個大人嘛！」

他說的對。這並不是什麼大事，只是生活的一部分。我幫助了來自同一個村莊的朋友，就這樣而已。我在腦中試圖這麼說服自己，果然，幾天之後我就不覺得那麼做有什麼了。我只是幫了個好朋友做他必須做的事。

然而，我開始慢慢疏遠阿強了。雖然我們偶爾還是會到攤位吃宵夜，不過我們的生活正在逐漸脫離，而我也覺得越來越不想去找他了。他正在人生中漂流，嘗試不會有任何結果的事物——老實說，不然他還能做什麼呢？——可是我還沒準備好面對那種快樂永遠被恐懼籠罩著的中間人生。他有一次說過，我們很年輕，生命很長。可是他知道那並非事實，時間並不是站在我們這邊。我們不像時間偏袒的那個 Ralph Lauren 酷男孩，我們必須要為生活奔忙，看起來也已經比他大了十歲。對我們而言，情況是相反的，事實上，我每天都會告訴自己，快點，你的時間不多了。我在城市裡，我必須學習一切，見識一切；我必須為自己確定要過哪種人生。

某天晚上，在蒲種一間熱炒店吃麵喝啤酒時，阿強告訴我他有一天要結束一切，前往廣州，那裡正要開始做大生意了——因為我們會說廣東話，所以像我們這種人會有很多機會。我們可以創業，娶個潮州女孩，然後賺大錢。做什麼？我問，不過他只是聳了聳肩。「什麼都行，」他說：「只要能達成目標。」

我不知道他去了哪裡，是不是真的像他說的那樣去了中國，總之一、兩個星期後他就消失了。我去了在劉蝶、秋傑的ＤＶＤ攤位還有他工作的所有場所，可是不管什麼地方的答案都一樣。阿強走了，沒人知道去哪裡。我應該要擔心他的——考量到他那種行業、跟他混在一起的人，他可能會受傷、入獄或是被趕出城外了——結果我卻覺得鬆了口氣。高興。那種平靜的喜樂讓我感到輕快飄然，就像漲潮時在河水中旋轉的一塊布。因為他說不定真的實現了夢想，去中國找到了財富和一位美麗的新娘。不過主因其實是他悄然離開了我的生命，而我再也不必見到他了。雖然我沒意識到，但他的存在就有如我腳底的一根刺——不算是什麼問題，在大部分日子裡幾乎不會注意到，卻始終存在，而且一直都有可能會變成更痛的東西，儘管我從不知道那會是什麼樣的痛。重點是那種可能性——那種壞事也許會或也許不會發生的可能性——它在阿強離開城裡時跟著消失了。

表面上我的生活改變不多。我繼續工作，沒工作的時候也在找工作。我從來不會失業太多天。有些人會說沒什麼太大的變化——仍然是魯蛇的生活。但是少了阿強，我覺得很自由。

我在城裡的最後一份工作，是去一間叫肥佬蟹的街坊餐廳，如果妳看到，一定不會覺得那裡的生意有多好——那只是一間小餐館，位於一個典型的店屋街區轉角，附近是個住宅區，在當時不算富有的區域，可是我猜也不算貧窮。那個住宅區周圍正在興建更大更高檔的住宅區，提供了無限的客源。

餐館的側面有一道很深的開放式排水溝，經年累月下來，工作和燒烤的油脂讓水泥變黑了，所以看起來就像是盯著一道深不見底的裂隙。可是那並未使人們卻步，更別提擁擠擺放的桌子、半壞的塑膠椅和壞掉的吊扇了。也許正因為這是一間價位適中的單純餐館，所以才會如此受歡迎。為了品嚐螃蟹、沙嗲與雞翅，人們會從城裡另一邊專程開車過來，耐心地等上一個鐘頭，而且這裡隨時都客滿。

老闆娘叫朱阿玲（Ah Leng Chee），開著一輛賓士SLK。妳能想像一位老阿姨開一輛德國跑車嗎？她的穿著打扮也像阿姨：舊尼龍長褲搭配素色女襯衫，染黑的頭髮稀疏到能夠看見頭皮，臉上擦了粉想隔熱——在親眼看見她爬進那輛車之前，妳一定不會知道她很有錢。她從關丹（Kuantan）來到這裡將近三十年，現在看看她——開著一輛賓士又賺大錢。她在十九歲搬到吉隆坡——跟我去吉隆坡時的年紀正好一樣。也許這就是她很喜歡我的理由，不是因為她沒有兒子，雖然妳可能想相信是這樣，但原因是她在我身上看見了自己。所以她才會付我一千塊月薪監督顧客的座位，並留意確認餐點能準時送達。這種工作並不吃力，因此下午我會幫忙尼泊爾工人卸貨，做些搬運米袋和蔬菜的粗活，深夜則是堆疊數十張桌子和數百張椅子，然後再洗地。「瘋了咩？」每當看見我褲管捲到膝蓋，在比姆（Bhim）或其他尼泊爾人拿水管對準地面時洗刷汙垢，她就會這麼大喊。雖然她開口時從未露出笑容，不過我知道她其實是在讚美。在深夜準備做完最後的工作時，我偶爾會望向她，看著她很有耐心地加總收據金額，然後試圖想像那麼多年以前，她這麼一個跟我同年的年輕女子來到了城裡。可是我從來無法在腦中顯現出畫面——她對我而言一直都是位和藹的老阿姨。

她有一個女兒住在舊金山，比我當時大幾歲。有一次她來造訪，穿著牛仔褲跟一件印著她大學名稱的T恤——我現在想不起來是哪間大學了。〔停頓。〕那個時候午餐時段快要結束，不過餐廳還是客滿的，而且很吵，說話聲和笑聲蓋過盤子的碰撞聲與後方廚房的叫喊，而且還混進了街上車水馬龍的嘈雜聲響。她站在櫃檯後方看著我們奔忙服務每桌客人，她的母親則是幫我們點餐，甚至上菜。我記得我們那天好像人力不夠，可是我想不起原因了。我覺得她正在觀看一切，彷彿是在欣賞一部電影，而我開始擔心她怎麼看我們，會不會認為我們又髒又蠢。原始。我想到的是這個詞。她以為我們很原始、很單純；她看著四個尼泊爾人、兩個緬甸人還有我，然後心想，可憐的傢伙，他們真落後。然而在我經過櫃檯前往廚房時，我注意到她根本沒看我們——雖然她的嘴脣拉成笑容，眼神卻十分茫然。她在流汗，幾撮頭髮黏著額頭和太陽穴，吊扇完全無法緩解她的不適。我一度以為自己跟她對上了眼，因此回以笑容，但她只是凝望著遠方，愉快的表情並未刻意擺給任何人看。當下我才明白她一點也不想去那裡，在那間低價餐廳裡對她而言一定是種酷刑。沒有冷氣；油膩的地板；一半的客人穿著足球短褲，或是會被誤認為睡衣的衣服。我透過她的眼睛看著一切，替她感到可憐，竟然得忍受噪音、高溫和油脂。

朱阿玲後來解釋說，她很想念未婚夫，等不及要回美國去了。「她的男朋友是紅毛？」我問——我不知道為什麼會覺得這很重要。她住在舊金山，要是跟白人住在一起也不意外。朱阿玲點頭，沉默了好一段時間。「對。明年就要結婚了。」

「不回來接班嗎？」

朱阿玲聳聳肩膀。「你們年輕人啊，你們只做想做的事啦！」原來她的女兒已經有了綠卡，打算永遠住在美國。「我搬到吉隆坡的時候，她只是個小孩。看看她現在的樣子啊！」她在一週內過來了兩、三次，然後我就再也沒見過她了。

某天晚上，當晚餐的人數逐漸變少，最後一批客人想要離開卻走不了（因為他們吃得太飽又太想睡），餐廳變得更安靜更不忙，員工開始放鬆——這時有兩部摩托車在外面停下。我不知道原因，但我就是立刻注意到了——雖然路上全天都有摩托車嗡嗡作響，可是這些不一樣。對方是刻意放慢速度滑到這裡停下，一部在廚房旁邊的巷子，另一部就在餐廳前面，引擎幾乎是同時熄火的。我常聽說時間在這一刻會拉長，一切都會變成慢動作。人們會說自己能夠記得所有細節，說他們會看得目瞪口呆無法反應，因為他們看見的場景步調會與時間不一致。可是我不相信。當妳身處暴力之中，一切都發生得很迅速。它會繞著妳轉圈，包圍住妳，不讓妳離開，然後妳會做出反應，妳一定會有反應。所以即使我看見三個男人進入餐廳，開山刀彎曲的刀身舉到半空中時，我還是衝向了朱阿玲，她才剛開始要計算當天的收入，櫃檯上整齊堆疊著現金。

那是她的錢。〔停頓。〕我們的錢。

那些妳會相信的慢動作恐怖故事發生時，她並未保持沉默，而是在我接近她想要替她擋住那些人時就開始尖叫了。我沒想到她能夠發出那種尖厲的叫聲，重複了一次又一次。當時我正在跟其中一個人扭打，突然間兩個尼泊爾工人加入了我，以細瘦的身軀撲向搶劫犯。一切沒幾秒鐘就結束了，在他們騎上摩托車逃跑時，朱阿玲跑了出去像是想要抓住他們，一邊大喊著：「死黑鬼！死黑鬼！」地上到處都是錢。我開始撿起來——我們所有的收入、我們賴以生存的一切就這樣散落於餐廳各處。在我開始撿錢時，我發現破損的灰色地磚上有長長的血跡，心想她受傷了。可是朱阿玲還站在餐廳的門檻對著黑暗大喊。我抬起頭，看見尼泊爾廚師蘇贊（Sujan）靠著櫃檯坐在地上，緊抓著自己的手臂。其他人站在他附近對他說話，像母親試著哄寶寶入睡那樣哄著他，但其實是不想讓他陷入昏迷，而他們的聲音又低又急迫，彷彿自己的性命取決於他是否能夠保持清醒。我費了點力氣才把他緊抓在手臂上的手指扳開，接著就在紫紅色的皮肉之中看見了亮白色的骨頭。有位員工遞給我一塊乾淨的布當止血帶，而我也盡可能綁緊傷口。

朱阿玲仍在對著黑暗大喊，聲音開始變得嘶啞。我發現我的手臂和衣服都有血——我的前臂上有一道深長的切口。用餐的人都站了起來，我們原本安排他們在剛開始堆疊起來的一些桌椅後方坐成半圓形，現在那些人就像節目的一排觀眾，正靜靜地看著。「拜託誰來帶這個人去醫院，」我說。錢還散落在地上。有個男人回答：「我們應該報警。」不，我說，他媽的快帶去醫院。有個年輕女人終於舉起手，指向停在餐廳外面的一輛BMW。我們五個人把蘇贊扛到外面車上，由比姆護著他的頭和肩膀。女人打開車門，接著我們把他平放在後座。即使在半暗的天色裡，我也看得見鮮血散布在皮革座墊並滲進了縫隙，這讓我覺得很內疚，因為那個女人得花一大筆錢清理了。我進入副駕駛座時，手臂開始刺痛起來，一陣劇烈的疼痛穿透了原本的麻木感，然而我卻只想著血會滴到座椅上，試著思考有什麼方式能夠弄掉汙漬，例如抹上鹽巴和醋。我在前往醫院的途中幾乎都在擔心這個。

隔天，朱阿玲開除了在廚房當雜工的孟加拉人。就這樣。她確信他透露了消息給朋友，告訴他們每天晚上她都會算錢的事。「他們不是外國人，他們是本地人。」我說。

「你看過他們的身分證是咩？」她問。「反正，這些傢伙——他們都一樣啦！」

〔停頓。捲起袖子露出一道傷疤。〕

我不知道自己被他們砍到的時候怎麼會沒感覺，可是傷口非常深，經過好一陣子才癒合。〔手指沿著斜線般的疤痕移動，大約四英寸長；可以看見其他較小的傷疤。〕我想這算是那一晚給我留下的一些回憶吧。〔發笑。〕

差不多六個月後，我去上班時看見朱阿玲已經到了，這並不尋常——通常都是我每天早上在十點前到餐廳開門，然後大約在午夜關門。她信任我做那種工作，她知道我會照料好一切。那天空氣中有很多灰塵——不是平常在城裡飄動的薄霧，而是更濃厚的塵雲，來自附近的工地，那裡的都市叢林正在被清空，準備建造新的住宅區。朱阿玲戴著外科口罩遮住口鼻，這在當時可是很少見的。現在就連流行人物也會戴，但在那個時候只有日本和臺灣的人知道那種東西，而我常會取笑對方。「還以為自己是日本科學家嗎？」雖然我常這麼開玩笑，不過我得承認那天我也希望自己能戴一個。她拉下口罩，說：「阿福，你不能在這裡工作了。」生意不好，她已經一段時間沒賺大錢了。她之前借了錢，現在償還得很費力。她決定解僱我跟另外三個工人，我們的薪水最高；剩下的人就得應付更大的工作量。她不會對此說謊：如果生意又變好，她就會找另一個外國人而不是再僱用我——他們便宜太多了。「所以，你不能在這裡工作了。」她拉起口罩蓋住口鼻，然後繼續弄她的計算機跟一疊收據。

我站在那裡看著紅色塵雲和遠處的推土機，嘴巴和喉嚨裡的沙粒讓我開始發癢。她沒說：「我很抱歉，我必須讓你離開了。」或是「你很懶惰，我要開除你。」或是「生意不好，我請不起你了。」她只是說你不能在這裡工作了。她講得一副無可避免的樣子，好像地球上沒有任何事情能夠阻止我失去在肥佬蟹海鮮樓的工作——彷彿我離開那裡就跟每年一定會出現又消失的雨季一樣。可是那也不一定。有些年我們一點雨也沒下過，其他年則是下得太多了。為什麼我不能繼續在那裡工作，就算多待幾個月也好？因為城市很快就要被地震毀滅了？因為我們要被外星人侵略了？如果是這樣，我就可以接受。大家都要沒工作了，為什麼我要有呢？我並不是不講理的人。給我一個好理由，我一定會安靜地離開。

「阿福，為什麼你一直站在那裡？」最後她開口說：「別那樣，又不是我的錯。」

我看著她。我什麼也沒做，就只是看著她——光是那樣就夠讓她激動了，因為她以為我在要賴。她以為我要質問她讓她講出更好的理由；或是要索取補償金；或是她無法給予的其他東西。她開始說話——其實是喊叫。她說著對我而言無關要緊的事，解釋她的資產負債表以及她在世界另一頭的女兒還需要錢，說著工作和身為人母的壓力。她說我怎麼會如此無知到不明白世界運作的方式。我不知道什麼是亞洲金融危機嗎？為什麼我不多看一點報紙，多關注世界呢？她對我大聲說著那種事。亞洲的每個國家都在受苦，而我卻在那裡像個被寵壞的小孩。二十二歲了，行為還像小孩子！她必須付的賄賂、保護費、物價上漲——那些我都知道嗎？她說我不知道在這個屎爛國家做生意有多難；我不知道像她這年紀的孤單女人要經營一間蠢餐廳是什麼感覺。「等你到了我的年紀，就會知道是什麼感覺了。」

「其他人呢？」

「回去緬甸囉！尼泊爾，孟加拉——你又在乎嗎？」接著她罵出髒話，雖然只是一個難聽的詞，沒什麼大不了，但從她那樣的好人口中說出，聽起來實在太有趣了，結果我開始笑，笑到停不下來。我站在餐廳中央，周圍堆疊著桌椅，而我笑得像舊功夫電影裡的大壞蛋，也看見其他剛來上班的人注視著我，彷彿我很危險的樣子。「瘋了！你在笑什麼鬼啊？」朱阿玲大聲說。「有什麼好笑的？」她越對我咆哮，我就越難停下來。我閉上眼睛，只看得見她的影像，看見一位迷人的老阿姨說出髒話，讓我笑到都掉眼淚了，而且肋骨因為收縮得太嚴重還有點呼吸困難；加上我喉嚨裡的灰塵讓我越來越不舒服，所以我等於是同時大笑與咳嗽。其他有些工人也傻笑了起來，於是朱阿玲說：「沒錯，他發瘋了。」我走出餐廳時還在笑。

我以為事情結束了。不過在將近十年後的審判上，檢方提起了這件事。我很驚訝有人會記得，可是他們記得——他們花了很長時間提出跟那天有關的問題。關於我大笑的事——這似乎證明了我的瘋狂。我的精神不穩定。我的精神不穩定，無法意識情況的嚴重程度。他們找到了那個洗碗的仰光女孩，還有她那位負責烤沙嗲的胖男友。警察是怎麼找到他們的？我覺得他們沒在國內待幾個月，我覺得他們甚至沒證件——然而在快要十年後，他們出現在這裡，用還過得去的馬來語回答問題。你們會認為被告脫離了現實嗎？多年前認識他們的時候，我有時候會跟他們開玩笑，用馬來語辱罵他們，但他們只會露出笑容——他們一個字也聽不懂。

輪到朱阿玲上證人席時，我知道她想要幫我，想要告訴大家我不瘋也不危險。好幾次她都會先說：「他是個好孩子，很認真工作……」不過他們每次都會打斷她。「回答問題就是了，王太太（Wong）。妳告訴他要解僱他的時候，他有什麼反應？」

他笑了多久？五、六、七分鐘都沒停過？

所以，妳會不會認為他……歇斯底里？失控？

你說在他……發瘋的時候嗎？

她從法庭另一邊看著我，讓我覺得她在要求諒解，這很奇怪，因為她又沒做錯什麼。她只是誠實回答問題，而她也應該那麼做——她沒什麼好覺得抱歉的，我也沒什麼好原諒的。我記得她那天對我大吼，記得其他人來上班，餐廳開始熱鬧起來——兩個印度人送來瓦斯桶，放在廚房的混凝土地面時發出了巨大的金屬聲，他們用坦米爾語唱的歌，Nila, nila odivaa……還有服務生比姆跟其他人，他們正在拉起百葉窗，光線落在一袋袋蔬菜上。蘇贊費力地自己立好一張桌子，他的右臂當時已經復原了，可是很僵硬，就像木偶一樣。朱阿玲尖聲罵出那個難聽的詞。當我記起自己因為那一切的美妙與荒謬而發笑的感覺，我立刻用一隻手摀著嘴巴遮住笑容，卻無法壓抑開始迸發的笑聲。朱阿玲從證人席看著我，也回以微笑。我也想起了她偶爾會給我對摺起來的紙鈔——只有十、二十令吉——還有她出城回來後一定會帶給我的小禮物，例如一根巧克力棒或一個鑰匙圈。我開始笑了。〔停頓。〕我用雙手摀住了臉。

檢察官正在說著又長又優美的句子，聽起來像遠處輕微轟隆的雷聲，不過他中斷了一下，轉過來看著我。透過指間的細縫，我看見他盯著我，然後又繼續說話。他的語氣稍微改變了，像是在說：看到了嗎？我說的對——這傢伙瘋了。

離開肥佬蟹海鮮樓之後，我四處漂流了幾天，也被幾份工作拒絕了。工作並不多，但其實是我沒太認真找。我知道這聽起來像是妳會感興趣的故事，敘述一個村莊的男孩來到首都這個大城市，然後因為它的殘酷而崩潰。可是並非如此。我沒被吉隆坡打敗，而是對它厭倦了——我想要更好的東西。幾個星期後，我回到巴生，很快就找到了在養殖場的那份工作。如果我沒離開吉隆坡，就不會這麼快就開始過著像樣的生活。像我這樣的人，完全沒有任何條件——我不覺得有人會想嫁給我，不過還真的有。

這個念頭突然出現在我說到一半的句子裡。

這是場普通的會談，沒什麼特別的。我在說話，她坐在她的位子，筆記本放在大腿上。我可以看見她寫的字，細小又整齊到了極點。她偶爾會停下來為某個詞加上底線。我猜是我說的某件事。我忽然想到：我的話太多了。我隨時都在說話，她則是保持沉默。她清楚我的一切，我對她一無所知。

你還好嗎？她說。

我點頭。

你正要告訴我你母親的事，還有她跟你叔叔的關係。

我可以問妳一個問題嗎？

當然。

妳的家庭是什麼樣子？我是指——妳有姊妹或兄弟嗎？妳的父母年紀多大？他們還在工作嗎？

那可是很多問題呢。我有個算是普通的家庭吧。父母都在，還是像橋上的黑羊跟白羊那樣愛爭執。三個兄弟，全都做不同的事。

三個兄弟？身為唯一的女孩一定不太好過吧。

是啊。我必須學會生存。其實他們很好的。只是有時候像混蛋。

妳的父母還工作嗎？

爸爸還有。總之，我的事說夠了。我想知道你母親的事，那時她開始跟另一個男人同居。

可是我也對妳的背景有興趣。妳的生活。

她笑著聳了聳肩。

我們在這裡是為了你的故事。重點是你。

妳說我們要對話。那是互相的，對吧？

你人真好。可是你的故事才重要。我是來這裡聽你說的。

我等了一陣子，希望她會改變心意。在暫時的靜默中，我聽見遠處有一輛救護車。

好吧，她說。你剛才提到了你母親？

OCTOBER, 19TH
十月十九日

為什麼？那是妳想知道的，就跟其他人一樣。可是妳也會跟其他人一樣失望的。很多人問過我相同的問題。我的律師問過，而且好幾次——「只是要確認動機。」她這麼解釋。另一個起訴我的律師會問各種問題，有些似乎跟實際的罪行毫無關連，例如「你那天晚上在哪裡吃晚餐？」還有「你會如何形容你當晚的情緒？」可是我明白他們的目標都是同一件事：試圖釐清我那麼做的原因。

我的妻子——我是指我的前妻——她沒有參與審判。為什麼她要來呢？可是我在報紙上看到了她的照片。有些記者查出了她的住處，想要找她談話，或許就像妳現在跟我談話的方式，希望多了解我一點。如果妳能找到我提的報紙，就會看到她在一連串的照片裡匆忙行走，記者跟在她後方一、兩步拿著麥克風。可是她什麼也不想說，她在大門前推擠過他們，用她的手提包遮住臉不讓相機拍到。不過等她一進去想要鎖上大門時，就必須使用雙手。她不得不放下手提包，所以他們才能拍到那些她露臉的照片，而她臉上都是皺紋，大概是因為高溫，因為不安、挫敗以及我無法確切指明的許多事吧。在最主要的那張照片裡，她往上看，直盯著相機，雖然根據報導她從頭到尾沒說半個字，但她的表情像是尖喊著同樣的問題：為什麼？

我看到畫面，就知道那個問題並不是針對記者，而是針對我。她不必知道為什麼他們要騷擾她——答案很明顯。她的為什麼是想要問我。為什麼我要那麼做？為什麼為什麼為什麼為什麼。

我是誤打誤撞認識珍妮（Jenny）的。她本來應該跟別人在一起，某個更好的人，結果卻是跟我。我第一次看到她的名字，是在我們送出的請款單上。客戶經理，珍妮．張（Jenny Teoh）——就算在最小筆的帳單上，她也一定會加上自己的頭銜；而在我們開始使用電子郵件時，她的簽名仍然是姓名加上職位。已收到，謝謝，客戶經理珍妮．張，所以我一直都知道她的職位很重要。當時我才加入養殖場沒幾年，生意成長很快，我們也開始將產品賣給整個巴生谷的餐廳和超級市場，最遠甚至到南方的柔佛。我整天都在戶外工作，監督建造新魚籠以及越來越多的附屬建築，當時我們甚至還考慮在場地內替印尼工人蓋員工宿舍。他們離工作地點越近，就越不會跑掉，老闆是這麼說的。賴先生對如何經營事業有很明確的想法。他不喜歡工人突然辭職；不喜歡他們消失了而其他人卻不知道他們發生什麼事。某天他們還正常工作，隔天他們就不見了。那是因為他們必須長途跋涉來上班，兩人騎一部摩托車，有時甚至是步行——像那樣的路程會讓妳有時間思考自己在做什麼，而當妳反思自己的人生，就會覺得過得不好。人們就會在那種時候放棄。

在那時不久之前，我注意到叢林邊緣出現了一座簡陋的營地，距離路邊大約二十英尺，中間是一棟被遺棄的小型混凝土建築，原本一定是間雜貨店或咖啡廳。幾塊防水布從樹幹延伸至那棟廢棄房屋。有一堆火，周圍坐著小孩，他們懶洋洋地將樹枝丟進火焰中。妳馬上就能看得出來那是一處移民營，而賴先生擔心我們有一、兩個工人可能就住在那裡。「雨天一來，他們就會消失。警察一來，他們就會消失。」他想要他們距離工作地點越近越好，這樣就沒有不出現的藉口了。

光是那個月我們就損失了兩個人，因此工作量變得很大。賴先生一直在逼我們做更多事，而且他才剛買下我們現有土地後方的一塊地——工人整天都在砍樹，賴先生本人也在現場規畫宿舍區和新的發電機組。我什麼都做——又回到陽光下，做著剛消失那兩個人的工作，然後還要試著幫忙處理文件。銷售經理姓陶（Toh），是城市男孩那種類型，他抱怨自己總是奔波；總是在開車；總是在晚餐之後才回到家；說他從來沒看到他的小孩，因為他回家的時候他們早就上床睡覺了。某一天他在芙蓉市，隔天就在萬撓（Rawang），上個星期他甚至還去了打巴（Tapah）。搞什麼。最麻煩的是為了拿樣本、確認文件和金額沒問題、檢查訊息，他一個星期至少得來養殖場三次。「每個人都把我往不同的方向拉。我很快就會被拉斷了，」他說：「斷成一千個碎片。」

「還在抱怨咩？」賴先生大聲說：「沒工作——哭。太多工作——也哭。去死一死啦！」

我忍不住笑起來。陶賺的比我多很多——我不知道多少，但一定很多，我猜至少兩倍吧。我從來不覺得這有什麼，無論是對他或對賴先生都一樣——這很正常：他受過教育，他對電腦、數字和文件很在行，比我在辦公室處理得更快也更輕鬆。那些能力很重要，我明白。然而，聽見賴先生那樣教訓他，讓我還是有種小小的滿足感。兩天後他打電話來請病假——確切一點，是他太太打來的。她說他病到沒辦法講電話，幾乎三十六個小時都沒下床了。「真是爛藉口，」我對接電話的祕書潔思敏（Jezmine）說。「真是膽小鬼，竟然叫他老婆打來。」他大可從床上自己打來——每個人都知道他那個時候就有一支行動電話了。

仆街，冚家鏟，死撚頭。賴先生罵到停不下來，都是妳所能想到最難聽的字眼。幸好妳不懂廣東話——我不好意思翻譯出來。我們必須確定一份大合約，我們的主要客戶正在考慮加倍進我們的貨好銷售到全新加坡，而那個姓陶的窩囊廢正好就在他應該要敲定合約的時候生病了。賴先生平靜下來之後，他站在辦公室裡，雙手插腰，然後看著我們——我跟潔思敏——一副他第一次注意到我們的樣子。他襯衫最上面的扣子沒扣，然後將當天的《南洋商報》對摺起來搧風。「你們兩個要去參加今天下午的會議。別搞砸了。」

潔思敏聳聳肩。她二十三歲，只比當時的我年輕一點，可是她一點也不煩亂。她看著自己的手錶，然後說：「我們一個鐘頭後出發。」接著她就回她的桌子，開始讀她之前一直在認真看的《女友》（*Nüyou*）雜誌。

「我們不必……我不知道，做些準備嗎？」我問。

「當然。看你要做什麼。」

客戶的辦公室位於武吉古達花園（Taman Bukit Kuda）一排有冷氣的現代化店屋二樓，我們走進去時，我暗自重複著先前背起來的主要數據——我們的年銷售量、營業額之類的。我用綠色螢光筆將那些數字標記起來以免忘記，然後把資料放進我為了開會準備的文件夾。我換上了我留在養殖場的乾淨衣服，那原本是在客戶無預期造訪時使用的——以前，我在幫忙工人挖土或準備新建築的地基時，偶爾會被想要視察養殖場而突然到來的客戶嚇一跳。當穿著時髦的人出現，妳最好別用沾有半乾水泥的雙手招呼他們，也別像農夫一樣把褲管捲到膝蓋走來走去，於是我學會留下一套備用衣物以防萬一。現在，在我們走上樓梯時，我覺得我至少看起來很專業。

沒過多久，我發現接待我們的珍妮就是在所有收據上簽名的那個人。她的話不多，只要開口就直截了當，就事論事的態度在問話時聽起來像是挖苦，例如「那麼，你們的生意現在真的有獲利嗎？」——全都跟她寫信聯絡我們的方式一模一樣。她並不是刻意要無禮或諷刺，她原本就是這個樣子。她看著我說：「如果你是領班，我猜你的工作就只是監督勞力相關的事——所以你為什麼會來這裡？」

我開始滔滔不絕講出我背下來的事實與數據，不過我一邊說一邊就知道自己錯得一場糊塗，本來我還在車上默背那些數字和術語，而且盡量不動嘴脣，免得讓潔思敏發現我在做什麼——結果我全搞混了，一邊結巴，一邊迅速翻閱資料夾裡的文件試圖找出相關資訊。可是文書工作跟我向來就處不好，我也知道無論再怎麼尋找，我需要的答案也不會自己蹦出來。我知道她在看著我費力掙扎——她只比我大幾歲，我猜差不多三十吧，但她穿著勻稱的上衣，搭配商場女強人那種黑色長褲，前方還有明顯的褶線，這使她看起來年紀更大也更聰明。有幾分鐘大家都沒說話——在玻璃圍住的小會議室裡，只有我那些紙張的翻動聲劃破沉默。

「記得去年的洪水嗎？」潔思敏說，語氣有點像是興奮——彷彿她就坐在麥當勞裡跟朋友一起喝著奶昔聊天。「整個雪蘭莪州（state of Selangor）只有我們的養殖場沒受到影響！」她開始提供我們業務的資訊，就像在學校比賽朗誦詩詞的聰明學生，完全不必參考筆記，還會在適當的時機暫停，聲音抑揚頓挫有如流暢的音樂——不過我沒像在學校那樣覺得自己很笨，而是感到鬆了口氣，甚至很感激。她說話時，我坐著露出笑容，在她使用「收益年增率」時點頭，儘管我並不明白意思。我知道她做的足以獲得養殖場所需的生意了。「那一切都是因為這位李先生堅持我們要把魚籠改造得比業界標準更大也更深，而且要安裝一種昂貴的濾水系統，確保能有高品質的產品。」

我臉紅了。不過這是事實——我確實有那麼做。

珍妮看著我，在會議中第一次露出了笑容。她面向潔思敏，然後說：「我想男人畢竟還是有點用處呢！」

我不記得後來我們怎麼會有第一次約會——我們從來沒經歷過什麼重大的轉捩點，在我們職業與私人方面的關係之間從未出現過間隙。在韓劇中，同事會發現對，他們真的戀愛了！或甚至是嘿，情況不太一樣喔——我們沒經歷過那種事。我們只是隨著一場接一場會議進展下去，直到最後成了一對。許久之後，在婚姻的中期，等我們終於習慣婚姻的樣子時，她就會取笑我不懂浪漫。「你從來不逗我。」她會這麼說，然後我會回答：「我想要讓妳逗我。」從某種意義上來說，我們的關係從開始就在逐漸演變，速度慢到我們都沒意識到這是某種開端，而這也替我們的婚姻定了調。事情總是偷偷摸摸地出現，等我們才剛知道發生了什麼，它卻已經快結束了——我們無法享受美好，也無法補救痛苦，只能緊抓住那段經歷的最後印象，然後心想，那結束了。溫柔、憤怒、後悔——我們意識到的時候都已經太晚了。

第一次會議之後，賴先生對簽署新合約的事非常高興，於是指派我負責跟珍妮的公司往來。我告訴他不應該選我，潔思敏才擅長數字以及跟客戶交涉，可是他堅持要由我處理。「那個漂亮的客戶經理，她比較喜歡跟男人打交道。」

珍妮跟我已經習慣偶爾見面了，有一天她傳訊息給我，說她的辦公室在整修，問我能不能改到對街的肉骨茶那裡碰面。可是我到那裡之後，發現交通的噪音跟工地一樣吵，所以我們必須費力讓自己的聲音蓋過外頭經過的摩托車和公車，以及吃早餐人群的喋喋不休。我試著告訴她關於養殖場的發展——潔思敏準備了幾張數據來表示我們的營運情況——不過珍妮一直搖頭，要我再重複剛才的話，等我們的湯都送來時，我們兩個都很高興有藉口可以不必說話了。我們低著頭吃，專心在食物上——我吃得很慢，特別注意不像平常那樣喝得太大聲。我們沉默了一段時間，最後她說：「我們就像在約會。有注意過人們在第一次約會的時候都很少說話嗎？他們太尷尬了，不敢表達任何情感。」

我臉紅了。雖然我一直很努力記住要保持用餐禮儀，可是我發現自己把碗舉到嘴邊，大口喝進剩下的湯，還享用沉澱在底部的厚渣，那是最好吃的部分。「哇，你吃得真快，」她說。我注意到她的才只吃了一半。「我猜是習慣吧，畢竟你在養殖場工作。」

我點點頭。我不想解釋其實這個習慣來自童年——我一直都吃得很快，從小就是這樣。

我們開始更規律地見面，每天下班後都一起吃晚餐，我會騎著我新買的山葉機車進城。我們會去她知道的地方——隱藏在班達馬蘭（Pandamaran）、武吉丁宜（Bukit Tinggi）的小地方；某些區域，妳甚至以為不能找到像樣的用餐處，例如聖淘沙花園（Taman Sentosa）或棉花灣（Teluk Kapas）。一開始我擔心像她那種在冷氣辦公室工作的女孩會介意搭機車而不是坐車，可是她從來沒抱怨過，後來有一天我到她辦公室接她的時候，她拿了一個永旺商場（Jusco Mall）的購物袋給我看。她為我買了些衣服——一件乾淨的白襯衫和一件淺色長褲，她都洗過也燙過了，另外還有一雙黑色皮鞋。「妳要我今天晚上帶妳到某個高檔的地方，對不對？」我在男廁換衣服時開玩笑說。

她只是微笑著說：「我應該也幫你買幾件新內褲的。」

她堅持要留下機車去搭計程車，不過到餐廳的距離很短，是在巴生高陽苑花園（Taman Bayu Perdana）的一間娘惹餐廳，比我們通常去的咖啡館、路邊攤、戶外臺球酒吧更高檔一點——但還不是妳所謂的豪華餐廳，而我不明白為什麼她要這麼大費周章帶我去那裡。我們坐在靠近櫃檯的一張安靜桌子，幾分鐘後，餐廳主人從廚房出現了——是個保養良好的男人，我猜歲數將近七十，他的襯衫扎進長褲，皮帶上有一顆閃亮的黃金帶扣。他的頭髮又濃又黑，梳向一邊旁分，而且因為刷了百利髮乳（Brylcreem）顯得很光滑。我記得當時心裡想著：他的頭髮比他的臉還年輕。他停下來看了我們一會兒，然後才露出笑容。

「爸，」珍妮說：「這是福來。我告訴過你的那位。」

我站起來跟他握手。

「福來。你也是福建人嗎？很好。」

在跟珍妮父親寒暄時，我才發現原來前三個月是我們的求愛期——在這段美妙的期間裡，年輕男人應該要跟他們可能的另一半及未來的妻子談情說愛——然而我什麼都沒做過。我就只是參與我們的會議，從未試圖讓她留下好印象。現在，幾分鐘內，我們就成了男女朋友，而且是她的決定。

張先生跟我們一起坐，在我們等待食物時閒聊。他大概在六、七年前開了這間餐廳，這是他在退休之前最後一次大賭注。他一開始在舊城賣福建麵，只是小餐館裡的一個攤位——工作費力又辛苦，可是他很年輕又有活力，而且生意很好，所以幾年後他就有能力到河的另一側開起了自己的咖啡店，距離公車總站不遠，除了在那裡繼續賣麵的生意，還另外租了三個攤位。重點來了——他決定買下小餐館的土地，包括地上的兩層建築，這在當時可是一筆大投資。人們告訴他，你瘋了，你太年輕了，你會破產的。可是他心想，管它的，就算破產我也只要重頭開始就好了，我才二十八歲啊！誰會想到在無聊的舊巴生市，房地產竟然漲得這麼多呢？生意一直都很好，而他在出售之後可是開了兩間新餐廳，不是一間。

他告訴我這一切只是為了跟我分享他在人生中學到的經驗。他看得出我是理智的人，而且想要成功。不過他開玩笑說我一定有自己的想法。「到最後，每個人都必須走自己的路，對不對？」

當然，在那段期間，他跟珍妮的母親結婚了，她是一位小學教師。他可憐的妻子在幾年前死於癌症——她還很年輕，真不公平。噢，他能遇到她真是幸運——想想看，一位老師嫁給一個賣麵的！不過他很聰明，因為他等到財務穩定之後才開始找老婆，而且他能夠給予她想要的一切。她一輩子都不必擔心桌上的食物和電費帳單。「你能夠提供你太太一樣的嗎？」他笑著問。

餐點送來了，張先生起身準備離開。我向他道別，看著他進入停在外面的一輛鈴木四輪傳動吉普車。我不知道為什麼餐廳老闆會需要那種越野車。他又不是要橫越撒哈拉沙漠。也許那只是有錢以後會做的事——買不需要的東西。

奇怪的是，那天晚上我發現自己沒有胃口。「怎麼了？不喜歡食物嗎？」珍妮問。

「不，不，很好吃。」雖然我不喜歡，還是又拿了些食物強迫自己吃下去。

「不然是怎麼了？」

我聳聳肩。我沒辦法解釋。「我覺得娘惹食物的味道有點太濃了。」

她笑了，然後撥弄我的頭髮。「你還真是鄉下男孩的口味啊！」

我們在四個月後結婚，然後搬進聖淘沙花園的一棟小房子，就在巴生環城大道（Klang Bypass）旁邊——單層連屋，前面有一座水泥庭院，幾乎就跟我們現在這棟一模一樣。妳知道那種類型，妳在全國各地的市郊都可以看到——一排接著一排，一條街連著一條街，一英里接著一英里。東岸，西岸，北方，南方，每個地方都一樣。妳可以從這棟屋子綁架我，把我眼睛蒙起來，然後丟到麻坡（Muar）的一棟房子裡，而我在半夜醒來小便的時候還是能夠找到廁所。第二間臥室不夠大，只有一張兒童床的大小，所以我們拿來當成儲藏室。珍妮還沒準備好要有小孩，我也是。考量到後來的發展，謝天謝地我們沒生——妳一定是那麼想的，我不怪妳。

在監獄的時候，我偶爾會想起那個小房間塞滿了箱子和成堆摺好的衣服。我想像一點一滴清空所有垃圾，直到房間空了。然後我會把牆壁漆白，再加上彩色的模板圖案。一道彩虹。太陽和月亮。一些星星。我想像跟珍妮一起搬一張嬰兒床進房間，小心翼翼放在遠離窗戶的地方。在腦中完成這些步驟之後，我會想：我們沒小孩也不錯。

我在十四或十五歲時，陪母親去過一次醫院，而我記得從公車窗戶看出去，那條路延伸進入城市，旁邊都是剛興建的住宅區，當時的我帶著只有小孩才有的自信，知道自己長大以後就會想要住在那裡。有好幾年我都以為那只是幻想，可是我向賴先生和銀行借了些錢，然後告訴自己別再對那些童年時的渴望感到懷疑。長大之後，雖然我知道這樣沒什麼了不起，但我也知道以這種方式開始婚姻生活已經很不錯了。

然而，幾乎就在我們搬進去的同時，我才發現一個人在十五年內會有多大的改變。說不定是住在這個國家所受到的影響——也許在加拿大或日本或德州之類的地方，生活不會變化這麼快，所以人們也會不一樣。我的抱負變了——我根本不知道我的抱負膨脹到連那棟已經有十五、二十年屋齡的小房子也容納不下了。沿著主幹道，從城裡到中路（Meru）之間，每一塊空地上都在蓋新的住宅區。我們從家裡就可以看見，在開車經過時也能徹底看清楚。我因為我們的房子感到不好意思，甚至丟臉——而珍妮假裝討厭那些我們每天不得不看到的新房子，更加深了我的痛苦。「那些花園太大了，」她會這麼說：「他們要整理起來一定很麻煩。」或是「二樓對那種規模的房子看起來太小了——形狀很滑稽。」或是「籬笆太矮了，如果我是他們就會擔心安全。」幾乎每次我們經過工地時，她都會挑出那些昂貴新房子的缺點，好像很討厭住在那裡——好像我們家才是那一區裡最棒的住處。

我在養殖場的工作仍然很順利，所以我知道我只要認真做，我們就過得去。在內心中，我常常想著珍妮父親白手起家的故事。我會想像某天醒來就擁有一項事業——他的發展很自然，讓我覺得那種事也會發生在我身上。發生在我們身上。我二十八歲，珍妮三十一歲，時間站在我們這一邊。我們要做的就是繼續工作，再過幾年我們就會有更多的錢和更大的房子，到時候我們可以開始考慮生小孩。

我的工作時間越來越長，有時候連週末也去，就是希望賴先生可以在農曆新年時額外給我一些獎金——他真的給了：半個月的薪水，全是五十令吉的紙鈔。我也想要加薪，而他一直保證說他會想辦法。「阿福，如果說有哪個人值得加薪，那一定就是你了。」他偶爾會這麼說，而我只會聳聳肩膀繼續工作，試圖掩飾自己的興奮。可是我每個月查看薪水都還是一樣。有一次他很晚才來養殖場，大概下午六點吧，他去了柔佛想多拉點生意，然後剛從那裡一路開車過來。我從發電站看著他下車緩緩走向辦公室，等我晚點進去之後，他已經倒在桌上，快要睡著了。他沒抬起頭，說：「我做這個嫌太老啦！你很年輕——我應該要把一半的事業交給你。」

我興奮到那晚回家的路似乎變成了兩倍長——我等不及回去把賴先生說的話告訴珍妮了。她在下班回家路上買了點廣東炒麵，正在把麵從塑膠袋倒進一個大盤子——當時我們很常吃外賣，通常是下班回來之後很晚才吃。我說：「我老闆要把他的一半事業交給我。」那個時候她正在把一個小袋子裡的青辣椒倒進塑膠盤裡，似乎對我說的話沒反應。她只是吐出一口氣——一種笑聲——然後說：「我們等著看吧！」我想要大喊，妳看不出來嗎？總有一天我會擁有一座大養魚場的一半！我會是貨真價實的大亨！但是我沒這麼做，讓她的謹慎與懷疑沉重地懸浮在我們的小房子裡，直到最後變成現實。

雷聲大雨點小。知道那是什麼意思嗎？這是我從學校記住的少數文雅用語之一。意思是「空洞的承諾」。一點也沒錯。誰知道呢，說不定哪天等賴先生七十歲的時候，他會照他說的把一半事業給我。不過他第一次說的那句話結果也是最後一次。在那之後，完全沒了。或許他改變了心意，不過他連談到加薪作為補償也沒有。我沒勇氣向他提起。我要怎麼做呢？我的身分又不適合問——歹勢，對吧？我一直都太害怕表達不滿了。我很幸運能有一份穩定的工作，得到穩定的薪水。沒資格，沒大學文憑，什麼都沒有。我不能抱怨。

珍妮開始一個星期加班三、四次。「妳不必的，」我告訴她：「我可以應付。」我們過得還可以，從來沒有遲繳帳單，也都吃得飽。我覺得我們很好。

「你的貸款——我們付得太多了。」她說。她不喜歡負債，她想要存錢，想要開始考慮生小孩。我晚回家時，會看到她坐在餐桌前用計算機處理攤在面前的一堆帳單和銀行對帳單。在日光燈管刺眼的白光下，她看起來像隻可能隨時會消失的鬼。最近她的體重減輕了，外表也變得憔悴。有時候她會坐在電腦前面玩俄羅斯方塊，或是看香港名人的新聞，在我出現時不會打招呼。我想要抱她，或是站在她後面替她按摩肩膀，一邊開玩笑說劉德華那張完美臉孔一定是整形的結果，然後再親吻她的頭頂。可是她根本不轉過頭來看我，而我猶豫時，就有一道無形的簾幕從我們之間落下，讓我們稍微有了隔閡，使得我突然害怕觸碰她，覺得她那麼辛苦工作了一整天後會不喜歡。我知道這聽起來很蠢——我們可是夫妻啊，對吧？然而我意識到有一塊空間只屬於她而不是我們，而我並不想闖入。

我心想：是因為房子，這棟該死的老房子開始瓦解了，而其他人大概會說情況很輕微，沒什麼要緊的——可是那些小事情加起來，就會開始重壓妳，直到妳失去氣力。對，每個小問題都可以解決，不過聚在一起就讓我們無力招架了。窗玻璃破了一塊（沒關係，還是可以關起來）。大門的金屬柵欄有一部分開始生鏽碎裂，真的在我們眼前剝離了（別擔心，只有貓或小狗能進來，連偷東西的小孩都擠不過去）。水箱裂開而滲漏的馬桶整夜都在滴水（還是可以沖水啊，對吧？）。

有天晚上我回到家，在珍妮的臉頰輕吻了一下。她躺在沙發上翻看著《她的世界》（*Her World*）雜誌，一副想睡的樣子。電視亮著，正在播放一部舊的武打片，可是音量幾乎調到最小，所以我只聽得見短促的拳腳和刀劍碰撞聲。我要去洗澡時，發現有種難聞的味道，打開浴室門後就變成了臭味。馬桶幾個星期前就壞了，沒辦法正常沖水。我們在浴室裡放了個塑膠桶，把水裝到半滿，在我們上完廁所以後倒進馬桶，有時候可以正常沖掉，有時候效果沒那麼好。我掀起蓋子，看見馬桶裡都是屎。淺褐色，幾乎是黃色，還有泡沫。整個馬桶裡都是斑點。強烈的噁心感從我體內湧出，升高到我的喉嚨，我不知道那種作嘔的感覺是因為氣味，還是因為我突然感到的悲傷，那是一種站在一堆排泄物前的無力感。珍妮一定是腹瀉了。也許她一整天都這樣，卻沒有告訴我。她怎麼會這樣？她在工作，我也是，我們沒時間交談。我用桶子裡的水把糞便沖掉，然後再裝滿水。沖了四、五次後，馬桶裡的水還是很髒。我試著把沖水的裝置修好，可是沒辦法——整個結構裡有某種東西修不好了。

我回到客廳，緊緊抱著珍妮。她的雙手輕輕環繞我，但感覺不像是擁抱——她的身體很沉重，幾乎像失去了生命。她告訴我，那天快下班前她發生胃痙攣，在最糟糕的情況開始之前她及時趕到家。她一直嘔吐，至少吐了五、六次，然後就開始腹瀉。她口渴到喉嚨感覺燒灼，舌頭都能嚐到胃酸冒到嘴裡的臭味，可是她連一杯水也喝不下去。每次她喝了幾口，就會再全部吐出來。幾個鐘頭後，她甚至沒力氣裝水桶沖掉穢物了。

我說，馬桶本來就壞掉了，不是妳的錯。但她只是從我懷裡抽身離開，然後上床睡覺。

我坐在黑暗中看著近乎無聲的武打片。一個女人在跟兩個男人和一個女人戰鬥，三對一。她用了一件又一件武器，壞掉就換下一件——中國的十八般武藝。我腦中出現了一個想法：也許是珍妮的錯。如果她沒腹瀉，我們就不必睡在有屎味的浴室隔壁了。我們不必想到有壞掉的馬桶，壞掉的房子。*但那不是她的錯，不是她的錯*。我一直對自己說。*爛事難免*（Shit happens）。在美國的人不是那麼說嗎？爛事難免爛事難免爛事難免。我輕聲對自己這麼說著。不是她的錯。

隔天我撿到了一張路上那間大華銀行（UOB Bank）分行的傳單，內容是關於低利率的房貸。我宣布說：「明年我們就要搬家了。」珍妮一邊看電視上的選秀節目《Akademi Fantasia》一邊吃南瓜子，她幾乎無聲地用牙齒小心咬開瓜子殼，盯著一位可愛的馬來女孩唱情歌。

「噓，是惠妮．休斯頓（Whitney Houston）的歌。」她說。

「我們應該找新地方，更好的地方。」

她還是沒看我。她笑了，但我不知道她是因為唱歌或因為我笑。

她在幾個星期後辭職，開始新的工作：「MLM」。她向我解釋了三、四次，不過最後我們都知道我不可能明白那到底是怎麼運作的。*多層次傳銷*（Multi-Level Marketing）。在我聽起來不像是正常的工作。「妳確定可以嗎？」我問。

她哼了一聲。「哈！你們男人啊！那是什麼問題？你在養殖場工作，連鞋子也沒穿，還敢看不起我的工作嗎？老是小看我。」

「對不起，我不是那個意思。我只是想確定。希望安全。以防萬一。」

「以防什麼？以防我賺太多錢讓你覺得慚愧嗎？」

我抱住她，告訴她我希望她的工作非常成功，希望她可以賺大錢，然後把我當小白臉養。她輕輕推開我。「小白臉？」她笑了。「你沒有那種臉。」

我要她解釋，再一次，我想要了解。她把文件和流程圖擺在桌上，要我坐下來看，然後慢慢說：「那是一間很大的美國公司，」她說，然後指著一張照片，裡面是一座不規則伸展的設施，背景是覆蓋了雪的山。「你覺得他們會騙我嗎？」她笑起來。「這可不是什麼差勁的本地企業，隨時都要壓搾你。」她讀著小冊子：「Skin-Glo。一九八三年於科羅拉多州建立。年營業額，十一億。」在一個金字塔的形狀裡面有個圖表。「目前我在這裡，可是我只要拉進幾個人就可以往上一階，接著再一階，然後有一天，」——她的手指一路移向金字塔的頂端——「那就是我。」

「很快，對不對？」

「也許吧。大概吧。十年。我們的孩子長大就是有錢人了。」

她打開一個盒子，裡面裝了各種大小的乳霜和化妝水——可以達成神奇效果的美妝產品。「這個可以讓脖子緊實。」她將一點乳霜輕拍在皮膚上，然後開始搓揉。「看到了嗎？像這樣用，這是特別的乳霜，需要特別的技巧。」

「如果我是顧客，現在就會直接向妳買一整盒了。」這是真的。她非常有說服力，甚至讓我覺得只要我買了她的 Skin-Glo 產品就能變得更好看。

接下來幾個星期，我們又像是新婚夫婦，過著充滿了希望的生活。我甚至請了一天假把家裡的東西修好——壞掉的馬桶水箱、廚房裡脫落的磁磚、破掉的窗玻璃。我買了一臺新的國際牌燒水壺，這樣珍妮在家工作的時候就可以整天都有剛泡好的茶。通常如果我早回家，就會看見她在向其他人解釋 Skin-Glo 產品的功效——是她待過那間超市分銷公司的前同事，或是我認得但從沒花時間打招呼的鄰居。我發現我們過著完全不相干的生活，每個家庭都隱藏在自己的兩房單層小房子裡，以不到一英尺厚的牆壁相連，卻也以同一層薄薄的磚塊和水泥分隔。我們全都只是想要過好每天的生活。而現在我們在我的家裡聚在一起，由珍妮泡茶，跟大家說笑，彷彿這是我們本來就該有的生活，充滿了可以變成朋友的人。正要上大學的年輕人；退休的老叔叔和阿姨；跟我們年齡相仿且看起來很專業的男女——他們全都坐在桌邊，將乳霜輕拍在臉頰上。他們的眼皮輕微顫動，等待著珍妮將一陣輕霧噴到他們臉上。「等待一下，放輕鬆，」她說——「感覺就會像山上的露水一樣清爽！」雖然我已經聽過二十次了，但我還是很喜歡那種說法。我喜歡那種滿足的輕嘆聲，或是噴霧短促吱一下後的咯咯笑聲。

她招募了十個、十五個，最後總共有二十八個人——他們現在全都是朋友，也是某種事業夥伴。我從養殖場下班回來後，看著他們坐在明亮日光燈下方的餐桌旁，說著我不太懂的玩笑，編造一個充滿希望的美妙世界。他們會填寫表格，而我想像那些紙張橫越太平洋，跨過高山，一路送到科羅拉多州。有時候我會想：我在世界上根本認識不到二十八個人。某天我發現有個穿著時髦，年紀只比我大一點的女人坐在我們家裡，正用一個星巴克的杯子啜飲咖啡。她坐的時候背部完美挺直，輕靠著扶手椅的邊緣，彷彿不想接觸到。她是公司的明星銷售員，從吉隆坡開車過來恭喜珍妮拉到的人數（三十三個，而且還在增加）。

「為什麼她要在意妳拉了多少人？」我在那個女人離開後問。

「我拉到的人會變成她的人。她當然在意啊。」

「什麼？所以是妳替她拉人？她拿到錢？」

「就是這樣運作的，」珍妮邊說邊打開電視：「如果我拉到的人又找到更多人，他們就變成我的人。」

「然後他們全部都是那個女人的成員？」

珍妮看著電視發笑——那是個遊戲節目，讓人用泡棉做的香腸互打。「她下面有一萬三千個銷售員呢！」彷彿這就能解釋一切的樣子。

珍妮把時間都花在跟幾乎不認識的人相處，而某個吉隆坡的女人卻可以因此賺那麼多錢，我實在無法接受——那些晚上我們本來可以也應該外出去看電影，或是開車到岸邊的海鮮餐廳吃晚餐。去做不久以前我們才一起做過的事。可是我沒說話，因為我不明白這些事情運作的方式。爛事難免。那些話像雷雨雲在我腦中，而我試圖立刻壓抑住。一切都會解決的。

珍妮偶爾會讓我看吉隆坡那個女人傳來的鼓勵訊息。唯一能阻止妳的人是妳。全力以赴！加油！有時候她會讓我看那個女人在各種地點擺姿勢的照片——香港機場、溫哥華機場、倫敦的大笨鐘前、巴黎的艾菲爾鐵塔，以及其他我從未聽過的地方。珍妮買了一支新的三星手機，是當時最早可以接收照片的款式，那些照片在我看來只是彩色的模糊方形。她在家裡開始從網路上追蹤這個她所謂「導師」的女人，花很多時間盯著電腦螢幕，瀏覽看似無關的照片頁面，至少對我而言是這樣。車子；美容院；日本的高速列車；非洲平原上的一顆熱氣球；洛杉磯的一間健身房。我問的時候，她會回答：「這是工作。」

我晚上回家時，她都坐在電腦前，所以我就自己吃晚餐，吃得很快，免得讓自己覺得就連在家裡也跟她隔絕。我們在不同的時間就寢，在不同的時間起床。我隱約注意到她越來越少有新的業務往來，而且堆在牆邊那些 Skin-Glo 產品的盒子也都沒開過。有一次我問她情況如何，最近有沒有拉到一堆人，結果她卻對我大吼。為何我一直想要批評她？為何我什麼都不懂？為何我這麼無知又低級？為何我不去受點教育，自己弄清楚生命中複雜的事情？

這是事實，我不了解業務的複雜安排，我不明白珍妮的行業怎麼獲利。但是我可以解決比較簡單的事。我向賴先生借錢，然後把錢存好，讓我的經濟情況看起來比實際更好，因此銀行借了我更多錢買下貝斯塔里花園的一棟新房子——三間臥房，前面有花園，後面有一座小型混凝土庭院，而那個區域前幾個月才剛開始開發。房子之前沒人住過，這讓我有一種自由的感覺：在這棟新房子的空間和光線中，我會變成不一樣的人——更好的人。膠水、油漆、水泥的味道，覆蓋著所有表面的混凝土粉塵——一切似乎都很令人興奮，卻也使人安心，彷彿這個地方本來就註定成為我的。有人專程為我們蓋了這棟房子。

有一段時間，我覺得那棟房子救了我們。珍妮把其中一間臥房當成辦公室，電腦放在房間一側的桌子上，螢幕永遠亮著，就算我在深夜就寢之前經過門口時也閃爍著彩色的光芒。她又開始邀請人們到家裡來參與 Skin-Glo 集會了。

我們繼續這樣子，各自工作，各自生活，直到一切似乎變成了常態，沒什麼好說的——我和她都這麼覺得。

然後阿強打電話到養殖場找我，回到了我的生命中。

我認得她哼的曲子，可是不記得是哪首了。只有幾個音，整個早上斷斷續續地重複，只要我們休息時就有。

那是什麼歌？

啊？噢。她笑了。沒什麼。我想是電視上的廣告吧。

妳週末過得很開心？

大概吧。其實呢，是的。

她看著她的文件，然後放下手機，準備替我們的談話錄音，可是她沒像平常那樣按下亮紅色鈕開始。也許我應該多問她一些問題，不過我記得她總是說：這是為了你的故事。

妳做了什麼？我在停頓了好一陣子後問。

噢，做這個那個的。其實是非常忙。很多事。

例如呢？

我參加了淨選盟（Bersih）遊行。你知道的，就是反貪腐的示威運動。我覺得自己必須走上街頭，實際對政府抗議，不是只有觀察與寫作而已。

當然，我在臉書上看過。

那種氣氛真是太不可思議了。有好多人走上街頭。好幾萬人。說不定甚至有十萬。我就站在占美清真寺（Masjid Jamek）外面上方的那座橋，看起來簡直水洩不通。每一條街都擠滿了抗議人士。我一輩子從來沒這麼興奮過。就好像人們以彼此的樂觀為養分。其中也有憤怒，別誤會我了。可是那一切混合成了一種奇怪的能量，似乎吉隆坡的空氣帶有電荷，就像在閃電風暴的時候，一切都感覺很危險很不穩定，但我不知道該怎麼說，那也像一種活力，帶有改變的可能性。感覺彷彿國家的所有政治結構、所有過時的社會風俗都能拆毀，那種感覺會讓你覺得哇，好可怕，不過也讓人振奮極了。偶爾會有一小陣歡呼，是有些人在呼喊，而他們的聲音會讓周圍其他人發聲，然後越來越多，於是你會聽到這種波浪般的聲音慢慢擴大，在群眾中移動，像是洶湧的大海。一道海嘯。我身旁的人們開始吟唱，而我連想都沒想就加入一起唱了。那天傍晚，我站在大眾銀行（Public Bank）前方的人群裡，覺得我屬於比自己或家庭規模更大的某種群體。這個群體支持改變，想要讓社會更好。

警察在嗎？

當然。好幾十個，到處都有。武裝警察，空中還有無人機在拍照片。另外也有一些親政府的支持者想要威脅我們。

妳不害怕嗎？我是指妳很年輕。

你是指因為我是女人所以會不會害怕？當然不會！那裡的人至少有一半都是女人。那裡有全是女人的團體，各種人都有。老的，年輕的，有錢的，貧窮的。我的旁邊是一群來自甲洞（Kepong）的華人老阿姨。她們全都戴著棒球帽，然後在警察的無人機飛過上方時說，嘿小姐，把妳的臉遮起來！然後她們全都拉起布擋住嘴巴跟鼻子。她們知道無人機在拍照。她們帶的背包裝了小瓶水，以防碰上催淚瓦斯。她們以前就去過那裡。真是太驚人了。

妳非常勇敢。

那跟勇敢完全沒關係。重點是改變我們的國家。讓這個世界更適合每一個人，無論種族或宗教。

妳講的聽起來像是個大派對。真希望我也能去。可是我的腳，我的身體……我不知道我能不能撐過一天。

那是戰鬥，不是派對。我們都在戰鬥，記住這一點。是為了讓一切更好。

妳真的認為情況會改變嗎？

當然。不然我為什麼要去？

有時候我們行動是因為沒得選擇。尤其是如今。

嗯哼。她點頭，然後側著頭，像是要反駁我的話，可是卻沒有。她說，這個嘛，我們就等著看吧。政治現在很瘋狂，什麼事都可能發生。就連我跟我的朋友也會隨時因為某些事吵起來。

有天晚上我找了些人過來參加搬家派對，我們就坐在一堆箱子中間吃披薩喝酒。你猜怎麼著？大家開始吵架了！我猜我們因為示威的事還很興奮。有人說了某件事，另一個人生氣起來。真是瘋了。我們大家應該是朋友才對啊！

妳搬家了？

對啊。時機真怪吧？不過也是時候了。

是時候做什麼？

她停頓一下，笑容僵住了。我覺得我好像問她太多事了，而現在她也覺得自己說了太多，覺得不應該再告訴我關於她的事。也許她害怕告訴我住在哪裡，或是她的家人在做什麼。

最後她說，是時候做出承諾了。我覺得，呃，該是時候跟我的，我的另一半一起住了。她猶豫著，似乎在思索適當的說法。艾倫。我的情人。我們已經約會一段時間，到了要繼續下去或分開的關頭了。所以，我們決定在一起！

恭喜，我替妳高興。

謝謝你。雖然才幾天，不過目前我很喜歡那種感覺。

妳什麼時候要結婚？

你一定在開玩笑！還太早了。總之，我不認為兩個人必須結婚才能住在一起。

別胡說了，當然要啊。而且，要是妳的艾倫不娶妳，另一個男人遲早都會偷走妳的。

她說，其實呢。她跟我對看，眼睛一下都沒眨。其實，我的另一半是女人。

噢。女人。

是的。

對不起。我不知道。

她笑了，然後打開資料夾，身體前傾檢查手機。完全沒關係的。可是在未來，最好不要根據傳統的性別界線假定人們的性向。

我點頭。我真的很抱歉。

噢，沒關係的。好了，我們可以開始了嗎？

OCTOBER, 24TH
十月二十四日

在那晚之前我從來沒見過另一個男人。他不是從人造林漂流過來在岸邊尋找工作的那種移工。妳常常可以看見他們，那些孟加拉人骨瘦如柴，眼睛泛紅，手臂和臉上的皮膚因為他們噴的殺蟲劑而抓到紅腫，這裡一塊那裡一塊的。他們總是在移動。總是讓人覺得他們在尋找什麼，但動作總是很慢，彷彿他們周圍的空氣變成了水，而他們正在這個世界裡跋涉。游著走。他們世界裡的氧氣被吸走了，所以他們永遠都在動卻一直動彈不得。

那一晚在河岸等待阿強跟我的那個男人，並不像其他人那樣靜不下來。他也是孟加拉人。這點妳已經知道了，妳讀過法庭的文件，也做過研究——但妳只知道那些。他從哪裡來，也許還有他的名字、年齡——其他就沒了。妳可能看過照片，就是他身分證上使用的那張，就是讓妳知道名字的那張證件。穆罕默德．阿夏杜爾（Mohammad Ashadul）。我只聽過那個名字一次，是在法庭上。我很驚訝我竟然記得。其他時候人們只會用受害者或死者稱呼他，不論公開或私底下都一樣。我的律師，檢察官——他們從來不使用他的名字，所以我不確定我為什麼會記得。

現在我常在臉書上看到新聞報導像他那樣死去的男女，而他們總是被稱為「一名三十三歲的孟加拉男子」，或是「一名二十八歲的緬甸人」，或是「一位四十歲的印尼女性」。也許這就是那個男人名字嵌進了我腦中的原因——因為我一直聽見人們在我面前討論他。我記得他站的方式，他的雙腳會站得很開，看起來很穩，一動也不動，跟其他外籍勞工不一樣。他看起來就像是在地上生根了。彷彿是整個景觀的一部分，就像我們周圍的樹木。他哪裡也不去；他臉上有著明顯的笑容；他那在黑暗中閃爍的手錶；他叫我兄弟（brother）的方式——他在蹩腳的馬來語中突然說了這個英文字；他的笑聲出乎意料的溫暖。

關於那個男人的這些細節，妳是不可能知道的。妳，警察，律師，法官，陪審團——沒人知道，也沒有人問。可是我知道。所以他的名字這些年來才會卡在我的記憶裡，因為我會想：我的朋友啊，你跟我其實很像。你的名字已經被遺忘了，而我的很快也是。至少我短暫存在過，那幾天我的名字從陰影中被拖出來，在大眾之間不斷重複，可是我再過不到一個星期也會消失。我會有一組監獄編號，而他們替我照的相片也會讓我看起來就像個不起眼的華人流氓，或是做出了幾個錯誤選擇的點心服務生。我們這種人很多。我從被收押的時候就知道了。我的名字會變得無關緊要，就跟在審判或在那場謀殺之前一樣，而我會消失，就跟你一樣。

穆罕默德．阿夏杜爾。誰知道那是不是他的真名？誰知道他的身分證是不是真的？可能不是吧，因為他的工作就是偽造身分證和護照。如果妳一天可以印出五十份偽造的證件，那麼妳一定也可以為自己印一份。妳想在證件上印什麼都行。妳可以在身分證號碼中加入正確的數字，在警察攔住盤查的時候，那就可以解釋妳的口音，而妳的馬來語字彙有限也是理所當然。我在養殖場隨時都會看見——61、62、64、68、79。尤其是61跟79。印尼和孟加拉。妳看到那些號碼，就會知道對方在哪裡出生。我說的可不是那種移工應該要有的臨時工作證，那些沒什麼——那些沒價值。沒人需要那種東西。我說的是偽造身分證，看起來就跟妳和我拿的真正身分證一模一樣。把足夠的錢拿給對的人，妳就可以弄到一張。或是可以娶個本地女孩因此得到身分證。誰知道。我只知道那傢伙是做這種賣證件的生意，而在那一晚之前，我從來沒聽過任何人用我在法庭上聽到的名字稱呼他。B先生、巴比（Bobby）、老大——人們都是那樣叫他的。阿強叫他sei hak gwai（死黑鬼）。如果妳懂廣東話，就可以自己翻譯一下。要知道阿強在說誰不太容易，因為他常那樣稱呼黑皮膚的人。他就是那樣。〔搖著頭；發笑。〕搞不好穆罕默德．阿夏杜爾確實是他的真名。我的意思是妳不能相信在一張紙上讀到的東西。

那正是我們去見他的原因——去處理一些文書工作。阿強是那麼說的。他邊笑邊說。「就像辦公室的工作。我只是要處理一些問題而已。」

「哪種問題？」

他笑了。

即使當時我知道阿強為何要回來巴生，也沒想到事情會是那樣的結果。他大約是在那一晚的三個月前來到城裡。他打電話到養殖場給我之後，就傳來了幾則簡訊——語氣很愉快，內容只有嗨，你今天過得怎麼樣啊？該死我等不及下班回家了。靠哩今天雨也太大了吧！妳會傳那種訊息給妳最好的朋友，對方是妳每隔一、兩天就會見面的人，知道妳的生活模式，明白妳在早晨時或是在過完漫長的一天後會有什麼感覺——但並不是妳好幾年沒見過的人，妳跟對方完全沒聯絡，而妳跟對方沒有任何交集，除了年少時期的一、兩年，當時妳不再是小孩，但也還不是大人。當時妳並不知道自己是誰，也想要弄清楚生活方式。以人的一生來看，那段時期也不過是幾次心跳而已——一段沒有任何意義的時間。今天的天氣讓我想起了我們的村莊。每當我收到阿強傳來那種訊息，都會心想，你在開玩笑嗎？你生命中的那段時間現在對你一定沒有任何意義了吧！他只在那裡待了一年半。現在他三十二歲了，卻還要提起在他前半生發生的事。

我不知道怎麼回覆訊息。像阿強那樣的人在沉寂了將近十年後又出現，我應該有什麼感覺？我猜我應該覺得開心，或者至少因為他健在而感到慰藉。當有人像阿強一樣在那麼多年前消失，我們會關心是很正常的。可是我只感覺一陣麻木蔓延到我所有思緒，甚至是我全身的肌肉，就像我被海蛇咬了。在村莊那時候，蛇常為人們帶來麻煩。牠們會纏進網子，而當妳試圖替牠們解開，有時候就會被咬。被海蛇咬到並不會腫脹，這點跟陸蛇或石頭魚或海膽不一樣。不會痛苦到難以忍受，一開始幾乎什麼感覺都沒有。可是後來妳的頭就會開始痛，妳會覺得喉嚨緊縮，而妳的呼吸會變慢，肌肉不聽使喚——讓妳逐漸癱瘓，速度慢到妳幾乎不會察覺。我見過村裡的人碰上這種事，看著蛇毒在他們送醫時完全產生作用——看起來他們的身體好像不是自己的。

有一次我也被咬了——一道黑白色條紋的閃光從蠕動的銀色魚群中發出攻擊；腿上的隱痛傳遍了我全身；世界變成了一個我無法控制的地方。後來——經過了幾分鐘，半小時，誰知道？我真的不記得了——那就結束了。結果那條蛇沒釋放毒液。我很幸運。誰知道那條蛇那一天為什麼選擇不讓我中毒。可是我的身體做好了休克的準備，還為了保護自己而陷入了無法感覺、無法思考的狀態。身體會學習它感知到的一切。它會記住。它會預期。

那天在養殖場接到阿強第一次打來的電話時，我只是站在那裡沒說話，只是聽著他那一貫精力充沛的菸嗓聲。我正在回憶跟他一起時的感覺，說不定我已經開始要防衛自己了。我的身體知道怎麼發出聲音：對，嗯，真的，到時見吧。我以為他明白我並不是很想再見到他，以為我意興闌珊的態度能讓他感受到——可是他沒有。我向來就不是多話的人，他搞不好還以為我一點也沒變。

在那種奇怪而隱約的疲累感襲捲我時，我想起了珍妮。我想到她在我們的新家，坐在電腦前傳送電子郵件給客戶，還打電話給全國各地的人，最遠到沙巴（Sabah），甚至是新加坡。在她後方的沙發仍然蓋著塑膠布防止工地飄來最後的灰塵。純白色的牆壁，觸感有點像粉筆。油漆和膠水淡淡的味道，我們兩個都覺得很醉人。磨石子地板的光澤。事情的確定感。我們偶爾會在不必要的時候插上手機充電，開玩笑說我們很想念以前在舊房子要猜哪個插座有電的時光，或是我們打開開關時會不會讓保險絲盒跳電。我打開廚房的燈光時還是會覺得很驚奇，因為壁櫃下方的燈泡竟然能散發出柔和的光線，就跟天花板那個半圓形的玻璃小燈罩一樣。珍妮會笑著說我比較喜歡舊房子那些日光燈管的刺眼光線，笑說我如果沒有那種低級照明就沒辦法看清楚東西。到了晚上，在上樓就寢之前，我會看見她拿著一杯涼茶坐在電視前，或是用湯匙從罐子裡舀起一些龜苓膏，那是她向永旺商場裡她最喜歡的一間店家買的。她看起來在那個位置待得很舒服，所以我從來沒找她一起就寢，如果找她一起就寢的話，我們可以一起入睡，或是做愛，或是聊天——但是對她而言，那些事都不比她在沙發上那個位置來得重要。擾亂她的空間就等於破壞了一切，對她和對我們都是。我們的房子是新的，它會持續很久，說不定是一輩子，而我們在裡面很快、非常快就找到了不被一切打擾的生活方式。

在第一次通話時，阿強問了我的手機號碼，我也給他了，而我覺得他不會打。要是他打了，我可以直接不理就好。那種情況維持了兩個星期，也許是三個星期——每次我收到他那沒意義的閒聊訊息都會直接刪除。然而，每當我看到他的號碼在我手機螢幕上跳出，就會有一股麻木感開始緩慢遍及我的身體。當訊息開始幾乎每天出現，我只要伸手去拿手機就會有種胃痛的感覺，心裡想著不知道會不會看到他的訊息。我知道我很快就得決定該怎麼做。客氣地請他消失。叫他滾開。跟他見面，喝杯加糖咖啡，來一場生硬的對話，這樣我們兩個就會徹底明白我們完全沒有共通點——明白我改變了，我已經不一樣了。告訴他我太太不喜歡她不認識的人傳訊息給我。換掉我的號碼。從工作的地方帶幾個人去見他，然後揍他一頓。踢得他全身青一塊紫一塊而且快要昏倒，就像我年輕時見過他對別人做的那樣。那些選擇不斷在我腦中出現，最後害我做什麼都無法專心。「喂，有人在跟你說話啊，蠢蛋！」有一天賴先生在我上班時說：「有人在嗎？」當時我看著他，點了頭，但其實我正想著夾在我皮帶上的手機。它剛嗶了兩聲，表示有新的文字訊息。

妳覺得我做了什麼？適合我的解決辦法很多，有些好，有些壞，有些複雜，有些簡單，結果我選擇了最糟的。有時候那會是最糟糕的選擇，而且其他人都知道會導致災難，可是在妳做出那種決定的時候，卻會覺得那麼做最合理。會那樣子，也可能是因為妳其實沒有選擇的餘地。或許只有一條路能夠前進，其他路線都是虛假的，只是為了讓妳以為可以自由選擇而存在的假象。沒人能夠改變事情的走向。妳的命運已經固定，而它會決定一切。我以前從不相信那種事——我小時候見過的寺廟、祈願、護身符，對我而言什麼也不能證明。可是幾個月後我進監獄時，才開始明白那些都是真的。獻給神明的香和供品就是在承認生命的必然性。那些企圖安撫神明的作法，就是我們承認自己無助的方式。我們嘗試想讓生命變得平順一點，不過其實我們知道什麼都改變不了。如果妳的船會翻覆，就一定會翻覆。妳早就註定會死在暴風雨中了。這是上帝要的。妳那一天本來可以待在家裡，可是妳卻決定要出海，因為那是妳唯一能做的事。同理，我打給阿強的時候，我的選擇早在冥冥之中確定了。

當然，那天我決定見他時，腦中並不是那麼想的。我的想法很簡單。我是基於一段舊友誼才見他的。村莊的羈絆；部落的精神；並不是我一定得給他面子，而是因為我必須尊重習俗。來自妳以前村莊的某個人再次出現了，所以妳會請對方吃晚餐。我猜我在那方面非常傳統。這個人來自我的過去；這個人認識我的母親；這個人的母親曾在我肚子餓的時候給我東西吃，而我不知道該怎麼對這個人置之不理。無論跟阿強見面的感覺會有多麼難熬，我都會做我該做的事，提議我們碰面，然後他會明白我只是在履行一項義務。我們會聊生活，很快就沒什麼好說，最後試圖盡快結束會面。

更重要的是，他會知道我已經變了，不再是他認識的那個人，當他聽說我從我們上次在蒲種街頭最後一次見面以來的成就，說不定會受到打擊，對自己的一事無成感到難為情。他會想，為什麼我還像隻瘦雞到處挖土找蟲，不是跟阿福一樣像頭牛在吃草？我們見面會讓他覺得很尷尬，甚至比我尷尬，到時候就會是他說，現在很晚了，我得走了。接著他就再也不會聯絡我了。他會知道我們在青少年以及成年初期那段短暫的關係其實什麼也不是，而我們現在是不一樣的人，我們的世界也不同。

那就是我的選擇。

我們在中路的阿珍小吃（A Chan's）碰面。我回家之前常會到那個地方吃晚餐，尤其是我知道珍妮找人來開工作會議的時候——他們會試用剛從美國來的最新產品，然後討論銷售時要運用的各種策略。他們會在聊天時一邊吃點心一邊喝酒。偶爾我回到家時，會聽到屋內充滿聲音，就跟他們的杯子碰撞時的叮噹聲一樣清亮。他們會在我進門時對著我笑，而珍妮會從房間另一邊揮手，但他們的對話幾乎不會停下。我覺得我的存在似乎是種侵擾，最好跟他們的世界保持距離。

阿珍小吃位於通往城裡的大路旁，雖然有鋅皮屋頂遮擋，可是沒有牆壁，所以永遠會感受到繁忙的交通——一種不斷流動的隱約聲響，讓一整天工作下來的我覺得有種慰藉。跟養殖場使人心緒不寧的聲音不同，養殖場充滿人的咆哮聲，叫喊，一直都在叫喊；機械的碾磨聲；就連落在木板條上的水聲也有種刺耳的感覺。

阿珍本人六十幾歲，留著長而整齊的純白色頭髮，從來不會大聲說話。她跟所有人說話的音量只比細語聲大一點而已，無論對象是我或其他客人，或是已經跟著她二十年的印尼幫手哈雅蒂（Hayati）。她和哈雅蒂隨著時間慢慢認識我，我也喜歡跟她們聊天。哈雅蒂因為替阿珍工作，甚至還會講一點閩南語。妳能相信嗎？我們會用妳無法理解的方言說笑。偶爾，如果雨下得很大，店裡沒有其他客人，她們就會跟我一起坐，在我吃肉骨茶時喝她們的茶。她們會問起珍妮的事，好像認識她一樣——她的生意如何，她吃得好不好——但其實珍妮從未去過那裡，一次也沒有。她們會告訴我她們的生活——當時阿珍很擔心她在吉隆坡的兒子，他剛失業，因為他的工廠要關門並把業務轉移到中國的蘇州。她希望他會搬回來，在巴生離她近一點，可是她懷疑他會出國到中國或澳洲找工作。他告訴她，他想要成功，他再也不想去工廠工作了。至於哈雅蒂，她才剛離婚，可是她從來沒這麼快樂過。她上次回家鄉時，發現丈夫跟另一個女人有婚外情，所以她拋棄了那個在萬隆（Bandung）背著她偷情的混帳。他住的那棟房子，是他們用哈雅蒂的錢蓋的——全都是她離家上千英里工作賺來的錢。妳想怎樣，他這麼說。妳離開這麼久，叫我該怎麼做？我想要你滾出我的生命，再也不要出現，她這麼回答。現在她整個月的薪水都可以自己留下來，不必寄回去給那王八蛋了。她想怎麼花就怎麼花。她說，男人啊，不能依靠他們——這輩子什麼都得自己來。

「妳確定不想找另一個嗎？」有時候我會問。「畢竟妳又單身了。」

「幫我找到一個不會說謊跟欺騙的男人，我就馬上嫁給他！」

有幾次，因為壞天氣而確定不會有客人出現時，她們就會提早打烊。她們會把一、兩份剩下的湯留給我帶回去給珍妮，然後關掉所有燈光回家。可是我會在半暗的店裡再坐一下，聽著屋頂上如打鼓的雨聲蓋過車水馬龍的噪音。車輛的頭燈在昏暗與薄霧中閃亮，水沿著附近的開放式排水溝流動。我想整個晚上都待在那裡。

最近，幾個月前，我在多年以後又去了阿珍小吃，結果只有哈雅蒂認得我。阿珍不認得了。「阿姨！是我，阿姨。」我說。不過她只是笑了一下就別開眼神了。一開始我以為她可能老糊塗了。雖然她看起來沒變老，可是距離我上次來已經過了很久的時間，她會開始失去記憶也不奇怪。後來我想，說不定她聽說了我做的事，所以不想跟我說話。一定就是那樣——沒有其他的解釋了。哈雅蒂說：「好久不見。」但她也壓抑著情緒，而且還得分心處理沸騰的湯鍋跟其他叫她的客人。她完全沒跟我交談，經過時也沒笑。我想問她過得如何；最近有沒有回印尼；有沒有再婚——可是我沒有。沒辦法。我盡快吃完東西就離開了。甚至沒等對方找零。我再也沒回去了。

阿強跟我第一次到那裡碰面時，阿珍並不喜歡他。他看起來跟將近十年前幾乎沒變，只是更瘦了點，眼睛底下有黑眼圈，膚色有點粉灰的感覺。臉頰凹陷。前後方長長的頭髮末端染成了銅橘色，就跟多年前一樣。不過他的打扮變時髦了——合身的短袖襯衫，領口打開露出一條金項鏈，長褲前方有褶線，而他的黑色皮鞋走近時在混凝土地面上發出了喀噠聲。那些一定要花很多錢。

他都還沒坐下就開始說話，彷彿是要接續我們最近才在別地方聊過的話題。「這年頭巴生的交通可真瘋狂啊，害我壓力好大。他們才蓋好新的天橋，結果兩個星期後又關閉了。幹。為什麼你不喝啤酒？嘿阿姨，麻煩給我們兩罐啤酒。嘉士伯（Carlsberg）。搞什麼，這個地方連啤酒都沒賣是咩？幹。現在的生活——什麼都很貴。賣酒執照、衛生安全執照，連醬油也要。人們根本沒辦法開像樣的餐廳了。看看這個地方。可憐的混蛋。汽油的價格一直漲，叫大家怎麼過活？那就是重點，你知道吧。石油。只要中東發生一場戰爭，適耕莊的大蒜就會變得更貴。」

哈雅蒂送來我常點的東西。「你朋友也一樣嗎？」

阿強揮手打發她。「不，我不想在這裡吃。我晚點再找吃的。我只需要啤酒。我的胃裡沒有啤酒就沒辦法吃東西。」他笑了，然後開始玩弄桌上那幾堆塑膠小醬料碟，把它們分開疊好。「算了，你過得怎麼樣？工作都還好嗎？」這就像他在十年前會問的問題，當時我們一下有工作一下沒有，會在蒲種的街頭廝混。上輩子的事了。

工作？我心想。你又不知道我做什麼工作，你對我一無所知。「對，都還好。」

「我們過生活要的就只是那樣。一切都還好就行了。」

他在我吃東西的時候一直說話——他對什麼都有意見。政府會不會操縱選舉；緬甸街頭的和尚；陽光廣場購物中心（Suria KLCC Mall）的便衣警察；澳洲的小麥價格；劉德華在《門徒》裡是不是演得比古天樂好；美國維吉尼亞州的槍擊案，都是我不知道也不感興趣的事。我盡快吃完東西，然後向哈雅蒂示意要結帳，結果阿強從口袋輕鬆拿出了厚厚一捆一百塊令吉的紙幣，那些錢摺得很緊密，用一條橡皮筋綁起來。他抽出了一張丟到桌上，嘴裡還是滔滔不絕地說話。我看著他手裡那一捲現金。他的兩隻手各戴了三枚戒指。

「有小鈔嗎？」哈雅蒂問。

他搖搖頭。「別擔心，如果妳沒零錢，之後再還我就行了。就當借點小錢吧。」

我站起來，把正確的金額給了哈雅蒂。在我要離開的時候，阿珍叫住了我。她拿了一個袋子，裡面裝了些湯和一點飯，用粉紅色的纖維繩綁好。她會用自己的特殊方式綁好外帶的餐點，繞兩圈，只要輕拉一下就能解開，這跟其他人那些亂七八糟的打結方法不同。「給妳太太的，」她說：「跟平常一樣多加了排骨。」她沒等我道謝就立刻轉身離開了。

「我們現在要去哪裡？」阿強說。

「我要回家。」我回答。

「拜託，兄弟！我才剛到這裡，我們得敘敘舊啊！我知道城裡的幾個地方，有人認識我，我們有免費的東西可以喝。一定很有趣。只要一、兩個小時。現在都還沒八點呢！」

我看著我的手錶。珍妮在家裡的聚會應該還是會繼續下去。也許我可以跟阿強喝杯啤酒，就一杯，然後他就會離開，不再來找我。我打給珍妮，聽見了笑聲——她和其他人的——珍妮對某個人說我們早就知道啦，親愛的，接著是更多笑聲，然後她才終於聽電話。「喂？嗯，好，沒問題。我們會在這裡再待一下，你慢慢來。」

電話直接掛斷，我都還沒說，別擔心，我不會晚回去的。

有時候我好奇如果珍妮曾直接說「你在開玩笑嗎？現在就給我回家，你這個沒用的男人。還敢自稱丈夫！」過去九或十年不知道會是什麼情況。或許我會在幾年前從賴先生那裡買下養殖場，而雖然剛開始一定會很辛苦，不過隨著新機具的投資終於有了結果，我現在就會開始獲利了——一大堆錢就會在這個時間點湧進來。甚至妳跟我坐在這裡說話時，我的事業仍然在擴大。妳訪問的我不會是一位被遺忘的罪犯，過著被遺忘的卑微生活，妳訪問的會是一位社會上的成功人士。珍妮跟我會有小孩，我們會為他們安排計畫。我會請妳建議哪種教育方式最好——是要去我在文章裡讀過那些位於吉隆坡的高檔國際學校，還是到國外的寄宿學校。我會問妳非常多關於紐約的問題，問妳喜不喜歡那裡——關於妳的研究，妳吃什麼，還有天氣。有錢人會感興趣的事。想想看——我們本來可能會在談論那些的。不過那些事情現在都跟我無關了，而且我們討論的內容也不一樣——是關於後悔。我相信妳一定會想：老是講些可能會發生的事並沒有意義，因為這是我的人生，我的命運。

跟阿強在一起的第一天晚上，我從來沒想過事情可能會如何演變——我怎麼想得到？在那之後的日子，我從來沒想過結果會那麼慘。就連在我們跟穆罕默德．阿夏杜爾碰面的那晚也是。在開到河岸附近那個地點時，我仍然以為自己是在幫助一位遇上一些麻煩的朋友，只要越快解決，他就會越快從我的生命中消失，一切就會照舊。即使在阿強和阿夏杜爾開始提高音量時，我也從未覺得我的生命就要改變了。當阿強用手指戳著阿夏杜爾的臉，我心想，那只是一場小爭吵，沒什麼。整個場面似乎離我的人生好遙遠，或者至少跟我腦中想像的人生有很大差距。他們站在幾乎全暗的地方，對著彼此大吼。阿強靠近孟加拉人，朝著對方的臉大聲說話。阿夏杜爾扎根在地上，毫不讓步。他的雙腳站定，像樹幹一樣穩固。還抽了一口菸。換他向阿強大聲喊叫時，幾縷輕煙有如銀線出現於黑暗中。他別過頭，往地上吐口水。阿強撲上去。他沒打對方，而是給了一巴掌。那個人用一隻手就把阿強揮倒在地——另一隻手還拿著菸，動作優美到彷彿電影裡的演員。阿強躺在地上，突然很安靜。他很訝異那個男人反擊得這麼快。阿強有一把刀。我見過。是他最近在泰國合艾（Hatyai）買的，「以防萬一」。可是他躺在地上，姿勢很不利，刀子又不知掉在灌木叢的哪裡了。那個人轉過來面向我。他很矮，體格強壯，嘴上的小鬍子即使在黑暗中也看得出有整齊修剪。他往我走了半步——不，其實他是在泥濘的草地站穩身子。我也倒在地上了。怎麼會發生這種事——為什麼我被一團混亂的枝葉包圍著？他的手伸進口袋，拿出一把彈簧刀，看起來跟阿強的很像。刀子輕彈出來劃破黑夜的聲音聽起來很滑順，幾乎使人安心，一點也不嚇人。他轉身正對著阿強。在那短暫的停頓中，我發現我的手裡有一根木頭。我站起來的時候心想，這感覺真輕。

PART II

NOVEMBER

十一月

NOVEMBER, 2ND
十一月二日

我的父親在我四歲時去了新加坡。關於他的離開，我當然什麼都不記得了，可是多年後我慢慢說服自己，相信我在他走的那天目睹了一些事。例如：他把公車票忘在廚房，必須趕回來拿，不過他到家的時候，我母親已經去上班了，所以他得強行進入房子拿車票。當時是深夜，母親才剛去路上一間魚批發商那裡當清潔工，而我已經睡了幾個小時。父親弄壞窗戶的門鎖時驚動了隔壁庭院的狗，於是牠開始大叫。那是一隻沙色的老雜種狗，眼睛半盲，或許就是因為牠很慢，什麼也看不見，因此很容易受到驚嚇，只要有風吹草動就會吠叫。我很清楚記得那隻狗，牠的眼珠像彈珠，彷彿隨時都會從眼窩掉出來。我醒來了，開始在黑暗中哭泣。雖然父親進來房間安慰我，可是他知道如果抱起我，等我再平靜下來，他就會錯過公車，完全失去找到像樣工作賺錢的機會，而且就得回到瓜拉雪蘭莪另一側的工廠繼續殺魚。

當時雨下得很大。敲打著錫皮屋頂的雨聲通常會令人聽了安心，那一晚卻讓我很焦慮，而我從床上坐起來，在黑暗之中眨著眼睛啜泣。外面，那隻狗在叫，庭院變成了泥地。父親站在門口，注視著我。他被雨淋濕了，他的衣服滴水，在油地氈留下一片片水痕，等我母親幾個鐘頭後回來就會發現。他很匆忙，沒時間脫掉鞋子，於是地板上都是爛泥的足跡。他站在那裡看了我一會兒，然後就走了。我的哭聲跟著他離開房子，一路進入暴風雨中，隨著他搭上前往南方的夜間公車。

我希望我可以說自己記得他站在門口，或是我聽見了他奔跑時沉重急促的呼吸聲。不過我會開始哭，比較可能是因為我做了恐怖的夢，只醒來幾秒鐘後又睡著了。那一定是只有小孩才會有的惡夢，在那種情況下，睡眠、清醒、做夢、現實全都糾纏在一起，然後蒸發變成一片雲霧，籠罩著他們好幾個小時，所以就算他們醒來，其實也還是在睡覺，還是在做夢。妳跟我──我們不會有這種混亂的狀態。一切都有明顯的差別。工作時間；玩樂時間；吃飯時間；睡覺時間。我不知道這種轉變在人的一生中是怎麼發生的，不過真的有，而且是一夕之間，人們根本就不會察覺。我不確定自己是怎麼轉變的──我只是某天早上醒來就心想：快點，該去工作了。那時我十五歲。而我童年時所記得，有時使人悲傷，有時令人寬慰，那種從睡眠醒來時的曚曨美感──就這麼消失了。

父親在暴風雨中回家拿公車票的故事，多年來母親對我一再講述了好幾次，結果他在那晚的形象變得鮮明又真實，使我相信自己看見他了。她很常重複那個故事，讓我覺得：她想要我相信他在乎我。我哭了，他動搖了。那個時候我們仍然相信他會回家找我們，到時候我們就會有更多錢，生活也會變得更輕鬆。我的父母還會聯絡，而且還算規律。偶爾會有從新加坡寄來的信，只是一張薄紙，因為是從筆記本撕下來的，所以邊緣很粗糙。他至少可以買像樣的紙張寫信。母親會非常專心地讀著那幾行字，讓人以為是在看《易經》或孔子本人寄給她的特別忠告。有時候她會緩慢嚴肅地大聲讀出一行內容，像新聞廣播員念出標題那樣。新加坡非常乾淨。或是，在這裡不准吐痰。或是，這裡的人都不必賄賂。我不知道他在那些信中還寫了什麼給她——一切都壓縮成那些單行文字，彷彿公共服務宣導。

有幾次我們走路去半英里外阿王（Ah Heng）的雜貨店等我父親打電話來，我猜那一定是他在前一封信裡承諾的。只是電話從沒打來過。誰知道為什麼——也許在他工作的大型零售店必須排很長的隊才能使用電話，或者他必須超時工作，要不就是他忘記了。人們沒有手機要怎麼生活呢？雖然感覺只像昨天的事，可是生活變得很不一樣了。我們在阿王那裡浪費了那麼多時間，現在想想似乎很奇怪。花了多少個鐘頭等待從未打來的電話。

為了掩飾徒勞無功的難堪與痛苦，母親假裝成我們是要去那間店買東西。為了打發時間，我會坐在米袋上，記住架子上擺放的各種東西，然後閉上眼睛背誦，直到背對順序為止。*Mumm 21*；*Shelltox* 殺蟲劑；美極（*Maggi*）咖哩口味泡麵。店裡的存貨從來就不多，而且擺在那裡的永遠不會換位置——餅乾、酒、麵粉。所有東西都待在原位，覆蓋著一層薄薄的灰塵。

就算現在閉上眼睛，我也依然能看見那些金屬架上的每一件商品，而我敢打賭要是妳明天去，那些東西還是會在那裡，完全照我告訴妳的順序擺放。

母親會跟阿王聊各種事情，告訴他我父親的消息，但那其實也不是什麼消息，因為每次講的內容都一樣：他有新工作，他會寄錢回家，他很快就會回來，我們會在適耕莊某個地方蓋新房子，要不就是搬到巴生。總之，我們不會住在那棟一半木頭一半水泥的家了，因為木頭都腐爛了，母親已經不想再用鐵鎚敲扁餅乾桶塞進木板間的缺口。她花很多時間做這些事，可是新的洞一直出現——點點的白光像星星一樣明亮。她填補的速度趕不上它們，自然比她更強大，我們得搬家才行。我會需要自己的房間，不能再跟父母一起睡了。我的父母。她講得好像我們是一家人，是個很正常的家庭，因為她跟我的心中都這麼想，阿王跟其他人大概也是吧。她聊起我們即將要有的生活時，一切聽起來都很合理。那似乎跟坐在米袋上的我有連結，那是同一個故事的一部分，而這個故事是關於等待，等待情況改善，因為情況一定會改善。我們都以為我們知道故事的結果，不然它還會有什麼別的結果嗎？我的父親在新加坡；他到了一個有職業規定的國家；在一間大型零售店賺取還不錯的薪水；在每個月的同一天收到完整工資——這個細節我現在說起來好像微不足道，但當時對我們卻似乎非常重要，可以讓我們因此吹噓。每個月一定可以拿到薪水——不必爭吵，什麼都不用。我記得母親有一天是這麼對阿王說的。

當然那全都是假的。我們的生活一點也沒改善。如果有，我們就不會只買一小包玉米粉，或是只買一顆椰子，而阿王會把椰子剖成兩半，在他的舊機器裡用大金屬碗跟金屬旋頭刮出果肉。我們會買一桶桶的丹麥奶酥餅，到外面的海鮮餐廳吃飯，而我也能有一套合身的新制服，不必為了撐過小學剩下的幾年而穿大四號的尺寸。或許去度個假——不像現今人們去的那種高檔旅遊，例如為期一週的全包式峇里島之旅或到泰國搭遊覽車長途旅行，而只是像稍久以前，去國內另一側造訪在檳城的親戚，或是去跟我在金寶（Kampar）的阿姨住，吃個幾天雞仔餅。都是一般家庭會做的事。以前那個時候一張公車票能有多貴？就算是現在，最多也只要二十令吉而已。如果父親真的有寄錢給我們，我們就可以做那些事了。

那時我才明白，母親編故事的用意並不是要安慰我，而是想讓自己安心。她越對我、阿王或任何想聽的人重複講述，我就越清楚她必須堅信那些故事是真實的——父親仍然在我們的生活中，我們的未來一片光明，而我們很快就會住在巴生的市郊，也就是正在興建的那些新住宅區——就跟我們現在這裡一樣。

最近，我常在晚餐之後到附近地區散步。有時候我會覺得消化不良，我不知道原因——我去看過醫生，她照了X光卻找不到哪裡有毛病。她認為可能是壓力。我說，壓力，什麼壓力？我又沒有壓力，現在我到底有什麼好擔心的？她說，那麼就沒人能幫你了。

這是真的。它應該不會害死我，只是偶爾會讓我的胃糾結，彷彿所有血液都被擠壓出內臟，由一塊混凝土取代，而我有時為了緩解痛苦，還得像隻狗一樣趴在地上。我會閉著眼睛等待痛苦結束。有時候要等一個鐘頭，也可能更久，而我會突然發現自己因為體內這塊粗糙的石頭而痛得哭泣，甚至希望身體可以爆炸，讓一切散落出來。我會看著水泥地板，那能夠撫慰我。我看見裡面有圖案。從一段距離之外看，地板全都是一樣的，可是當臉貼近，我會注意到裡頭有不規則的漩渦狀痕跡。有一次我在平滑的灰色地面上看到了血——一定是我為了忍耐胃部的痛苦而咬著嘴唇，但我根本沒意識到。

我個人認為原因是那三年在監獄裡的平淡伙食。我習慣了沒味道的東西，所以現在我再也沒辦法吃油膩的食物，不能太辣或太濃。但我就是忍不住——我太喜歡炸排骨跟叻沙了。有時痛苦會在幾分鐘後開始緩和下來，可是我怕又會再出現，那個時候我就會去散步。

現在那些房子看起來全都很破舊。已經沒人想住在這些單層建築裡了，這就是原因。住在這裡的人希望自己住在別的地方。他們私底下都想住在吉隆坡或八打靈再也。屋外的排水溝被垃圾和枯葉堵塞了，路邊的草長得又多又雜——議會根本懶得清理這附近的街道。房屋的前面本來是小花園，現在只有車子，只有擠在混凝土庭院裡的寶騰（Proton）Saga。跟我隔幾間的一對老夫婦把他們的第二國產車（Perodua）當成了某種戶外櫥櫃。一開始妳會以為那只是另一輛又老又爛的小車，後來妳會發現裡面裝滿了衣服、箱子跟一堆多餘的東西。鄰居——當我們見到面，有時會說嗨，有時不會。我喜歡那樣。沒人會問我任何問題。

但情況應該不是這樣的。這個地區剛建好時，我記得看著屋瓦心想，哇，看起來好堅固。某些住宅區的房子是藍色屋頂，其他則是綠色。母親從《星洲日報》剪下了一則廣告，上面畫了一棟跟這一樣的房子。這裡離大海很遠，不必在退潮時聞到又鹹又臭的爛泥味（而且海灘上滿是從漁船網子滑出來後腐爛的魚）。這棟房子在內陸，不會被怪異的潮汐或洪水或風暴捲走。這個地方很靠近城市——近到讓妳覺得是市區的一部分，會被它併入並受到保護。她把那張報紙釘在臥房的牆壁——在什麼都沒有的木板上出現了一片彩色區域。這些地方曾經令人感覺很新。現在還真難想像。如果妳開車到這種住宅區附近，街道看起來都一樣，路旁是一間一間又一間的房子——全都一模一樣，妳一定會覺得崩潰。我知道從吉隆坡來的人會這麼想。妳來自大城市，心想，這些地方會摧毀人的心靈。就連我偶爾也會有那種感覺，而我已經住在這裡將近十年了。我不知道三十年能有這麼大的改變。今天我們住的房子就是我們當初所夢想的，然而它們卻已經屬於另一個世界了。

我常好奇在那段分離的漫長時間裡——漫長而充滿希望的那些年——我的父母對彼此是什麼感覺。有時候我們會看電視播放的《上海灘》，當時那部香港連續劇才剛推出，所有的人都在看。我們好愛那些服裝，那種迷人的美——還有那首歌！每次我母親聽到都會哭。有一次她輕輕拍著眼睛，說：「能經歷這些事一定很美妙。就像那樣陷入愛河。」然後，她好像聽見了在我腦中成形的問題，直接說：「那跟我們這種人不一樣。你父親跟我，我們沒時間做那些事。」

當時我沒思考她說的話，不過現在我知道了。沒時間去愛。那是她的意思嗎？他們分隔兩地，不可能談情說愛，這我能理解。可是愛——那不一樣，對吧？我父親去了另一個國家，在離家很遠的地方謀生，不過那是另一種形式的愛。距離是愛。分開是愛。寂寞是愛。

我不記得什麼時候了，不過在我父親前往新加坡後沒幾年的某一天，我們收到了一封他寄來的信。母親一打開信封就念出了前兩句。過去五個月我都有上教堂。牧師說因為耶穌愛我，所以我的生活會改善。她站著讀了大概一分鐘，然後帶著信進入臥房並關上門。我不太記得接下來幾週是怎麼知道其他消息的——我母親從未明確說出

你父親不會回來了。

他跟別人住了。

他在那裡有另一個家庭了。

我以孩子的方式明白了那件簡單的事——一切都不再一樣了。生命的某個階段結束，而妳突然變成了不同的人，儘管妳不想那樣，也沒打算改變。世界在妳周圍重新組合，妳忽然就不

一樣了。為了幾塊錢，母親把她存放在臥室裡一個小箱子的嬰兒服賣了。她把父親在結婚那天給她的項鏈帶到城裡去找當鋪老闆。她沒帶婚戒去——那是幾個月之後的事。妳可能會說，那又怎麼樣？我們需要錢，所以必須賣東西——這有什麼新奇的？然而，那不一樣。那些小動作所代表的必然性，大人——像妳這種聰明又理性的人——也許會依據邏輯以不同的方式解讀，並且加以扭曲，改造成好聽一點的解釋。可是孩子永遠都會知道事實，最後也證明了我是對的。他再也沒回來過。

〔停頓。喝了茶。揉肚子。〕

抱歉。我現在得站起來去快走一下。就像我剛才說的，是在監獄那三年的平淡伙食害我的胃出了問題。

碰碰碰。碰碰碰。有人在敲打前門的金屬柵欄，我知道是她。

我的身體痛到讓我覺得無法下床了。每次我一動，下背部就有種疼痛感——永遠都是同一個地方，從進監獄那時就這樣了。像是有把刀深深插進我的血肉，然後扭轉。我試著撐起自己，不過這麼做讓我痛得叫了出來。彷彿我的身體在攻擊自己。

嘿，你在嗎？你還好嗎？開門。她的聲音堅定但平靜。

等我一下。

你說什麼？

我說等我一下。我發現我的聲音小到幾乎像是低語，而且我的呼吸很沉重。

過了一陣子，疼痛終於減弱到能讓我起身去開門。我讓她進來，然後重重坐進一張椅子。

妳沒看電子郵件嗎？我說。我告訴妳我生病了。我取消了會談。

那是上星期的會談。你說你感冒了。過去幾天你都沒回覆電子郵件或簡訊。我甚至還過來了一、兩次。

妳有過來？我沒聽到。

你看起來糟透了。你瘦了很多。

我聳聳肩膀。我不想告訴她其實我已經超過十天沒出門了。這段期間裡我幾乎沒下床。

坐好等著，我有東西給你。她舉起一個看起來像大型塑膠容器的東西，然後消失在廚房。她拿著一個大碗回來，裡面裝的湯幾乎要全滿了。她放下碗的時候，有一些湯灑到了桌上。

哎，對不起。我真笨。

那時我才發現自己有多餓。但是好幾天來我只吃過一些餅乾跟一顆柳橙，我不知道自己能不能吃下這麼多東西。我一方面想要狼吞虎嚥一口氣吃光，另一方面又覺得快嘔吐了。

來，吃吧。她輕輕將碗推向我。這是我母親特製的六味雞湯。我叫她多加了一些人蔘。感冒的時候一定要吃得好，否則身體會沒辦法對抗傳染病的。來吧，試一點吧。這非常營養。對你很好的。

我看著碗。油脂旋轉著，在湯的表面形成了有趣的圖案。我雙手拿著碗舉到嘴邊。喝了一大口後，我把碗放回桌上，突然發現自己在哭。後來，我回到床上，進入了時醒時睡的狀態。有時候我會聽見她在筆記型電腦上打字。我張開眼睛時天已經黑了，而她就站在臥房的門口。她輕聲說，我現在要走了。我不確定她還說了什麼，也不知道幾點了。隔天她還帶了湯、飯跟藥過來。接著她連續來了三天，直到我恢復健康為止。

NOVEMBER, 5TH&6TH
十一月五日及六日

母親宣布我們要搬家時，把這件事隱藏在一堆雜亂的訊息中，希望我不會擔心，等到很久以後，我就會跟所有小孩一樣，安靜地接受所有等待著我們的改變，明白我們的生活會因此有何變化，而她也不必向我解釋一切。你長得很快，我們得替你買一套新的制服。明年你一定要在學校更用功。歷史是很有用的科目，可是你應該把重點放在數學上。這樣你在吉叔（Uncle Kiat）家會好過一點。他家有電力。那裡比較安靜。說不定他還會讓你有自己的房間呢。她並未告訴我最重要的一點，那像是一塊遺失的拼圖，既重要又多餘——她的省略讓情況變得令人困惑，但卻也說明了一切。她沒說出來的是：「我們要搬走了，因為我們的家正在崩潰。因為我們連住在一間快要瓦解的小屋都負擔不起。因為要一邊養孩子一邊工作實在太折騰了。」

我記得她把我們的東西打包進草編袋時，我站在廚房裡，等著她進一步解釋剛才說的話——向我說明，或許也擁抱一下，這說不定能夠安慰我，讓我放心面對這突然改變的情況。不過她只是繼續說著似乎跟當下無關的話——那一季的魚價因為供應過剩而下滑；她那天晚上下班回來時得洗的碗盤；她留給我做的家務事清單。再去井裡打水，跟連阿姨（Lian）要一些木炭，確認你的衣服都摺好可以打包。我等她解釋如何及為何決定要搬出我們的住處，去住在一個幾乎不認識的男人家裡，可是什麼都沒聽到。雖然她在說話，但在那喋喋不休的話語中仍然有種可怕而空洞的沉默。現在我回想起那一刻的時候，會想：那就是羞恥聽起來的聲音。

幾個月前母親透露她跟父親離婚時，我就知道我們的生活會有變化了。我們已經習慣他不在，而且我也帶著只有小孩才有的把握，知道他永遠都不會回來了。我再也不會幻想他回家，再也不會想像某天早晨躺在床上被廚房裡一個男人的聲音吵醒，知道那就是父親，不過我已經忘了他的聲音，甚至連長相也是。他住在只有幾百英里外的國家，更加證明了他不在的事實。他並不是住在格陵蘭島、紐西蘭、索馬利亞或什麼遙遠又神奇的童話國度，不會讓我以為可能發生奇蹟讓他再次出現。我年紀更小的時候，有幾個月曾經想像父親住在一間冰屋。雖然我不確定他在冰屋裡做什麼，但一定都是為了確認母親跟我過得很好。要到達那裡會是一段非常艱困的路程，而他仍然在好幾千英里的雪地上跋涉想要回家。那種想像出的距離彷彿讓他跟我很近。可是等到我十或十一歲的時候，已經知道新加坡沒有冰屋，也知道父親住在我們只要搭公車半天就能到的地方。他沒回來是因為他不想。他的接近鞏固了我們之間的鴻溝。

然而，當母親要我坐下，向我解釋離婚的意思——這表示爸爸跟我還是你的父母，但我們不再是夫妻了，你懂嗎？——我知道這是改變的信號。我只是不知道會如何改變。母親本來可以將離婚掩飾得輕微一點，或者把它隱藏在其他半真半假的話或是不完整的故事中，就像她以前做過，以後也還是會做很多次的那樣。可是出於某種我不確定的原因，她想要強調等待那麼多年後跟父親分開這件事。「媽媽還是你的媽媽，不過她現在是自己一個人了，」她說：「她自由了。」她提起自己的方式彷彿是在說別人——彷彿還沒準備好成為她說的那種人。

在聲明離婚的幾個月後，我們的生活還是繼續下去，沒什麼不順遂的事，也沒有明顯的變化。我去學校，母親去魚加工廠。放學後，我就在家度過沉悶的時光，自己在庭院裡玩，或是漫步於我已經相當熟悉的鄉間小路，等待母親回家。我發現她在外面待得比平常更久，但一開始我沒多想什麼。這種情況本來就偶爾會發生，有時候她必須工作得久一點，還常常臨時才通知，所以到了黃昏，我就知道要從冰箱拿吃剩的飯菜來做晚餐，也不必等她回家就先上床睡覺。可是在那幾個月裡，我覺得她是刻意一直這樣不回來的，而且有幾次她晚歸吵醒我時，半夢半醒的我會注意到她在房裡移動時發出的聲音似乎不太一樣——更有目的，甚至更有活力，不像一般晚上加班回來後只剩一點力氣弄晚餐，然後一屁股坐進草編椅打開電視的那種緩慢、沉重的聲音。

新的夜間聲響讓我很困惑。她會在廚房跟客廳間衝來衝去，在小房子裡來回，發出輕快的腳步聲。有時候她會進來臥房，暫停一下確認沒吵醒我，然後從抽屜拿走某個東西。我會假裝睡覺，但其實一直醒著，因為屋裡瀰漫著奇怪的能量——那種能量應該會使我興奮，不過卻令我充滿了一種隱約的恐懼。對模糊又無以名之的某件事感到害怕。

沒多久後我就得知了我們要搬到村莊另一側的吉叔家，而隨著搬家的日子越來越近，我也開始明白母親那種全新的樂觀態度，其實跟生活中令我覺得踏實的一切事物有關。我們的小房子；我們在晚上跟週日會在一起；偶爾還騎摩托車到瓜拉雪蘭莪的商店買糖果，那種我們不需要世上其他人也能生存下去的感覺。母親在下午打盹時會嘆息著說：「我可以一直睡到世界末日呢。」我知道自己可以安心到床上一直坐在母親旁邊，等她醒來時，我們的世界還是會跟之前一樣。只要我們在一起，就算無聊也很美好。

「到時候你就知道了，我們住在吉叔家會更舒服的，」她一邊打包最後的物品一邊說：「他願意收容我們真是太慷慨了。」

我後來才知道吉叔是我父親的遠親，他們從小一起長大，而他在二十歲左右離開，到檳城工作了幾年後才回來。我不記得幼年時期有這個人，而他突然出現在我們的生命中也讓我很困惑——不是因為他很陌生，而是因為母親跟他說話和提及他的方式就像他始終都在我們身邊。「去幫吉叔倒點茶，」她會在他進門時說：「你知道他喜歡喝茶。熱天，熱茶——只有吉叔會那樣呢！」一開始我以為自己可能瘋了，以為我在成長階段完全忘了這個男人的存在。我變得很焦慮，擔心是我的問題——為什麼我一點都不記得他？但後來我明白了我沒問題。母親表現出的親暱是真實的——她跟這個男人很熟。已經很長的時間了。她只是從未讓我也有那種親近感，直到現在。

那段路程用步行的不會超過二十或三十分鐘，而且我們也沒有太多需要搬運的東西——我們要拿三個大草編袋，雖然笨重但還能應付——不過吉叔開了他的綠色 Datsun 汽車來接我們。後車門卡住打不開，所以我得從前座爬進去。破掉的椅墊用黑色膠帶黏補起來，在我們短暫的車程中擦痛了我的大腿後側。母親一整個上午本來都很健談，可是她在車上就沉默了，讓我納悶她是不是覺得自己犯了錯，正在後悔她的決定。然而，我知道她不會改變心意的——她沒別的選擇，只能繼續下去。

吉叔在車上很安靜，所以在那第一天，即使我完全不認識這個男人，也覺得他本性不愛說話，而且有點孤僻。我希望自己不會拿他跟父親（或者是活在我想像中那個版本的父親）比較——但我就是忍不住。我那個厚臉皮又愚蠢的父親，說話幾乎沒停下來過。我閉上眼睛，試著洗刷掉那些影像。為了生存以及快樂，我必須忘掉我曾經有過父親。我不知道為什麼當時坐在又熱又不通風的 Datsun 裡會突然那麼想，但我就是想到了。

「吉叔非常喜歡你，他只是不知道怎麼表達而已。」母親在我們打開行李時輕聲說。這句話說得巧妙而溫和，像是預先計畫好的。「你有聽到我說的嗎？」

我坐在床上四處張望。「有。」我說。房間雖然小但很明亮，而且是最近才漆白的。地板和牆壁是由磚塊與混凝土建造而成，感覺很穩固，有別於我們舊家的板材。床上的床墊很軟，讓我突然覺得想睡覺，儘管當時還是下午，也可能是傍晚──我不太記得了。總之，天還亮著。我躺到枕頭上，立刻就睡著了──我好久沒睡得這麼深沉了。雖然我聽得見母親在我入睡時對我說話，但我無法理解內容。我感覺到她用手撥開我額頭上的頭髮，感覺到她溫暖的手心在我皮膚上。後來，我聽到她跟吉叔在隔壁交談，他們的聲音被厚牆悶住，而那種低語聲一開始讓我很訝異──那是什麼聲音？在我們的舊家，聲音會直接穿透，彷彿隔板不存在似的──可是低語聲又讓我昏昏欲睡了。我稍微張開眼睛，對著乾淨裸露的牆面眨眼，但閉上眼時，我看見了我的舊房間，也相信自己又回到那裡了。

我覺得我好像進入了另一個世界，在那裡每個人看起來都不一樣，穿著很奇怪，而且說話有種陌生的口音，我一開始很難聽懂，不過很快就明白了。我認出了其中一些人──我的母親、吉叔、村裡的人──不過他們也是奇裝異服，用那種奇異的方式說話，聲音沉悶而含糊。我的父親也在那裡。我不認得他，可是他很熟悉。我知道他是我爸。這一切都發生在一座以石頭和鋼鐵建造的城市中，那裡堅不可摧，不怕洪水、暴風、土石流。這個新世界的規則變了。我在白天睡覺，在晚上去學校。有時候我根本不去學校。我在這座新城市的街道漫步時，擁有不被市民看見的隱形能力。其他人也有這種天賦，但不是每一個人。我的母親會開車，再也不騎她那輛摩托車了。車子是藍色的，行進時不需要輪子。這裡的一切都不一樣。

經過了一輩子後，在我入獄時，我會記起這些殘留於隔天的童年夢境，而這會使我清醒的時間變短，也比較容易忍受。我會試著在牢房裡重建那種朦朧的狀態，企圖把握住那些細微的睡意，可是從未成功過。其他人的叫喊聲、洗滌聲、吃喝聲——一切都被破壞了。

我們搬家後，母親仍繼續在工廠做了好幾個月。「不會太久的，」她告訴我：「吉叔會在巴生幫我找到更好的工作。他在城裡有朋友，那些是生意人。我甚至還能在辦公室工作呢！」這點從一開始就顯而易見：不管吉叔以什麼謀生，都跟村裡的生活無關，就像他的房子也感覺跟附近其他的不一樣。儘管這不是新房子，但它的效用讓人覺得很新——門窗都能正常使用，而且金屬框都沒生鏽。屋內是漆成白色的牆面，天花板的吊扇轉動時不會搖晃或卡住。這裡的一切都很乾淨，幾乎就像郊區的住宅而不屬於村裡。

我出門上學時，吉叔都還在家裡，身上只穿著他從未換過的利物浦足球俱樂部（Liverpool FC）紅色短褲。有時候當我離開他還在睡覺，其他時候則是才剛醒——他好像不急著去上班。

等到終於要出門了，他就會開車去巴生，在港口附近一間製作橡膠手套的工廠當主管。「從直落昂（Telok Gong）到全世界，」有一次他吹噓著：「德國、美國、韓國，你去世界上任何一間醫院都能找到我們的手套。就連中國也沒辦法跟我們競爭。」房子裡到處都有裝著手套的盒子，露出半根手指部分像是要妳當成面紙抽出來。吉叔打掃房子時會一直戴著手套。他老是在打掃，不是在擦拭窗臺邊緣，就是爬上椅子拂去風扇葉片的灰塵。我從未見過村裡其他人以如此有毅力又嚴謹的方式整理房子。沒人像他有這麼多時間或精力去做家務事。如果妳在海上工作了一晚，或是在工作輪值夜班，那麼妳最不想做的事一定是整理房子。

我搞不懂他的工作規律——為什麼世界上最厲害的橡膠手套製造商不會要求他定期出現？我從小就認識在工廠上班的人，我知道他們白天和晚上的工作節奏，知道他們會根據季節與國定假日改變輪班方式。可是在吉叔的日子裡，唯一有規律的就是沒有規律——每天我唯一能確定的事就是我永遠無法判斷他何時會去上班，或是他到底會不會去上班。

破解他的習慣很重要，因為我如果不能完全避免跟他在一起，至少也要把相處的時間減到最少。有時當我放學回來，他會坐在電視前面，上半身打赤膊，下半身的短褲不只跟當天早上穿的一樣，也跟前一晚一樣。他會抬頭看我一下但沒打招呼，然後就把電視的音量開得更大，而他所喜歡的那些警匪影片的槍聲和爆炸聲就會穿透震動的牆壁。就算我關上門，也還是會聽見尖銳的煞車聲跟金屬互相碰撞的嘎吱聲，彷彿外頭真的發生了車禍，隨時都要撞進我的房間。我會把頭埋在枕頭下，但仍然會聽見噪音。不要吵！有一天我尖叫著。他媽的不要吵！我想要逃跑，不過被噪音形成的屏障困在房間裡，根本不可能離開。

我在外面待得越來越久，等到天黑並確定母親應該會在的時候才回家。一開始她很擔心我在外面待到那麼晚，在晚餐的時候會多給我一些分量。「你去哪裡了？你都在做什麼？」她會這麼問。「沒什麼，」我會這麼回答：「隨便晃而已。」這完全是實話。那就是我做的事，有時候會跟其他孩子一起，但常常只有我自己。不過她很快就知道我不會有事，知道我沒惹麻煩，也因此對我偶爾不在的事放心了。我回家時，會看見她已經跟吉叔坐在電視前，晚餐都收拾好了，桌子也用吉叔偏好的消毒劑清潔過。那種味道總是瀰漫於空氣中，是屋裡特殊的香水味。其他家庭裡是燒香或食物的氣味，在那棟房子則是漂白劑。我的食物會放在廚房一張桌罩下的盤子裡，而我會站在洗碗槽前，看著窗外船棚的背面一個人吃著。「吃完以後別忘了洗乾淨。」母親會在電視的噪音中大聲說。

前幾個月，母親會像以前一樣跟我睡同一張床。「看吧？什麼都沒變。」她會在我入睡時輕聲說。晚上醒來時，我會看見她面向我側睡，嘴巴在呼氣時輕微地噘起——我從一出生就見過這個景象了。可是儘管她這麼安慰我，我還是知道情況有所不同——怎麼可能一樣呢？——

因此某一天晚上，她以為我睡著而起身離開房間時，我並不感到意外。這證明了我們的生活正在重新成形——床墊在她起身時輕輕彈起；門在她身後喀噠一聲關上；她晚點回來時那種溫暖的感覺。她離開了一個小時或兩個小時，還是八個小時？我從來就不確定，可是她會在天色仍暗的某個時間點回來，等我早上醒來時她一直都在，就跟我前一晚入睡時一樣。

大約三個月後，母親辭去了工廠的工作——也可能是她被解僱了，我不確定。「再也受不了那裡啦！」她告訴我：「等你長大後，千萬不要到那種地方工作。」她在港區的一間辦公室找到了差事，她從未到離村莊那麼遠的地方上班過，可是離家的那段路程似乎解放了她。每天她都會像第一次出國那樣騎上摩托車出發——很輕快很活潑，不過也有些遲疑，彷彿不確定前方是什麼在等著她。可是探索的感覺很快就被例行公事的乏味取代，讓她像在魚工廠上班那些年一樣疲勞，那種感覺她很熟悉——我們兩個都很熟悉。過了一陣子後，我才發現她是去當工友，並非簿記員、銷售經理，不是她能夠擔任或以為自己能夠擔任的職務。我看過她的名牌一次，就繫在用來掛於脖子上的一條緞帶底端。她的照片讓她看起來比實際更老——她生命中所有的希望都被擠壓殆盡，讓我的大腦邊緣開始形成一個想法，就像冰箱裡的薄霜每個月越積越多，最後形成一層厚厚的殼。我想到母親的生命不再有可能性了。她的生命已經凍結。而她甚至還沒四十歲。在她的名字下方有衛生與清潔這幾個字。

現在我回想那件事時，讓我受到打擊的不是想到母親在辦公大樓裡的白色日光燈下傾倒垃圾桶。我想到的是這件事的不可能性目前正在發生，因為國內的所有工友全都是外國人。像我母親那樣的人——他們要做什麼工作？也許隨著時間，她會自然晉升為她一直夢想當上的簿記員。妳的底下出現了新的階層，將妳推向表面，就像我在學校學到的地理形成。但也許不會那樣，也許她到最後都還是做著一模一樣的工作。

差不多就在那段時期，我開始注意到母親已經不再跟村裡的其他人往來，因此，我也很少再去其他人家了。我並不是說那個村子特別重視社交——至少不是以妳理解的方式。雖然妳不會邀請人來吃大餐，但妳常會在需要某個東西的時候去拜訪鄰居——一條線、一把螺絲起子、一些鹽巴，任何東西。在街上遇到時，他們會對妳說：「我煮了些薏米豆花，來喝一點吧。」接下來半個小時你們就會閒聊。我母親在這方面可是非常善於交際的。我年紀非常小，跟她一起坐在摩托車上的時候，就已經注意到她隨時都準備好跟人打招呼、對人敞開心胸，甚至包括她幾乎不認識的人，例如新來的公車司機，或是從國內其他地方前來造訪的鄰居的親戚。她總會放慢速度向某個人揮手，而要是有人叫她，她就會完全停下來。我對村莊最早的記憶就是從摩托車上觀察而來：坐在母親前方，靠著她的大腿，然後伸手去抓握把，彷彿是我自己在操縱。我常聽到人們說：「他長得真快啊，」或是「小心喔——他很快就會偷走那輛機車騎到吉隆坡了！」即使他們已經在海上一整夜；在工廠一整天；或是在太陽底下處理魚網，因此累得氣喘吁吁或感到挫敗，我還是聽得出他們親切的語氣。

在那種年紀——四歲、五歲、六歲——妳不會明白每一個詞，也不會記得聽到的事，可是妳會知道語氣傳達的感覺。愉快。嫉妒。關愛。危險。而人們對我母親說話時，幾乎總是混合了某種溫和與驚訝的感覺，彷彿他們跟她很親密，而雙方在街上的碰面是某種特殊場合，儘管他們一直都會見到彼此。現在回顧起來，也許我聽到的親切其實是憐憫。或是寬慰。像她那樣的年輕女人，全靠自己養大一個小孩，丈夫大概永遠離開了。可憐又不幸的人啊。謝天謝地不是我們那樣。不管理由是什麼，我都能確定一件事：人們喜歡我母親。

由於我長大了點——我猜接近十一歲吧——我已經沒那麼常跟她一起騎摩托車，所以花了點時間才感覺到她跟我們村莊的接觸越來越少，才知道她跟一向親近的人們關係變了。我把這歸因於她的工作，因為當時她要花的時間比以前更多。她已經沒什麼時間跟我相處，更別提別人了。她很累。她變老了。但最大的原因是她把所有空閒時間都花在吉叔身上。他們常一整晚只坐在電視前，不過有時候也會外出——我從來就不知道去哪裡。一開始他們還有表現出關心的樣子。「今天晚上媽媽跟吉叔要出去，知道嗎？你保證不會害怕？你不怕一個人待在家裡？」

「沒關係，」吉叔會裝得很有男子氣概誇張地說：「他是個大男孩了，他沒事的。對吧？」

他會拍我的背，動作粗魯了些，比較像是拍打而非關愛的表示，然後我會說：「當然。別擔心。」

我很快就發現這是場精心設計的演出，比較像是為了他們自己而不是為我。他們知道我不會有事。那個時候的孩子不一樣。在十歲、十一歲、十二歲時，我們就知道怎麼照顧自己。然而沒過多久，這種裝模作樣的戲碼就停止了，當我在傍晚回家，當太陽才剛開始失去活力，家裡就已經沒人了，而我也會知道那天母親提早結束工作，打算跟吉叔一起外出。我覺得他們是刻意不在的。這就像他們無法親口說出的某種聲明。或者連他們也無法明確表達那是什麼。可是我知道：他們比較想把我排除在外。他們不看到我會比較輕鬆，也不必向我解釋成人生活改變的方式。我不算是什麼負擔——我怎麼會是負擔呢？那些時候我幾乎不在，我的生活跟他們脫離，甚至也跟母親脫離——而這引發了他們的罪惡感。我不知道他們做了什麼而感到愧疚。我只感覺得出他們確實有罪惡感。對於某件事。而且每次他們看著我時也會感覺到。

在我們搬去跟吉叔住之後的第一個農曆新年，母親跟著他去拜訪了一些親戚，他們住在東岸，距離關丹不遠。母親告訴我，那些人也是漁民，就像我們一樣。好人。妳怎麼知道？我心想。妳從來就沒見過那些人。他們離開了三天，在那段期間，他們讓我暫住在鄰居家。他們對我很好，給了我來自臺灣的橘子，還有一個五令吉的紅包。第二天，有一位訪客問了我母親的事——那個人來自村裡，我非常熟。

「她過得怎麼樣？我們最近都沒看到她。她跟阿吉一起過新年嗎？」

我點點頭。「在關丹。」

「她還好嗎？」

「嗯。」

「在新家開心嗎？」

「對。」

她拿起一份報紙開始翻閱。其他孩子正在庭院裡鋪開一些鞭炮。有人大聲說，去外面街上！離房子遠一點！「哈，」那位鄰居邊看報紙邊說：「我就知道。」

我離開房子，跑去找街上其他小孩。某個人把鞭炮的繩子綁在一根樹幹上，然後在泥地上拖著鞭炮。它看起來像一隻肌肉發達的紅色動物，但被繩子拴在樹上，跛行著快要死了。我推開聚集在導火線周圍的人群，從一個男孩手上抓走他拿著的打火機。我用迅速流暢的動作點燃打火機並移向導火線。其他孩子像被風吹過的煙霧散開，既高興又害怕地尖叫著。他瘋了，那個人！我穩住打火機，等待導火線點燃。就算它開始發出嘶嘶聲燃燒了，我也還是蹲在旁邊，確認打火機的紫色火焰沒被吹熄。快離開那裡你瘋了你會死掉的！其他孩子都在大喊。我看著微小的火星在整段導火線上快速行進。別跑，拿穩，我在心裡告訴自己。我想像鞭炮當著我的面爆炸，熱燙的煙燒焦我的皮膚，讓它裂開。別跑。我在最後一刻跳開。明亮的爆炸散發出色彩，非常接近，太靠近了，讓我一度什麼都看不見，可是我沒閉上眼睛。其他孩子都在瘋狂地大笑、歡呼、尖叫。「阿福發瘋啦！」

我們站著看散落在街上的鞭炮屑——燒焦的碎紙，有黑色和血紅色，就像一片片皮膚。火藥味在空氣中瀰漫了許久。

我就知道。

我無法不去想鄰居說的話。

母親和吉叔從關丹回來時，她衝過來一把抱住了我。她抱得很緊，經過好久才放開我。我想要感受她的親近，從她的擁抱得到深深的安慰，我想要放心和開心地哭出來，可是我卻發現自己的身體在她擁抱時很僵硬也沒反應。我希望她再次離開，去某個離我很遠的地方。

「別管他了，」吉叔邊說邊從車子搬下一籃水果走進屋子。「他自己一個人比較開心。」

接下來的一個星期，無論吉叔在不在，母親都會特別花時間陪我。我們兩個騎著她的摩托車一路到八號橋（Tanjung Harapan），坐在低矮的石牆上，像簡便的野餐那樣吃著炸午餐肉和麵包。我們看著油輪和貨櫃船緩慢航向北港（North Port），船上那些彩色的貨櫃像樂高一樣堆疊起來。在灰綠色水面後方的巴生島（Pulau Klang）上，那一排矮紅樹林看起來很柔軟，就像一條厚厚的綠色地毯。那時是傍晚，太陽正要下沉，年輕的情侶也開始出現，他們手牽手，沿著水邊的小路散步。好幾群年輕人在防止潮汐與偏離船隻撞上海岸線的大石頭上嬉鬧，他們在大石頭上跳來跳去，偶爾會暫停下來，撿起空的威士忌酒瓶再扔向大海。附近有一群休假的印尼勞工在一個鐵桶裡生了一小堆火，然後在上面煮東西——我看不出那是什麼，因為煙太濃了，就像一根直升到天空的柱子。那天一點風也沒有，可是不會熱。

母親注視著大海許久，沒說什麼話。我觸碰她的手，而她緊握住我的手，不過並沒看我。我一度以為她就要告訴我什麼，可是她一直沉默著。我們收拾東西要離開時，太陽幾乎沉到紅樹林的頂端了。我感覺到某種東西終結了——我的人生又一個時期結束，但下個時期卻還沒開始。

有一次，我們跟吉叔一起到巴生看電影。那是我第一次正式進城，至少是我記得的第一次。他買了一盒 Famous Amos 餅乾給我們，而母親很認真地分配著，一次給我一片，等我表達足夠的謝意之後才會再給我下一片。「向吉叔說『謝謝』。」她會在我沒這麼說時提醒，而我也乖乖地照做。那天我一定感謝他五十次了吧！那部電影是《親愛的，我把孩子縮小了》（*Honey, I Shrunk the Kids*），而吉叔從頭到尾都笑得很大聲，還會仰著頭用盡全力大笑。「噓。」母親這麼說，然後一邊傻笑一邊假裝打他的肩膀。我不懂他為什麼覺得那部電影那麼有趣。普通孩子突然發現自己縮小到昆蟲的尺寸，這個故事讓我很害怕，所以我整場幾乎都用雙手遮著眼睛，藉此過濾掉最恐怖的部分。妳本來過著正常的家庭生活，下一刻就被一隻巨大的蠍子追著跑，還得躲到一隻蟲的洞裡。沒人注意到妳。妳小到連爸爸都把妳當灰塵掃掉，把妳當成垃圾倒進垃圾桶。「看他們啊！」吉叔在那些孩子摔進巨大的金屬容器時指著銀幕。我一點也不覺得影片有趣，而且我討厭吉叔笑成那樣。我前面座位的男人睡著了，打呼聲很明顯。「喂，老人，起來啊！」吉叔朝他吼叫，然後大笑。「哎呀，別管他了。」母親雖然這麼說，可是她也在傻笑。她握著吉叔的手，接著兩個人靠向彼此好像要接吻了，可是卻沒有。

我不想看銀幕，也不想看到母親和吉叔，於是我盯著那個男人，他睡得很熟，頭倒向一側，嘴巴開著。他沒有很老，年紀大概跟吉叔差不多。他看起來很平靜，非常溫和，我真希望坐在母親旁邊的是他而不是吉叔。

開車回家的路上，母親轉過來看著後座的我。「這是不是你這輩子最棒的一天啊？」她問。

我點頭。

她轉頭看吉叔。「他真的很開心呢！」她說。我開始明白她跟村裡其他人隔閡越來越大的原因，也知道這跟她搬去跟吉叔住的決定有關。我感覺我們跟鄰居之間有一種缺口，彷彿地球裂開並將一片景觀分成兩半。一邊是母親跟吉叔，另一邊則是其他所有人。我是她的孩子，我應該很高興能夠跟她站在同一邊，可是我只想跳過裂隙跟其他人一起。

最後我也開始跟村裡其他人疏離了。我怕會聽到關於母親的事情而因此受傷。我不再跟其他小孩一起玩，尤其是年紀比較大的，他們比較了解大人的作風，也比較不怕說出自己知道的事。我在鄉間的小路上漫步，越走越遠。雖然我總會那麼做，可是在那段成長的日子裡，其他事我都不記得了。我走得越遠，那些景象似乎就越逼近我，令我窒息。我好奇自己要到幾歲才能離家到另一個城市工作，最好是另一塊大陸。十七，十八？遙遙無期。

當時我沒意識到，就算造成我們跟村裡其他人疏離的原因已經消除，我們也已經回不去了。過了一年後，也就是我們在吉叔家住了大約兩年，有次我回家時發現母親坐在床邊。這真是意外。我已經習慣在黃昏回來時家裡空無一人了。習慣知道母親跟吉叔外出時那種自在但不滿的感覺。尤其是我習慣了自己使用一個房間，因為母親已經完全放棄裝模作樣，晚上都會待在吉叔的房間。「這樣對你比較好，」她說：「畢竟你長大了。」那天我進入房間時，她正在看報。她一見到我就放下報紙，然後整齊摺好。我注視著她，以為會受到責罵。你晚回來了。你很懶惰。你沒打掃房子。這種責備很常見，而且我完全不知道何時會被罵。結果她卻只是平淡地說：「我們要搬走了。很快。」

這麼清楚的表達方式使我感到困惑。這次她並未以一堆其他的訊息遮掩——沒有什麼能讓我破解的，沒有要我拼湊的密碼或暗號。也許是因為我年紀大了點，母親認為可以對我開門見山。不過從那一刻起，我知道她又改變了，而且她會永遠這麼確信與果決。「這樣對我們更好，」她說，而我站在那裡眨著眼睛，無法完全理解她的話。「你等著看吧。」那晚她在房間跟我一起睡，雖然我希望我能說這是種慰藉，我也覺得很開心，但事實是我完全睡不著。她在那麼多個月後突然出現，我覺得很不安。她的呼吸聲偶爾會變成輕微的隆隆聲。她在睡覺時會深深地嘆氣——彷彿有話卡在她的喉嚨，最後只發出一種奇怪的嘆息聲。

在我們離開的那天，吉叔在屋裡晃來晃去，拿著一塊浸了漂白水的破布假裝擦地，可是我看見他正在看著我們收拾東西。每次他從我們打開的房門外走過都會往裡面看，有時候會發出咳嗽聲，好像是要讓我們知道他在場。但母親不理會他，完全忽視他的存在。她最後一次確認抽屜清空時，吉叔也出現在門口。「你們不一定要今天走的，」他輕聲說：「你們可以等到新房子可以搬進去為止。」

「別擔心，」母親回答時沒看他。「我們越快離開，你家人就越高興。」

吉叔看著地上。他打開手裡抓著的破布，擦了擦手指。他繼續盯著地板的某一點，彷彿想要擦洗那裡。

母親把最後幾個包包拉上拉鍊，然後開始搬向門口。我幫忙她的時候，發現我們的東西比搬來時還少。

「確定不要我載你們去嗎？」吉叔說：「很遠的。」

「不必麻煩了，」母親回答：「省下你的油料去看關丹的父母吧。總之，我兒子會幫忙的。我是個有小孩的未婚女人——記得嗎？」

那天以後我就再也沒見過吉叔了。我沒有理由再到他家附近，而且沒過多久我就聽說他搬到東岸去跟他親戚一起住了。他離開後，村裡的人偶爾會用那個沒用的男人來稱呼他。等我再長大一點，才知道他受過某種傷，然後被手套工廠解僱了。他設法談好了賠償金，而這讓他覺得自己很有錢，比其他人都厲害。在那些我以為他有工作的日子裡，原來他只是開車到巴生，在咖啡館閒晃並消磨時間。

母親從未提起他或是我們跟他住在一起的時期。沒必要那麼做——我們兩個都明白發生了什麼事，而我們兩個也都不想討論那一段時間的生活。再說，我們現在還要面臨新的挑戰，白天和晚上的時間都被占據了。

我們出去吧，她說。買點食物。我覺得你沒吃好，所以你才會生病。

食物？什麼食物？我可是世界上最健康的人。

你必須吃得更健康一點。新鮮水果和蔬菜。堅果、穀類。適量的蛋白質。

咖哩叻沙沒有蛋白質咩？

其實呢，沒有。不多。可是那有很多脂肪。我們去購物中心吧，買點食物雜貨，然後我再載你回來。我們不會買貴的東西，只買基本必需品。兩個星期前你生病的時候，我看過你的櫃子，裡面什麼都沒有。

我們今天比較早結束。有時我們的談話不會持續太久。也許我沒什麼特別的好說。當然，我說。有何不可。

進了購物中心後，我們就前往巨人（Giant）超市，而她從入口處的一排手推車拉了一臺。

我們為什麼用這麼大的手推車？我說。只要一個小籃子就夠了。我不需要太多食物。

到時候就知道囉！

我們直接去新鮮蔬果區，接著她就開始把東西放進手推車，速度快到似乎連看都沒看拿的是什麼。她選了我從來沒想過要買的東西——切好的新鮮水果，而且整齊地擺放在塑膠盒裡；來自臺灣的富士蘋果；一大堆葉菜；香菇。

喂，這東西太貴了。

這對你的皮膚好，她拿起一顆很大的紫色火龍果說。

我買不起，我沒有錢。

這個不用擔心。她轉身背向我，繼續把東西放進手推車。我試著跟上她，可是她走得很快。她在腦中規畫好了一切，就像她在我們會談時提問的方式。她在心中列好了事項，然後心無旁騖地執行。用來煮湯的小包乾藥草；一整尾新鮮的魚；一隻雞；排骨。

為什麼這麼多？全都會腐爛的。

我們要把肉冷凍，這樣你需要的時候就可以用。來一點紐西蘭牛肉怎麼樣？你喜歡牛肉嗎？

我不吃牛肉。

我也不吃。其實我是吃素的。不過我覺得你應該要吃肉。你現在需要。可惜沒有好的有機肉。這些都太……工業化了。總之，你得吃。

等我們到結帳櫃檯的時候，手推車已經滿到會一直撞上架子或其他人的腿。我們花了好長一段時間才把所有東西放上輸送帶。

你打包，我來付錢，她說。

經過許久，袋子已經快要裝滿，她也準備好要付錢時，我聽見她尖叫起來。我的天哪！她看著距離我們不遠的一個架子，那是一排罐頭食物。我的天哪！

結帳櫃檯的緬甸人轉頭看；在我們後方排隊的其他人也是；有個年輕人看起來很擔心。我們不知道她在看什麼。

怎麼了？我問。

那裡。我的天哪！操！

一隻老鼠從架子底下衝出來，經過走道進入對面的架子。幾秒鐘後牠又跑回來了。我的天哪，真噁心。誰去叫管理的人出來！

結帳員笑了起來。排隊的人也輕笑著。大家都放鬆了。他們繼續裝東西，要不就是看手機。

你們這些人到底在笑什麼？你們沒看到那裡有髒東西嗎？我們得做點什麼才行啊！

那只是一隻老鼠，我邊說邊裝進最後的東西。沒什麼大不了。

什麼意思，只是一隻老鼠？就這樣讓牠到處跑嗎？她對結帳員說，通知你的經理，現在就提出報告。

小姐。嘿，小姐！有人從隊伍中喊著。是位老人。可以請妳快一點嗎？我的腿在痛。

對啊，另一個人說。我們得回去工作了。

你們全都只是站在那裡什麼也不做嗎？她說。經理在哪裡？我要通報！要不然這整個地方都會受到感染害人生病的！

我把袋子放進手推車，然後開始推向停車場。算了吧，我說。這只是件小事。

你到底在笑什麼？她說。這才不有趣。

沒什麼，我說。回家途中她一直在講那隻老鼠，甚至等我們把所有買回來的東西擺好之後，她還是對大家都沒反應的事發牢騷。那就是這個國家的問題，我們讓不應該發生的事情發生，我們對小事視而不見，然後就會腐敗。大家什麼都不在乎了。

我看著冰箱。我從沒見過裡面這麼滿。我想要謝謝她買那些東西給我，可是她的情緒到離開時都一直很差，我找不到適當的時機告訴她我真的很感激。

NOVEMBER, 7TH
十一月七日

我們用母親最後的積蓄買下了那塊地，而我根本不知道她有那一小筆錢。妳一定不會認為做她那種工作還能存到錢，但她就是有。剛好足夠買一英畝半的灌木叢林地，地上有一棟小房子，雖然破舊又住滿了蝙蝠，可是屋頂的破洞不會太多，而且在混凝土地板上竟然有用煤渣磚建造的堅固牆壁。我記得以前住在裡面的男人叫白阿旺（Pak Awang），有一天因為心臟病發作倒下，後來回家就得拄著枴杖蹣跚而行。可憐的老人，大家這麼說。只有自己一個人住在那種地方。最後他虛弱到走不動的時候，他的孩子就把他帶到了莎阿南（Shah Alam），跟他們住得很近。才五年，他那片包含一小塊菜田跟兩座魚塘的土地就變成了荒野，被大自然取回，讓妳看不出那裡不久前才是某個人的家。長長的草遮擋住土地的形狀，他種來當成分界線的有刺灌木叢都交纏在一起，小樹也已經扎根，融進了後方的樹林。池塘被雜草覆蓋，看起來像一坑一坑的沼澤水。第一天時我們甚至無法靠近那裡。

我記得村裡的人是這麼說白阿旺的——為什麼有人想要住得離大家這麼遠呢？現在我知道了。對母親和我而言，隔絕是我們的救贖。

「土地很雜亂是因為那個人老了，」母親在我們著手清理房子時說：「而且，他只有一個人。」她拿著一枝鋼絲刷處理粗糙裸露的混凝土牆，我則是在拖地。她暫停了一下，然後看著我。「我們有兩個人。這會很簡單的。」

她決心要將那片土地改造成一座富饒的小農場，種植蔬菜，也許再養些吳郭魚，這樣就能拿到市場賣。一切都是我們的，我們不必依靠任何人。沒有人能開除她，沒有人可以趕走我們。我們現在安穩了。我們是主人——擁有我們自己的土地，我們的未來。因此我們在房子都還沒修補之前就開始清理土地，肥沃的紅土將是我們的收入來源。我們有兩把鐮子，一把小斧頭，還有一把生鏽的帕蘭刀（parang），在那彎曲的刀身上有紅漆的痕跡，跟血的顏色一樣暗。母親最常使用那個工具，以長而有力的揮擊劈砍矮樹叢。我從二、三十碼外抬起頭，看見一棵小樹像是有陣強風吹過那樣晃動，就知道那是母親在劈砍它的底部，而它很快就會倒下。她工作時專心到隔絕了外在世界，有時候會聽不到我在呼喊她，在砍掉一叢灌木的所有枝葉之前也不會停手。我常會暫停工作站著看她。她的手臂有節奏地揮出弧線。她的背部展現出力量，一次又一次彎曲，帶動刀身往下砍向葉子。她有條理地移動，彷彿知道那把帕蘭刀每一擊的效果——彷彿她正試圖以自己的力量跟自然匹敵，也很清楚自己能獲勝。我不知道父親做什麼工作，連他長什麼樣子都不知道，可是我知道我的勞動能力繼承自母親。我還沒滿十三歲，身體卻已經準備好模仿母親了。我照著她的動作，學習以迅速有把握的方式使用斧頭，才過兩天，我就不再需要思考自己在做什麼了。那些工具變成了我身上的一部分。

第三天結束時，我們站在一處有彈性的樹枝堆上小心保持平衡，這些都是我們先前砍下的。那片土地看起來跟我們開始處理的時候幾乎沒兩樣。距離這裡只有幾百碼的大海，在傍晚的陽光下閃爍著，而且那天平靜無波。不可能的任務就擺在我們眼前。我們不停工作了將近三天，卻沒造成任何改變。母親回到房子時不發一語，讓我思考著接下來的日子。我們沒有別的選擇，只能繼續。

我們花了三週還四週時間才清理好那片土地。我已經非常習慣使用各種工具了，只要閉上眼睛就會看到被劈砍扯下的枝葉以及碎裂的木頭。在那一段短暫的時間裡，我像接受十八般武藝訓練的武術弟子學會了如何揮舞那些工具。習慣這種新感覺的不只有我的手臂——雖然我用右手寫字，可是我兩隻手都會砍樹——我的背部能夠彎曲扭轉好撐住肩膀，我的雙腿則能夠在地面站穩。我的動作像是年紀更大的人，更迅速也更有把握。在重複劈砍樹木的底部時，我偶爾會想像自己是最近開始讀到的那些武俠故事中的英雄，漫遊於鄉間，為受到壓迫的人們伸張正義。年老的村民被無恥的地主欺壓，與世隔絕的農村遭到土匪剝削——我會拯救他們所有人，帶著高尚的精神揮舞著我漂亮的武器。劍、棍、矛、闊刀：經過多年的練習，我已經完全精通所有武器的奧祕，甚至能夠殺死惡魔，讓它們無法四處作亂與威嚇試圖對抗它們的人。

我在最喜歡的一個白日夢裡，想像我們村莊受到怪物威脅許多年。那隻怪物來自大海，是半龍半貓的白色外型。沒人知道牠的歷史或起源，也不知道牠住在哪裡，或是牠選擇蹂躪我們村莊的原因。我們只知道牠一直都在，從我們存在的初期，甚至更早之前就有了。某些人說牠代表我們前世的罪孽，其他人則說跟我們的因果有關——總之，我們無計可施。我們不知道怎麼預測牠的出現，不過有些人認為那跟月亮的週期有連結。牠會悄悄地從海中出現，吞食掉家畜——用繩子拴在庭院裡的山羊和關在籠子裡的雞隻會於夜裡消失，有時候還包括小孩子。老人和生病的人隔天早上會被發現死在床上——死因是驚恐，是那隻怪獸的詛咒。怪物之夜。我們發現時都太遲了。強壯、健康的男人和女人都知道想跟怪獸對抗只是徒勞無功——這種想法流傳了一代接一代。鎖好妳的門，管好妳自己的事，也許妳就不會受到傷害，妳的家人雖然害怕但卻能活下去。

人們過去曾經試圖跟怪物戰鬥，每次他們都會被擊垮，留下殘缺不全的屍體，證明了那隻生物的力量。這種情況一直持續到我出生為止。我是身世卑微，沒人會注意的小阿福，整段童年都在訓練自己的心志與身體，每天都在刺眼的陽光下鍛鍊。連那隻怪物也不知道我的存在。但是我存在。而小看我這種人就是牠的錯誤。因為我每次揮刀都在提升自己的能力。有天晚上，我站在一條巷子口，那裡會通往那隻可怕生物出現的水灣。死吧，惡魔！我就是你的地獄！粗厚的藤蔓與樹枝替我纏住了怪物。我使出所有力量劈砍與揮打，感受到銳利的刀鋒沒入牠的身體。我在擊敗牠之前都沒停下來。受到致命傷但沒死的牠滑行回到大海，現在開始害怕起牠侵擾了多年的人們。

隔天早上，村民會看到野外有怪物的血跡，知道他們終於解脫了。他們不會知道那位武俠英雄的身分，不過有些人在家中歡聚慶祝時會私下說，是阿福救了我們大家。

那些精心設計的幻想，讓我在那片土地上工作的漫長時間中不感到無聊。我做起這種白日夢，就跟母親在夜裡陷入沉睡一樣簡單。在她睡著之後，我會保持一會兒的清醒。我想要確認她在我屈服於睡意之前就休息。我睡不睡對我而言沒那麼重要。我心裡想的是，明天，在明亮的白天裡，我還會有做夢的機會。

說到做夢：審判期間，當我的思緒在高溫以及法庭裡永無止境的談話中開始飄遠，我會回想起在農場度過的那些漫長日子，那時我的全身都在鍛鍊，要將擋在眼前的一切劈砍殆盡。所以多年前在河岸上面對那個還沒有名字的男人時，我的手腳會做出那種反應，也許就沒什麼好意外的了。我的辯護律師堅稱我無法控制自己的行為，而且毫無前例時，我突然記起了童年時那些銳利的刀身——在我的手裡感覺好輕。

隨著有刺的灌木叢越砍越後退，我逐漸看見了我們那片土地的分界線，土壤和水也都裸露出來，這時我開始出現一種以前從未經歷過的安定感。我覺得我跟一個不會改變且屬於自己的地方有所連結。一個擁有我的地方。大海永遠不會平靜，一直都在扭轉變形，不是遠離我們，就是要淹沒我們。對於大海，我們從來就無法確定任何事，可是土地——我們的土地——很穩固。它不會離開，就算我們不在也一樣。

我們開始翻挖菜床時，母親常會停下來注視著我們的地。她會用手遮住刺眼的陽光，然後靜止不動站著。

「怎麼了？」我會這麼問。

「只是看看，」她會這麼回答：「確認一下。」

「妳以為會發生什麼事——這塊地會像煙一樣消失嗎？」我開玩笑說：「就算妳放火燒，這塊地也還是會一樣的。」這是真的。我們為了清出空間種植蔬菜而燒掉其中一部分時，火焰在地面舞動著，可是在熄滅之後，土地仍然跟之前一模一樣。肥沃的紅褐色。

她一邊笑著一邊繼續翻土。當時我們是以鋤頭來耕地——我使用的尺寸跟成人用的一樣，而每次我將它舉起再砸向厚實的紅土時，就會知道我現在能夠做跟母親一樣多的事了。當時我還不太清楚自己對她是多大的負擔。或許我只是像一般孩子那樣感受到而已，可是一旦我完全意識到這件事後，就覺得必須向她證明我可以讓她的生活變得更輕鬆，而不是更難熬。

我們剛好在雨季結束時種下第一批蔬菜，當時雨勢最大，土壤都很潮濕。我們選擇我們所知會快速生長的葉菜，另外也種了地瓜，而且地瓜才幾個月就像雜草一樣長了很多。接近季末時，我們收成了一些供自己食用的東西——這是我們這輩子第一次享受到富足的感覺，也擁有自己的食物來源，不必依賴別人。原本一直都有可能侵害我們的大自然，現在提供了我們生存和獨立的方法。

第一年的雨剛剛好——一直持續但不會下得太大，所以我們的作物都長得很好。母親因此在瓜拉雪蘭莪的市場找了個攤位賣我們種的東西。我們挖了第二塊菜地，接著是第三塊，後來母親的攤位很快就擴大，常客也特別喜歡我們的四季豆和菜心。某個星期六早上我在攤位幫忙時，聽見人們稱呼母親的名字跟她打招呼。他們會叫她李老闆，然後開始閒聊。「那就是妳一直提起的兒子啊！」他們在看到我的時候說：「真是個健康的男孩——妳很幸運！」

「你們一定在開玩笑吧，」母親笑著說，然後弄亂我的頭髮。「看看這隻沒用的懶蟲！」

她的顧客穿著打扮跟村裡的人不一樣——不完全像是住在大城市的人，但也不是鄉下人，他們穿了得體的上衣與長褲，看起來不像是從夜市過來的。他們跟母親說話時很客氣，連殺價的時候也是。他們好像了解我的事——由於我對數學或自然不太在行，所以學業對我是個麻煩

——有時候母親似乎會當我不在一樣跟他們談論我的事。我能怎麼做呢，他對學校已經沒興趣了。他的老師說他都不專心，隨時都很累。男孩子的數學一定要很好，要不然就死囉。雖然我討厭被視而不見，可是又很高興見到客人跟母親這麼熟。她在農場之外有自己的生活，那種生活包含除了我以外的其他人，他們知道她碰上的難題，而這讓她覺得他們關心她，儘管每天只有幾分鐘的時間如此。

她的聽力大概就是在那個時候開始衰退的。我一直都知道她有輕微的聽力問題，因為她說話會格外大聲。我並不是指她會大喊，只是她的聲音會提高，像是一直在宣布事情。她總說是因為她小時候內耳曾經受過感染。「在雨中玩太久了。」我覺得她的狀況一定沒受過適當的醫療評估。怎麼可能有？像她那些家人不可能因為那種小事就帶她去看醫生的。在小農場擴張的期間，我們工作時常距離五十或六十碼遠，每次我叫她的時候，她都不會抬頭，而是繼續仔細把一排排幼苗底部的土壤壓好。我本來以為可能是她太專心工作了；我以為她處在自己的小世界裡，滿足地想著那些都還看不出是葉子的小嫩枝很快就可以賣錢了。媽！只有在我用盡全身力氣大吼時，她才會驚訝地抬起頭對我揮手。要不然她就會盡量蹲低靠近地面繼續壓土。她因為這些工作而開始背痛，那種姿勢會比較輕鬆。「看，我的屁股還很有彈性，」她會這麼說：「我還是很年輕呢！」

在我們把魚放進池塘的那一週，我很清楚情況變得更糟了。我們已經清理好兩座髒水池的邊緣，現在可以看到兩個工整的正方形。這一定是老人白阿旺多年前用推土機挖出來的——大自然不可能弄得這麼完美。池塘的邊緣確定之後，我開始進入水中清理像薄地毯一樣蓋住整片水面的雜草。我小心翼翼地涉水——在漁村長大會讓妳學到一定要懷疑水面下的東西——在深得令人意外的池塘裡，可能有尖銳的木頭、鐵片或其他被丟進去的垃圾，而我很怕會割傷腳。這裡的水不會流動又有點冷，跟大海不一樣，而我不知道底下有什麼，要是我潛到都是爛泥的底部，不知道會不會發現泡了很久的骨頭——魚或猴子的骨骸，甚至是人類的。我把雜草挖出池塘，倒在蓋滿草的岸邊，那裡已經聚集了好幾堆。

第二天，我在水裡待了一些時間之後就感覺一隻腳在抽動——突然劇烈地收縮。我以為是怪物。一隻貨真價實的怪物。我驚慌又痛苦地扭動著，覺得從腳趾到小腿的部分都很緊繃。我不知道發生了什麼事，於是開始亂踢亂打，但我正在池塘的中央，距離安全的岸邊很遠。我試圖游向邊緣，可是越動腳越僵硬，像一塊混凝土把我往下壓。我四處張望尋找母親，看見她走在另一座池塘的邊緣。媽，我虛弱地喊著，可是因為痛苦和恐懼發不出聲音。後來——很久以後——我才知道我只是抽筋，而且如果我保持冷靜就會過去。可是第一次我並不知道身體發生了什麼事，那種陌生的感覺帶來的恐懼比疼痛還可怕。我開始下沉，嘴巴和鼻子都到了水面下。

我的超級英雄能力現在到哪去了？怪物正把我拉向池塘深處，我在搏鬥，可是失敗了。

母親一定走遠了——我已經看不見她了。我再次呼喊她，這次很大聲。一遍又一遍。我的雙腿恢復力氣，越踢越讓我接近長滿草的岸邊，不過我還是在下沉。媽！我不知道到不到得了。怪物很凶猛，抓住了我的腳不放開。我又拉又踢。我會成功的。我會逃離怪獸，而且有一天會回來殺掉牠。雖然我的頭沉到水面下，可是那個時候我不再害怕了，因為我已經夠接近池塘的邊緣，知道自己贏了。那隻生物不會抓走我。我們另一天會再決鬥的。

我躺在草上，尋找母親的蹤影。她離我不遠，就在第二座池塘的另一側，趴在地上將手伸進水裡撈某種東西。「媽！」我大喊。我想告訴她剛才那場嚴厲的考驗，不過她沒抬頭，而是凝視著水裡，一邊尋找某個我看不見的東西。我的腳開始放鬆，而我也覺得好想哭——因為太丟臉了。我伸展那隻腳，然後站起來。我的身體覺得很正常，好像完全沒發生過任何事。為什麼我的反應這麼差？我因為自己那麼害怕而感到羞愧，甚至覺得痛苦是不是自己想像出來的。還說你是武俠英雄哩。那根本沒什麼。但是母親沒抬頭——她什麼都沒聽見。

我們買了二十尾吳郭魚放進池塘裡。「牠們就像我們，」母親說：「牠們到哪裡都能生存。」牠們緩緩沉入水裡，彷彿驚訝到不會游泳了，後來我也只有在餵食的時候才會再看見牠們。母親跟我花更多時間待在戶外——現在蔬菜已經正常生長，而我們必須想辦法驅趕白鷺，不讓牠們到我們那兩座突然充滿食物的池塘捕獵。一開始，我被母子之間的無形連結緊緊綁住，在工作的時候離她很近，她也會教我該怎麼做，可是現在我們常在所謂「農場」的兩端各自做事，我也很快習慣了她只有在我站得很近時才聽得見我說話。

「買個助聽器給她吧。」阿強說。當時我跟他已經成了朋友，而年紀較大又來自城市的他說話很有分量。其實我一段時間之前就在想助聽器的事了，只是我知道我們負擔不起。我向母親提議的時候，她說：「但是我可以聽得很清楚啊！」我知道她的意思是：我們什麼都買不起。

「交給我吧，」阿強說：「你是我的小弟。我會幫你解決的。」

隔天傍晚，我在採收一些空心菜時，聽見一陣不熟悉的嗶嗶聲——一部摩托車在通往我們農場的小路上，騎士一直按喇叭。以前沒人在那種時間出現過。我看到那部紅色小型摩托車時，認出了是阿強。他停下來，示意我過去。

「我不想讓輪胎弄到泥巴！」他大喊。

我慢跑過去，欣賞著他的機車，那是一部本田，油箱上有紅色和白色的條紋。「你要我吧！從哪裡弄來的？」

「在瓜拉雪蘭莪的扁擔飯（Nasi Kandar）外面。」

雖然我明白他的意思，不過我還是問：「你向某個人買的嗎？」

「笨蛋啊！」他的頭往後仰，然後笑了起來。「當然不是我買的。那個老傢伙進去吃午餐，沒注意。我知道他是那種不會留意機車的白痴。我弄掉鎖就騎走了。簡單得很。」他從口袋拿出一把螺絲起子，舉到我面前證明他技巧純熟。

「最好別讓人看到你騎。」

「放心啦，兄弟。我現在就要去巴生把它賣掉了。像這種新機車可是會吸引到很——多客人的。」

「你可以拿到多少？」

「夠多啦！」他一邊大喊一邊騎走。我想要大聲告訴他應該戴安全帽，不過他已經太遠了。

隔天，母親跟我在市場整理攤位時，我看見阿強坐在對街的一棵樹下抽菸。他對我揮手，於是我過去找他。

「別讓你媽看到你跟我這種流氓混在一起。」

「以為你很了不起嗎？她還有其他更要擔心的事呢！」

他把手伸進口袋，拿出一把現金。「那麼，她可以不用再擔心聽力的事啦！」他把錢給我，我算都沒算就放進口袋。我感覺厚厚一疊東西抵著大腿，突然很害怕弄丟了。這會不會掉出我的口袋？萬一有人偷走怎麼辦？萬一警察知道我拿了不該拿的東西？後來我很內疚，覺得當時我應該要更羞愧才對。我沒想到這筆錢不是我的；這筆錢是偷來的；這筆錢是別人的——當下我完全沒考慮這些事，我唯一的恐懼是弄丟錢。

「謝了，阿強。」

「對你大哥不必謝啦。」他捻熄菸。「現在我要帶你到巴生的店裡去買那該死的東西。我不相信你這種小孩自己辦得到。」

我們安靜地坐在公車上，後來一起騎腳踏車回到農場。他說他沒事做，所以跟我一起去好了。呼吸點新鮮空氣。「要不然我會很無聊，然後又惹麻煩了。」助聽器由他負責，用他特地一起買的一條纖維繩緊緊綁在手把上。「你腳踏車騎得很差，」他說：「要是你摔倒，全都會被你搞砸啦！最好我來拿。」他在我們回到家門口之前都不肯讓我碰助聽器，而且一直等到我進屋以後才離開。

我等到隔天早上才把新裝置拿給母親。她懷疑地看著它，說：「可是我又不需要，我可以聽得很清楚啊！」我等著她問我是從哪裡弄來的，而我會把阿強跟我準備好的故事告訴她：他有一個阿姨在城裡的一間店工作，她偶爾可以用很便宜的價格購買賣不出去的存貨。不過她沒問，只是一直在手裡翻動著那一小塊肉色的塑膠。「我朋友阿強弄到的。」我說。

「我不需要。我的聽力很好。」

「拜託，媽。試試看吧。如果妳不需要，我就把它賣掉。」

「好吧。一定要賣個好價錢啊！我只用一次，這樣就會像新的。」

當然，她從那次以後就再也沒拿下來過了，除非是要把它擦乾淨，還有每天晚上睡覺前把它收進盒子裡。「我會好好保存的，以防你還要再賣掉。」她偶爾還是會這麼說，儘管過了幾年後它開始故障，會在談話到一半或是我們平日到菜床挖土時發出各種尖銳刺耳的聲音。我會聽到那種尖嘯的悶響飄蕩在空氣中，也會對把它賣給別人的念頭一笑置之。

農場讓我們安穩地過了三年。雖然我們從沒有足夠的錢過想要的生活——就像電視或雜誌上那些人——可是卻有掌控生活的感覺。我們已經徹底了解那一小塊土地，也盡可能使它發揮最大的效用。每個星期我們會在市場賣菜，還有數量不多但供應穩定的吳郭魚，可是我們知道我們永遠無法擴大農場的規模。我們感覺得出我們的發展有侷限——但是那些界線從某方面而言也使人安心。我們終於感覺在世界上有了歸屬。

說來奇怪，我另一次有落地生根的感覺是在進監獄的時候。那種規律感；那種所有囚犯都會感到的沮喪；那種時間毫無意義的感覺；那種沒得選擇的感覺——我被關在一個屬於我的空間，沒有什麼能改變這一點，就算我讀了很多書假裝自己在別地方也沒用。我可以從故事中想像生活在巴西或是多雪的瑞典，不過看完之後，我還是在我的牢房裡，就跟之前一樣，還是要過著漫長的日子。

在農場的第三年，村裡的人開始談論起大潮，可是我們不擔心。如果妳在那種臨海區域長大，妳會知道潮汐是持續不斷也一直存在的，就像妳周遭的空氣。妳以為妳了解關於它們的一切；妳明白它們的破壞與再生能力；它們如何將船隻帶出海，然後再帶回來；它們如何隨著季節上漲，在一年的某些時候帶來較好的收成，其他時候則是較差。當妳對某件事情如此熟悉，就不會害怕它。我們以前見過大潮，而且每次都出現於年末，可是這聽起來不合理，因為出現的時候不是春天★。妳會從月亮發光的方式感覺到潮水將要變得比平常高——月亮會發出不尋常的光芒，但不是比平常的滿月更亮，而是有一種奇怪的強度。除非妳花很多時間研究——除非妳的生活來源全靠它——否則妳是不會注意到的。風會從西南方開始增強，妳也會知道氣旋正在亞洲的北方形成。

在這些時候，整座村莊會準備防衛以抵抗大海的猛攻。我們會重建防洪設施，把船移到小灣更上游的地方。距離大海最近的家庭有時會帶著家當搬到較內陸的親戚家，等到洪水退去後，再聽天由命地重建家園。他們以前做過，現在也會再做一次。這並不是世界末日。

★大潮的英文為「spring tide」，spring 有春天之意，但 spring tide 與春天無關。

人們說，看來今年狀況會很糟。他們每年都這麼說——我們不太在乎。不過，以防萬一，母親跟我還是向村裡某個人借了沙包，打算在農場面海的那側堆疊三包的高度。我們認為那樣就能夠阻止最嚴重的洪水了。沙包非常重，要我們兩個一起才搬得起來。武俠勇士，你必須幫助這個可憐的村民，我在使勁搬動每個沙包時這麼告訴自己。沒有你的話，海怪就會奪走你母親跟她所有的土地。我們還沒設好屏障，母親就拉傷了背部的肌肉。我看得出她很用力，卻幾乎無法撐住她那端的沙包。她在彎腰跟我一起搬下一包沙包時發出一聲尖叫。哎！緊接著她倒抽一口氣，咬著牙齒吸進了空氣。

「休息吧，媽。」

「沒關係的，我沒事。」

但是她再次試圖抬起沙包時，幾乎無法動彈了。她彎著腰，雙手撐住膝蓋喘氣。從我站的地方可以聞到她又熱又酸的口氣。

「媽，拜託，去喝點水。我會搬完的。」

「沒關係。給我一點時間。」她試著站直，結果卻倒在地上。我衝上前，扶她坐起來靠著低矮的沙包堆休息。

「這樣好多了，」她喘著氣說：「我會沒事的。」

我抬起頭看天空。雨雲聚集在海上——很濃密，正在緩慢滾動，顏色像煤炭，而且雖然當時才下午，卻因為遮蔽住太陽而投射出黃昏般的光芒。那年我們已經下了第一場雨，是稠密的細雨，即將轉為穩定的傾盆大雨。我一個人繼續拖動沙包，每次把一包舉起來放到定位時，都會感覺雙腿跟背部的肌肉變得粗厚緊繃。母親依然靠在沙包旁休息，一邊看著我。她揮揮手，可是沒有要起身的意思。我們都知道我必須自己堆好屏障。「加油啊！」她大喊，然後握拳為我打氣。雖然我的膝蓋好像隨時都要變形了，但我還是強迫身體做必須做的事。我可是個武俠英雄。我是無敵的。我必須保衛我們，抵抗來自大海的怪物。我聽見母親的助聽器發出尖銳的聲響，那就像外星人太空船的聲音。我想要說，*別擔心，我會應付好一切的*，可是我知道她聽不見我。

她的背痛了幾天，所以那個星期六我必須自己帶菜到市場賣。回家以後，我還得沿著沙包挖一條溝，這樣要是水淹過屏障，我們就會有第二道防線。我們說這麼辛苦的工作很值得——是對未來的投資。不只是為了今年，也是為了以後的每一年。誰知道下一次大潮何時會來呢？母親的背部偶爾感覺好一點時，就會繼續工作，但沒過幾分鐘就不行了，最後她只能待在家裡。

「我沒力氣了，」她發牢騷說：「我太老了。」她一定是拉傷了主要的肌肉，因為現在她的胃也跟背部一樣痛了。她確實一直都吃得不好。下雨影響了我們的收成——很多菜都在濕土裡腐爛了，所以我們賣的分量沒辦法跟以前一樣多。她失去了食慾，我想是因為壓力——我們兩個都一樣。

第一波潮水出現時，我們不知道會來得那麼強又那麼高。我在晚上聽到波浪越來越大，走出房子時，發現母親已經站在沙包堆上看著海面上漲。幾百碼外的岩岸被泡沫沖刷淹沒，而我們知道早上就會淹到這裡來了。

「最好睡一下。」母親說。我們回到屋內時，她叫我推一些沙包去擋住門。「以防萬一。」但我們都知道情況一定會變成那樣，沒有別的可能。

我聽到聲音時天色還很暗。我以為是強風。接著是低沉的吱嘎聲——彷彿真的有一隻怪物從海中出現。然後就安靜了一陣子。我不覺得自己睡著了，不過顯然有，因為那種模糊的聲音像是來自夢裡，而我不確定自己聽見的是什麼。我是因為碰到水才醒來的。我在床上翻身，一隻手臂從旁邊垂下去。我的手指覺得又冷又濕。我突然驚醒，在床上坐起來，看著下方只離我幾英寸的銀黑色水面。我立刻就知道這不是夢。有東西浮在水面上——我的帆布鞋、我的拖鞋、一些衣服。在黑暗中，它們看起來像是死魚。

這是大海，我心想。*大海在我的臥房裡。*

我從床上走進又冰又鹹的水裡，因為不知道腳下會踩到什麼，所以動作很慢，但我的腳下只是房子的地板，很穩固很令人放心。我走向被水沖開的門口，然後進入客廳。母親已經站在那裡，正試圖橇開被沙包卡住的門。我雙手伸進水裡，抬起下巴將頭保持在水面上，然後盡量把沙包拖開。我們從門口擠了出去。周圍只看得見我們在房子裡看見的東西。大海。

外面的景觀沒有分別——一切都變成了水。我們在深及腰部的水中費力前進，試圖理解這個陌生的新世界。每一步都覺得很不踏實。房子外面的混凝土平臺和我們用來種藥草的那一排陶罐在哪裡？大海吞噬了一切。我們只看得見打旋的水面，看起來就如汽油般光滑。我們的目光投入黑暗中，無法看見菜地、池塘跟沙包，甚至連農場周圍的灌木叢和樹木也看不到。我們都沒說話。我們一直走到地面變得太軟不敢繼續前進為止，接著就回去屋裡，雖然那不再是我們幾個小時前還熟悉的房子，但它的牆壁和屋頂至少給了我們一種界線感。

「我們要怎麼辦，媽？」我問。

她沒回答。一開始我以為那是因為她嚇傻了，害怕到無法回答。後來我才發現她沒戴助聽器，所以聽不到我說話。她來不及在潮水出現前戴上，現在它已經消失在洪水之中了。

我們找到梯子，盡可能從櫥櫃裡收集東西帶到屋頂上——還沒被水吞沒的東西。兩根蠟燭；一些捆起來放在草編袋裡的衣物；餅乾；裝錢的罐頭盒，那是我們所有的積蓄。我們看見它漂浮在水中，敲打著母親臥房的牆，似乎是要提醒我們它的存在。屋瓦很滑，不過最頂部有一道平坦的混凝土架，可以安穩地跨坐上去。

我們在制高點開始重新認識這片我們居住的土地。我們曾稱之為家的地方。大海抹去了我們以為無法動搖的一切。完全擦洗並吸收掉。我們養滿魚的池塘。我們的農場。那一切現在都成了大海的一部分。在我們等待黎明的時候，母親將我拉近。風很強勁，在水面上吹出了圖案，有時還形成了波浪。偶爾海上會有一道大浪，讓整片水景顫動上漲。天空終於開始亮起，變成淡淡的藍灰色。

我能徹底記得的只有第一次大潮。同一年後來有另一次，威力比較小；隔年又一次，甚至比第一次還嚴重。其他的則感覺像是註定要發生的慣例。第一年那次的水在幾天後消退，而我們試著重建失去的一切。第二次，我們連試都沒試。人們說是全球暖化——強大的潮湧現在開始都會是常態了。村裡某個人隨口提議可以去申請補助或貸款去買新的地。不過即使在那個年紀，我也跟其他人一樣很清楚這沒指望的。我們生錯了種族，信錯了宗教——誰會幫助我們？政府一定不會。我們知道像我們這種沒錢的華人根本連試都不用試。

無所謂了。那個時候，母親的胃痛和背痛嚴重到某天在瓜拉雪蘭莪的街頭倒下，被送到了醫院。她在病房醒來時告訴護士，她一直壓力很大，吃得不好。她以為她會那樣是因為飲食習慣不好，結果原因是她的結腸裡有腫瘤，跟一顆小蘋果差不多大。醫生很憤怒。「為什麼你不早點來檢查？」她對我大吼。「那至少長了十年啊！」她把X光片舉到我面前，指著上面一個模糊的圓圈，彷彿認為這是我的錯。我只是聳聳肩膀。她解釋說到吉隆坡或新加坡治療有可能讓腫瘤縮小，但她不是很樂觀。母親說她不想再看醫生了，她必須面對自己的命運。雖然她試著像佛教徒講出這個理由，不過事實是我們根本沒辦法支付醫院的費用。她掙扎了一年後身體才垮掉。我已經決定要去吉隆坡找工作了。她的死讓我能夠輕易離開我們僅有的土地以及房子。

當我回顧我們那段時期的生活，腦中想到的不是洪水，也不是農場在潮水退去後被一整片灰色泥巴和海沙壓平的樣子。我想到的不是暴風雨，不是那棟牆壁有裂痕的房子。我想到的也不是我們早期以為會賺大錢，當時母親的市場攤位經營得很好，每天回家都拿了一袋袋甜食與蛋糕當點心。我記得的是我們在農場上工作的日子——愚蠢的我快樂地幻想成為一位會武功的英雄，在鄉下屠殺野獸，幫助受到迫害的人。在這些如陽光般清晰出現於回憶的影像中，我正在劈砍濃密的枝葉或是挖掘厚實的泥巴。我覺得自己像個英雄。我是英雄。我抬起頭看見母親在池塘邊。她蹲得離地面很近，正在修補小漁網，而她很快就會把網子丟進水裡捕撈起那一週的收穫。她的助聽器故障了，發出靜電的爆裂聲和尖銳的鳴響。我不知道我為什麼在笑。

PART III

DECEMBER

十二月

DECEMBER, 4TH
十二月四日

營地位於森林裡一處樹叢繁密的地方，散落在樹木和灌木叢之中，從路上就能清楚看見。在離路邊只有幾碼的樹幹間，有一排拉開的防水布——是灰褐色的帆布以及亮藍色的塑膠板，如果妳開在從人造林周邊城鎮到公路再繼續通往岸邊那條又長又直的路線上，就一定會注意到。那條路跟附近其他的路一樣，穿過了棕櫚種植園、灌林叢林地以及幾片森林。妳偶爾會看見廢棄的小木亭，那裡可能曾經是公車站或小吃攤。要是妳開在路上，在交叉路口轉了個彎，妳會突然發現來到另一條一模一樣的柏油碎石路面，接著妳很快就會迷路了。妳不確定在樹林間瞥見的那座臨時營地是不是在二十分鐘前見過的同一個地方。總之，在國內的這個區域有很多這種暫時的住所。太多臨時工了。如果妳想隱藏在一大群人之中，這就是最好的方式：讓選擇注意到他們的人清楚看見。

雖然阿強知道那座營地在哪裡，我們還是開得很快錯過了，所以必須再回頭幾百碼。我開車，阿強一根接一根抽著他那包沙龍牌香菸。我們老是得繞一些路去找有賣這種牌子的店。他很挑剔，別牌的可不抽。雖然車窗開著，不過在車內旋繞的熱空氣似乎無法驅散煙霧。我們才見過短短兩次面，就有了固定的模式——我開車，阿強則是一邊抽菸一邊說個不停。第一次是因為他的車子有問題。第二次是因為他說他想要好好欣賞風景。「過了好久。我現在才知道我真的很想念這個地方。」

他講了他記得的以前的事，最早從九〇年代開始——有一年一片叢林淹水，雨不停下了三天三夜，河水和雨水下水道氾濫成災。後來幾天，在深灰色的天空下，樹木的樹幹都泡在水裡，只剩葉子從泥濘的水面伸出，就像漂浮在池塘表面的巨大摺紙裝飾。某天傍晚在一條泥土路上，有隻野豬衝向正在騎腳踏車的我們。牠帶著寶寶，所以有攻擊性，真的嚇到我們了！他在主要道路的那一段第一次摔車——載運棕櫚油果的卡車擠得他太靠近混凝土路的邊緣，好幾次他都被迫離開路面。有一次他摔進了水溝。那裡——他帶那個女孩第一次約會去的麵店，我的天哪，她叫什麼名字？

我讓他說下去。我點著頭。有時候我會笑，但只是為了讓他以為我要證實他的記憶很清楚。我一直不忍心告訴他他全弄錯了——他記得的那片叢林，為了讓出空間給新的林地而在一週內全都砍光了，後來種的棕櫚油樹現在已經非常成熟，長得非常高，感覺就像是從一開始就存在於那片景觀。他提起的麵攤其實在適耕莊的另一側，也是好幾年前就消失了。妳覺得那種搖搖欲墜的地方能夠撐幾年？至於其他細節——或許他說對了。我不太記得我們是在哪裡遇上那隻野豬媽媽跟她的小孩，或者我們在哪裡看到一隻巨蜥正在吃山羊的屍體。我只是在阿強翻出那些回憶時點頭附和。它們對我已無關緊要。

他不停談論過去，沒多久我就發現自己開得太快，為的是要抵達目的地，結束這種單方面的談話。就是因為這樣，我才會經過營地卻沒意識到我們應該停下。我們下車了他還在講——描述阿花阿姨（Ah Hua）那種永無止境的滑稽動作：她在婚姻失敗後慢慢開始喜歡喝威士忌，把所有積蓄都花在約翰走路紅牌跟湄公河威士忌上，而且經常醉醺醺地去寺廟，大家都覺得很好笑——這時我則是繼續大步往前走。我幾乎不記得那些事了。

「這是什麼地方？」我問。

「工人得到正職工作之前會待在這裡。」

「所以他們現在做的是什麼工作？」

阿強點了另一根菸，搖著盒子看看裡面還剩多少。幾乎沒了。「你是蠢蛋嗎？他們還沒有工作。不然你以為我壓力這麼大幹嘛？二十個人枯坐著，三個星期什麼都沒做。想想看我損失多少錢啊！」

營地看起來空無一人。殘存的火堆正在濕熱的空氣中逐漸熄去，讓空氣變得混濁——我覺得是有人為了隱藏火光而刻意用濕葉子蓋住餘火。從那堆樹葉和灰燼升起的煙霧是稀薄的藍色，讓躺在防水布下方陰影中的形體變得不明顯。不過我們接近第一個遮蔽處時，我在薄霧中注意到了動靜。其中一團突起物開始移動——是土堆？還是植物？——接著就有個男人從黑暗中出現。

「兩天沒你的消息了。」他說著蹩腳的馬來語，其中夾雜著一些詞，是我聽不懂的外語。他實際上說的像是這樣：兩天什麼什麼都沒有什麼打電話。不過我還是可以明白他的意思。

「在忙。」

「我們沒食物了。大家從昨天早上就沒吃過東西。還得走到小河才有水喝。有些人生病了。」

阿強一直在點他的打火機，可是空氣潮濕到連火焰也無法點燃。「讓我看看他們。」

我們穿過營地時，防水布下方那些靜止的形體開始翻動展開變成人形，男人們——全都是男人——伸展肢體，坐起身子，一邊咳嗽一邊用手揉著臉。有幾個人看著我們，而我雖然跟他們對上了眼，卻很快又移開目光。我們的眼睛短暫對看，可是在那兩、三秒之中，我知道我們都有某種感覺。羞恥感。想要逃離的渴望——逃出那座營地，那片森林，那個國家，逃出讓那種生活成為可能的整個宇宙。他們是不是比我先別開眼神？我們之中有一個人先眨了眼，然後低下頭避免看到對方，但我不確定是誰。大概是我吧！我不必再靠近查看就知道他們是誰或做什麼的——我不需要阿強或其他人說明。他們覺得自己沒有立即的危險後，就躺下去繼續休息了。我心想，他們還能做什麼。休息。

「他們不是我們要找的人。」阿強在我們開走時說。

「他們是孟加拉人？」我問。

「現在大部分勞工都是從那裡來的。雖然也有很多來自緬甸跟尼泊爾，不過我在這一區處理的主要是孟加拉人跟印尼人。比較適合在林地工作。」

我什麼都沒問。那個時候我還在希望阿強會離開不打擾我，所以我不想對他的生意表現出任何興趣。

在開回去的路上，阿強解釋說他的工作是「勞務承包商」，他的僱主是一間公司——真實存在的正派公司，有一間辦公室——那間公司會從各種公司引進人力去做各種工作。工地、林地——不過現在也有旅館、餐廳，掃廁工，妳能想到的都有。是本地人現今不會想做的工作——就算我們想做，有哪個僱主會給我們工作？僱用一個本地人的價格都可以請兩個孟加拉人了。「這就像到了超級市場，」阿強說：「誰能抗拒買一送一的優惠？所以他們才會到處都是。走進任何商店或餐廳，就會有外國人服務你。」

「真的嗎？我在這附近沒看到多少孟加拉人。」我說。

「你一定是瞎了。總之，在吉隆坡他們到處都是。有一天我在髮廊等我老婆，聽到一個老女人說『我才不要外國人碰我，我才不要那個黑皮膚的人碰我頭髮。』於是我忍不住說：『喂，阿姨，最好習慣啦，因為黑皮膚的外國人會留下來。很快就沒有別人能幫妳洗頭了。』」

阿強告訴我，只要他的公司接到來自工地或林地的電話，他就會聯絡勞工仲介，然後說「下個月你可以給我多少孟加拉人或緬甸人？」或是「下星期三前我需要八男六女到柔佛的一間新旅館。行嗎？」中間人。我覺得這工作聽起來很適合他。他不用對交易的兩端提供意見，只要處理好雙方之間的事情就行了。沒人想要應付的麻煩事——那一直都是他的強項。

仲介就是把勞工弄進國內的人，阿強的公司則負責文件。阿強自己不做任何的行政工作。「你知道我在學校表現有多差——讀報告跟合約，那不是我擅長的。」可是那種工作隨便找個老蠢蛋都能做。阿強做的事重要多了，至少他是這麼說的。他必須實際去現場，開車在國內到處繞好幾天，確保讓那些外國人第一天露面上班時看起來狀況不錯。在他們開始工作的三或四天前給他們足夠的食物。如果他們有受傷或撞傷就治療。不能露出任何難看的地方、嚴重的傷口、明顯的骨折等等——沒有僱主想看到工人全身是病或受了太多傷。女性更是如此——必須讓她們看起來已經梳洗乾淨。謝天謝地，林地裡沒有那麼多女人。天曉得她們來到這個國家時經歷過什麼。「我不想負責他們的健康，」阿強說：「不過總有人得做。到吉隆坡的海鮮餐廳裡坐下時，過來服務你的緬甸女孩——哎呀，她下船的時候看起來很可能不是那個樣子呢！」

給他們足夠的時間。替他們治療。我想著營地裡的人，好奇是否其中某個人有開放性傷口。我在筆直的窄路上高速行進。我急著前往車道比較寬的公路加入車潮。要是我越快抵達目的地，就可以越快離開阿強跟他的麻煩事。我降下所有車窗吹散他吐出的煙。「你跟以前一樣，老是愛批評，」阿強說：「我做的可是正當生意——就跟你一樣。你覺得這是骯髒活，對吧？」

我遲疑了一下。「我不在乎你做什麼。只是覺得對我來說有點複雜。我們在養殖場從來沒有這種找工人的麻煩。」

「麻煩？什麼意思？王八蛋。不然你們是怎麼找人的？」

「大部分是為我們工作的人有朋友或親戚。他們知道我們會準時付錢——雖然不多，可是一直都很準時。他們可以休息，有假日。有時候他們會突然不知道從哪裡出現。他們走進來說要工作，我們會要求看他們的外籍勞工工作證，就這樣。我們不必透過中間人、仲介那些沒必要的方式。」

「蠢蛋，」阿強笑了。「你們只是有一座小小的爛漁場，就以為自己什麼都懂啊！小傢伙，我告訴你，我們會供應人力給所有的林地。最大型的。他們一次就需要好幾十個、好幾百個人。棕櫚油會出口到中國、美國、歐洲——世界各地。你在超級市場看到那些進口的美國餅乾，你買不起的那些——全都是用我們的棕櫚油製作的。你懂吧，我可是在為國際企業工作。結果你還看不起我？真是讓我笑死啦！」

「我喜歡我的工作。我不需要替國際公司工作就很快樂。」

他沒回答。

我們就算在公路上也讓車窗開著。外面車輛的噪音充斥車內，就像阿強吐出的煙霧環繞著我們，可是這讓我很安心。我心想，現在他給我清靜了。現在他終於明白我們已經變成了不一樣的人。其實，即使在我們第一天「團聚」時，我也應該要知道他會留下一陣子。那天晚上我們離開阿珍小吃的時候，是各自開車進城的，由他帶路，我跟在後面。我不知道他要帶我去哪裡，感覺就像從前，只是現在我們坐在車子裡，不是摩托車上。他想要喝個幾杯，在ＫＴＶ唱幾首歌，結果我們到了「Ｋ歌狂熱」。我聽說它幾年前關了，而我並不意外。那裡被警察突襲太多次了。它看起來就跟別的卡拉ＯＫ沒兩樣，不過就算在當時我也聽過它的名聲。到養殖場參訪的承包商提到那裡時都會露出一種笑容。他們說要在晚餐後去那裡「吃些甜點」。要去的人必須小心詢問，必須看起來像是會花大錢的人，不是像我這個樣子。那裡有女人陪酒，年輕的跟不年輕的都有。接下來會怎麼樣就看客人跟小姐的發展了。「那是自由市場，」我聽過有人這麼說：「你想做什麼生意都行。」

可是那一晚阿強不想做任何生意。他沒叫女孩來，甚至也沒像年輕時那樣看著經過的女人，他不會注視著她們發表意見。他點了一瓶約翰走路，結果我們沒喝完。他想做的只有唱歌。陳百強。每一首作品。有時候他會站起來，拿麥克風的姿勢像是在舞臺上，在很大的場地中演出，接著他像天鵝一樣張開雙臂，彷彿想要擁抱全部觀眾。我卻為何偏偏喜歡你，他面向螢幕閉上眼睛唱，好像是在對自己唱著。他的聲音很粗糙，甚至比以前更嚴重，而我記得他在超過十年前也唱著相同的歌，當時我們每天晚上都會在首都的街上混，那段大城市的生活似乎充滿了希望。在鋪了軟墊的半暗KTV室裡，阿強偶爾會在歌唱到一半時轉過來對著我唱個一、兩句，不是看著他那些想像的觀眾，而我會注意到他比我們上次見面時老了多少。

接下來我也在唱了。我的手裡拿著麥克風，在幾首歌的副歌一起唱。我不知道怎麼會那樣，我才喝了兩杯，而且連第二杯都還沒喝完。有人打開門，跌跌撞撞地進來——是個中年男人，襯衫只有一半扣著，嘴裡咕噥著說「親愛的，妳在哪裡？」然後他就摔進一張扶手椅了。我們扶他起來，再把他推到走廊上。我們笑了起來。音樂很大聲，我們沒停止播放。阿強呼吸沉重地坐下，然後從長褲口袋拿出皮夾。他考慮了一下才打開皮夾，讓我看一張整齊塞在塑膠套後方的照片。

「我的老婆跟寶寶。」他說。我在昏暗中看不清楚——照片在電視螢幕閃爍的光線中顯得很模糊。三個人。一個男人，一個懷裡抱著小孩的女人，是在攝影棚的藍色背景前照的。男人看起來根本不像阿強——他穿著俐落的長袖襯衫，扣子扣到了領口。我本來打算讓他看珍妮的照片，可是時機似乎不對。

我說：「那很好。」

他往後靠著椅子，小口喝著酒。「我想要賺點錢自己做生意，讓我老婆跟小孩的生活好過。移民到加州、澳洲，哪裡都可以。不必做這種鳥事的地方。」

「我還以為你喜歡現在這種一流的工作。你一定賺很多錢。」

他注視著螢幕，上面正播放著那種完全沒意義的卡拉ＯＫ影片，就只是粗糙拍攝著人們在公園裡走。他轉過來說話時幾乎露出了悲傷的表情。「我有個麻煩。」

他說話時音量稍微降低，彷彿被疑慮軟化了。被現實軟化。而那似乎使他變得比我記憶中更肯定、更誠實。他想離開這份工作已經一段時間了，可是他沒辦法。工作很累人，他一次都要上路好幾天，有時候需要一個星期、十天。他見到家人的時間不夠多。比如他出門造訪在吉打（Kedah）或柔佛的林地，回來以後，他的女兒就已經又學會幾個字了。有一次他去了北方很久，回家時女兒說出了完整的句子。他覺得他錯過了許多事。那些小事構成了我們所謂的人生。某天他跟一些有段時間沒收到薪水的緬甸人吵了起來。他們吵著要錢，可是阿強根本還不知道情況，所以他堅決不退讓。你們知道我的為人。他們揍了他一頓，然後就消失在叢林中。沒人找得到他們——警察沒辦法，其他工人也不行，不過事實上是沒人會認真找。猜猜看是誰倒楣？五個人不見——那可是一大筆錢。他的僱主非常憤怒。更糟的是，他還得試著向小孩解釋為什麼臉上有流血的傷痕。爸爸摔倒了。笨爸爸！她只是眨著眼睛注視他。然後她的臉皺起來，開始大哭。哭得停不下來。他就是在那個時候心想：我必須退出了。

現在又有另一件事。十八個失蹤的工人。阿強的公司已經為這些人付了錢，可是他們一直沒出現。所以他才要回到這裡，試圖找出那些人，並且跟從國外安排他們進來的仲介解決問題。他的老闆答應他，要是他可以處理好，就會給他一筆獎金。天哪，等他得到那筆錢，他隔天就會辭職，去開創自己的事業。他已經想好了一個計畫：他舅舅在中國境內替西方奢侈品牌製作衣服的工廠有人脈。他聽說他們丟掉了好幾噸的衣服——就算是完全良好的商品，只要縫錯一針就要被淘汰。阿強會買下所有的廢品，用低廉的價格在這裡販售。

仍然注視著螢幕的他說：「你可以幫我嗎？」

「我是能幫什麼？」

「你認識這裡的人。你認識所有的林地。你會聽到風聲。我現在是外人了。如果我到處問問題，沒人會幫忙我。你是本地人。」

我笑了。「你做夢。我現在的生活很平靜。我誰都不認識。」我站起來要離開。雖然時間不晚，可是我的頭在痛，而且隔天我得早起去養殖場。

「在這裡沒有任何人能幫我了。」阿強說。他的聲音低到差點被音樂聲蓋過。外頭，走音的歌聲隔著牆壁從其他房間傳來。螢幕上有一對無憂無慮的年輕情侶正在湖濱公園（Lake Gardens）中奔跑，或者是其他的漂亮公園，背景有一座可以划船的湖。他們看起來快樂得不像話，而且有點模糊，不過在那種影片裡的人都是這樣。我沒說再見就離開，心裡真的以為那是我最後一次見到阿強。

我在寫一本書，她說。

書？什麼書？

關於你的。

我楞住了。為什麼？我以為妳是為了博士做研究的。

這個嘛，我是啊。不過，嗯，我有點想把它變成一本書？她講得好像是在問問題。只不過那不是問題。

哪種書？我說。

有點難形容，她回答。介於傳記與新聞寫作之間。我猜是敘事性非虛構文學吧。我是那麼稱呼的。或者叫真實犯罪，只是，呃，不太一樣。更棒。我不知道。現在的出版社有太多銷售書本的奇怪方式了。

出版社？我像從未聽過一樣重複這幾個字。我知道我表現得像個笨蛋——我把談話變成了像旋轉木馬一樣，有時我們會經過同一個點，例如我說什麼書？或是出版社？敘事性什麼？

妳在開玩笑，對嗎？我說。關於我的書？我那微不足道的生活？沒人會感興趣的。

你一定會很驚訝。我覺得會有很多人感興趣。

妳瘋了。

重點來了。我需要你的同意才能出版東西。

為什麼？妳想做什麼都行。我不在意。

哎呀，我在意啊！我不會沒得到授權就做的。如果沒有你的祝福，我做起來會覺得非常不安。這是你的故事，不是我的。應該由你決定要不要公諸於世。

我思考了一下，然後看著她。她笑了。那個笑容不只改變了她的表情，也改變了整個房間，沖刷掉一切可能的悲傷。

一本書是嗎？真瘋狂的想法。

DECEMBER, 7TH
十二月七日

幾個月前妳曾在報紙上看到一個男人發狂後殺掉他全家的事嗎？就在檳城。他們有一間小型雞肉廠——在那種地方，活雞會被送去屠宰、清理、包裝，然後拿到超級市場賣。那家人住在工廠內兩個上下堆疊的貨櫃裡。他們的家就是這兩個金屬房間。從照片我看不出貨櫃到底有沒有窗戶——我覺得攝影師只對床墊上的血跡感興趣。一個男人出現在工廠——年輕人，我猜大約三十歲吧——然後跟母親和她的男友吵了起來。當時是凌晨兩點，工廠裡的工人正要開始漫長的輪班，準備殺雞拔毛。想像看看，妳生活中每一天都在外面還昏暗的時候拔雞毛。機器在他們周圍呼呼作響，雞隻發出淒厲的叫聲。工人不覺得那有什麼——那個人脾氣不好，老是對他母親大聲說話。他的哥哥聽見吵鬧聲，於是從上方的貨櫃下來了，他的兩歲兒子在他懷裡睡覺。我們不知道爭執的內容是什麼。那傢伙突然拿出一把九釐米手槍，對所有人開火。近距離射擊。在那種射程裡，不可能打偏的。接著他開著一輛豐田 Hilux 走了，警察也找不到他。也許他直接開上橋，去了吉打跟泰國——誰知道。而在那段期間，尼泊爾工人仍然抓著慘叫的雞隻拔毛，死去的那家人則倒在狹窄的貨櫃裡。

警方詢問了認識那一家的每一個人，可是沒人知道他為何要那麼做。殺死陌生人是一件事，不過殺死自己的親生母親？哥哥？他的嬰兒？有些人說一定是毒品；有些人說是金錢；有些人說是因為他憎恨母親的男友；有些人說是羞愧。母親給了他好幾千塊資助他在市場裡賣雞的攤位，不過後來有一天某個市政廳的人出現並帶走了一切，原因是他的執照有問題。他損失了所有的錢——母親的錢——而他不知道哪裡出了差錯。也許他沒賄賂到對的人；也許他忘記填寫了某個表格。但不管是什麼，他的生意都完蛋了，所以他覺得沒臉面對家人。只要看著他們，他的頭骨裡面某個地方就會感到劇痛。每次他們看著他時，就像是在指責他——他不太清楚是什麼，總之就是指責他。指責他的一切。

然而事實是沒有因為。而由於沒有因為，所以也就沒有為什麼。他就是做了他做的事。有時候事情就是那樣發生的。也可能因為在他的過去埋藏太深了，不可能查出來，所以就不再是事實了。在等待審判的好幾個月裡，以及後來在監獄時，我曾試圖找出我做那件事的真正理由。我試著發掘腦中深層的想法與回憶，耐心地向下挖，就像我小時候在我們的農場挖泥巴，也像我後來在養殖場那樣。偶爾妳會碰到一層岩石，有時候泥巴會很緊密，堅硬到妳的鋤頭挖不穿，無論妳把它舉得多麼高，再怎麼使勁砸向土壤也沒用。那就是我的感受。我不放棄。我會坐在床上閉著眼睛，讓自己陷入腦中那些雜亂的人們與聲音，在持續五秒或五年的事件中，試圖回想過去有什麼事情能夠給我線索，讓我知道我那麼做的原因。為了找出那五秒、十秒內的理由。畢竟我沒事可做的時間那麼多。可是在那些時刻，在那些漫長孤獨的夜裡，我再怎麼尋找——還是什麼都找不到。所以現在我已經不再用那種方式質問自己了。我只需要祈禱。質疑上帝的旨意沒有意義。

阿強再次出現於巴生的那個月，我的工作比以前任何時候都要忙。養殖場才剛從新加坡的一間連鎖超市收到一筆大訂單，不過賴先生的脾氣還是跟平常一樣差。他說他壓力很大。「成功的壓力，」某天潔思敏一邊看著電腦螢幕一邊說：「你們男人真沒用。生意差，你們就暴躁。生意好，你們也暴躁。什麼都應付不了。你看他——早上根本沒時間穿得像樣一點或梳好頭髮。最近我連看都不想看他，肩膀上都是頭皮屑啊！」她邊笑邊在一張紙潦草寫下筆記——她寫得很快，打字起來更快。「幸好你老婆會照顧你，」她對我說：「至少你看起來人模人樣的。」

我們看見賴先生在外面對一些印尼工人比手勢。他向我抱怨他們工作不夠勤快，這是事實，因為有幾個人好像動作比平常還慢。為了滿足新加坡的訂單，我們要建造更多水池，還要設置一個供水系統——這是一項長期合約，對方保證每一季都會付款。我設計了新的幫浦，想像水會如何流動並填滿地面的空洞。我想到母親彎著腰拿著一把鏟子，從我們的土地挖出一堆堆濕泥巴；我回憶起我們的小農場，那其實根本不算農場，只是一片有土壤和荊棘的地帶；我也想到如果我們有我現在用來建造漁池的技術會是什麼樣子，而這個荒謬的想法讓我笑了。無論我們怎麼做，那片劣質又頑強的土地還是什麼都不會給我們。土壤和水——這些又是我的生活來源了，不過現在我有錢和機器的幫助。

就連賴先生也很樂意執行我的計畫，還答應在完工時給所有人兩百令吉的獎金。「我真是個心軟的人，」他說：「老是付給你們太多錢了。」然而他從未答應要給我獎金，我也沒期待過。看著那些人把事情做好，在庭院奔忙，一邊工作一邊開玩笑，這樣對我就夠了。兩百塊對妳來說不是很多錢，甚至對他們也不是——我們就直說吧，就連在某個爛路邊攤的一份炒麵也要賣五令吉，所以那些錢能用多久？可是在這種工作中，像那樣的小動作很有意義。這代表了好意，儘管做出小動作的人並非出自好意，而是一種自動化的反應。我記得我在吉隆坡當過服務生。有時候人們會給我一、兩令吉當小費，接下來的幾分鐘，我在走路時會更有精神，對客人也會比平常更禮貌一點。他們給我鈔票的時候根本沒看著我，但我還是覺得自己很重要。我存在著。

新工作的前幾天就是這樣開始的，不過後來有了變化——就跟在炎熱下午的大雷雨一樣突然。前一天工人們都還好好的，隔天他們就緩慢到快停下來了。平常像是挖小水溝或修理魚籠這種幾個小時就能完成的事，現在卻要耗掉將近一整天。我嘗試重新分配他們做不同的工作，改變工作量，但卻常常發現他們直接坐在地上，低著頭待在樹蔭下。他們的肩膀隨著呼吸平緩起伏，似乎連空氣都重壓在他們身上。

「搞屁啊？」賴先生每次看到他們都會說：「我是付錢給工人，不是養家畜。看看他們，只會像山羊一樣坐在樹下！」

「你們怎麼了？」我問了好幾次，可是沒人回答。他們只是聳聳肩膀，然後移開目光。「開除他們，僱用新的。」賴先生說。他整天都在講手機，而且我們在養殖場好像隨時都能聽見他的聲音，就像機關槍一樣說個不停，老是讓人感覺他馬上就要大吼大叫了。我回答，我不會解僱他們，我會處理好的。再說，這些人熟悉養殖場，他們認識我。我跟他們之間從來沒發生過問題。

「他們生病了，大概是上個星期在雨中工作的時候感冒了，」我說。那個星期的風非常強勁——從菲律賓吹來的颱風尾。「給他們幾天時間，他們很快就會好的。」

在兩、三天內，他們一個接一個變得無精打采，我從沒見過他們這樣。他們的嘴巴垂開著；眼睛充滿血絲並深陷進眼窩；嘴脣都裂了，好像遭遇船難到了一座無人島。他們總是在喝水，可是永遠覺得不夠，有時候還把水管舉到頭上拚命喝。然而，他們的情況還是沒改善。那個星期結束時，有一半的人沒來上班，而出現的人也很勉強才能在不坐下來休息的情況下從養殖場一端走到另一端。這時我們剛開始的工作幾乎停擺，挖到一半的坑洞充滿了雨水，開始往內塌陷。成堆的網子和鐵絲，一捲捲的黑色防水布。工人坐在樹蔭下昏昏欲睡。我們周圍都是黑色的樹樁，那些都是我們砍掉的，還下了毒要將根部毒死。

我問漢卓發生了什麼事，他聳聳肩膀說：「胃痛。」他的臉頰凹陷，他在兩天內看起來減輕了十磅。

「你不能只因為胃痛就不工作啊！」

他搖著頭。Muntah, muntah。他用手在嘴巴前做了個動作代表嘔吐的意思。嘔吐得很嚴重。每個人都在嘔吐。在他們住的村莊，有天晚上某個人開始嘔吐並劇烈腹瀉；隔天晚上，另外三個人也生病，出現同樣的症狀；再過一天是十個人；然後是二十個人；而現在住在那裡的每一個人都病了，總共將近五十個人。我見過他們住的地方，我曾開車經過，那裡在港區的近郊地帶，而我不意外他們全都病了。所有的居民共用一個水龍頭，排水系統都被黑水堵塞住了。貓在小堆垃圾中翻找。孩子們拿著樹枝跟繩子玩耍，洗好的衣物一排排掛在屋外，壓得晾衣繩下垂，而那些衣服就算洗過，看起來也是灰色的。妳知道我說的那種地方——妳開車經過那裡時可能只有兩秒鐘，而妳根本不會注意到他們。人們會使用 kampung 這個詞還真有趣，因為那指的並不是在鄉間有樹木和花朵環繞的村莊，倒是有點像貧民窟，是一間沒有便利設施的簡陋小屋，只有一、兩臺便宜的發電機，偶爾由大家各出一點錢補充柴油。

「你們得了霍亂。」我說。我以前見過那些症狀。在我小時候，村莊曾經爆發過一次，幾乎所有的小孩都生病了。我突然覺得全身冒汗，頸部稍微發涼。我想到那天我們碰過的所有東西——金屬油桶、魚飼料包、鏟子——接著我懷疑自己手上是不是也有霍亂的病菌；我懷疑自己是不是會生病；我懷疑他們會不會死。我在廁所用肥皂盡可能洗淨雙手，兩次，三次。我找到了一些漂白劑，倒了幾滴到水盆，裝滿水，然後把雙手半截前臂都泡進去。接著我的皮膚上就有刺鼻的氯味，令人很安心。接下來一整天那種味道都跟著我。

後來，我把所有人集合到庭院，叫他們回家。「去看醫生！」我在他們費力地走掉時大喊，心裡知道他們不會去看醫生，因為他們負擔不起。他們甚至根本沒那麼想過。我記得那種感覺。如果妳病成那樣，妳只會等著復原；要是妳沒復原，那妳也沒什麼能做的。我看著地面上那些不流動的小水池。塌陷又布滿灰色爛泥的水溝。想必那些人都拉在裡面，而現在霍亂進入了水中，滲進我們周圍的紅土，進入漁場，進入河流和後方的大海。

賴先生從關丹打電話來——他在東岸拉生意（「尋找更多壓力。」潔思敏說）——他詢問情況如何，我有沒有找更多人來。

我怎麼有辦法直接找到十個人？我很想對著電話大吼。妳以為他們會突然冒出來嗎？事情不是那樣運作的。妳必須問他們有沒有什麼朋友，例如家鄉村莊的表親，要是個可靠的人。我們需要十個人才能及時完成工作，也許要十五個人。現在健康的人大概只剩兩個吧。我們沒希望了。

「一切都很好，」我撒謊：「下個星期你回來的時候，就會看得出不一樣了。」

「死囉！」潔思敏在我掛電話時笑著大叫。「你有大麻煩啦！別指望我幫你圓謊啊。」

那天晚上在家時，我什麼事都沒辦法專心，連我們一起重看的《冬季戀歌》都沒辦法投入。珍妮從某個賣盜版片的地方買了DVD，字幕是日文，所以我們完全無法理解裡面說的韓文。無所謂——我們幾年前約會的時候就看過全集了，而且覺得那些悲劇性的愛情故事很浪漫。我猜那就是珍妮買DVD的原因：為了記起戀愛沒有結果時那種淒美有多麼動人。失敗的愛。一開始我不是很想這樣——為什麼要看已經看過的？——可是從第一集開始，受到吸引的人是我，比我記得當初第一次看的時候更著迷。那些嚴寒的北方景觀，人們圍著圍巾。有個人不記得自己的過去，因為不再擁有記憶而變成了全新的人。噢，那個沒人愛的可憐男子。然而，愛還留在他的心中！

珍妮一直發出聲音——在最溫柔的時刻發出輕微的哼聲與笑聲，在主角對看很久都沒說話時不耐煩地嘆氣。她偶爾會說出奇怪的意見。真荒謬。快一點吧。嘿，小女孩，向前看，忘了過去吧。她會拿起雜誌看。不過我知道她有時還是會偷看一下螢幕。要不然她為什麼幾乎每天晚上都跟我一起看。

「怎麼了？」她在那天晚上問。

「沒事，」我說：「沒什麼事。」

她靠著我，頭放在我的肩膀上，彷彿需要安慰，但其實我們都知道有煩惱的人是我。

「這一集真無聊，」她說：「我不相信有人可以一到美國就變成有名的建築師。」

「妳真偏激。」我笑著說，然後用一隻手抱住她。

「我的意思是，前一分鐘你只是個韓國年輕人，下一分鐘你就是美國的建築大師了……就因為你發生過車禍？」

「是囉，電視劇裡就是這樣。」

她嘆息著——一口又長又慢的氣，似乎填滿了整個房間。她閉上眼睛咕噥著，好像準備要睡覺的樣子。「我不知道我怎麼了。最近我只覺得現實生活很有趣，不是這種虛構的蠢劇情。」

後來躺在床上時，我想到了養殖場的工人。霍亂使他們變得乾瘦，眼睛又黑又鼓，盯著我看。我試著不去在意從水裡散播到各處的病菌。我想到把混凝土倒進所有的坑洞，用水泥蓋住整座養殖場的表面——有可能那樣嗎？把霍亂趕到地底深處，直到窒息而死。我不知道霍亂細菌會不會呼吸。說不定我也可以用火燒。把整個地方點燃，在一個星期內重建一切。我想像火焰橫掃過平坦的土地，讓所到之處變得潔淨，然後繼續尋找可以吞噬並轉化的東西。只有我不會被燒到，但那樣就夠了。一個人就能夠讓整個該死的地方復活。賴先生回來時會看見健康而煥然一新的員工，以及一座改造到他認不出的養殖場。他會站在那裡說，你真是個武俠超級英雄。

黑暗中，珍妮翻了個身，一隻手擦過我的手臂。我希望我能睡著，我不想吵醒她。我躺著閉上眼睛靜止不動。那些人。水。土壤。我聽著珍妮的呼吸聲，發現她也沒睡著。

DECEMBER, 9TH
十二月九日

隔天我決定打電話給阿強，那天十二個工人全都病到沒辦法上班了。潔思敏走出辦公室站在我身旁，而我正在查看養殖場的情況——地上散落著未完成的工作，有一堆堆的土壤和沙子。兩部混凝土攪拌機，一疊木梁。遠處的自動系統持續替魚池打水，可是那些魚沒吃東西的話一定撐不了幾天。小屋裡的魚苗需要照顧，必須有人去檢查濾水系統，確保水不會變得太硬、太鹹、太熱或太冷——隨便一項都會害死小魚，讓我們損失成千上萬元。我看著被木頭走道整齊劃分成正方形的魚塭，心裡很清楚潔思敏知道我在想什麼：我可以在一個星期內全部自己做好嗎？我很清楚她也知道答案。

「我們兩個沒辦法應付，對吧？」她說。

我搖頭。其實以前或許有可能，因為我比較年輕，跟現在不一樣。我知道如果我早到並換上工作服，就可以在潔思敏抵達以前開始做事，推著裝滿飼料的手推車在魚塭之間穿梭。如果我在天還沒完全亮起的七點開始，在十二個鐘頭後開始天黑時結束，我就能完成。還有隔天，再隔天也是。不過即使我開始有想法並構思了執行計畫，我也知道我的身體再也無法幹這種活了。我想到以前遇過的一些工人，他們年紀比我大，卻仍在農場和工地工作，整天待在戶外。我記得他們的手削瘦而強壯。他們乳白色的眼睛。然後某天他們會直接消失。回到印尼的巨港（Palembang）或孟加拉的錫爾赫特（Sylhet），或是他們來的地方。要不就是在四十歲時死於心臟病。有一天妳在新購物中心的建築工地工作，妳往上看，天空很白，沒有霧，只有純粹的陽光，接著妳的胸口突然緊縮，就這樣暴斃了。這種事隨時都在發生。

我知道那不會發生在我身上。我的身體逃離了那種生活，逃到了比較安全的地方。那些因素現在再也無法害死我了。太陽、潮水、風、年末的洪水——我不會受到它們危害，可是我也無法面對它們。我想到了母親，她在我們那座小農場的土地上蹲了好幾個小時，想要將一棵樹連根挖起。當時的她年紀比我現在還大嗎？一定是的。

「總之，」潔思敏說：「就算我們設法完成了比較簡單的工作，還有誰能做工地的工作？」

我沒回答，只是站在那裡看著傷痕累累的土地。

「你真的，確實，一定會被炒魷魚。」潔思敏邊說邊走回辦公室。

我進辦公室時，她正在電腦螢幕上捲動著一些數字，喃喃念著我不認識的人名。「妳在做什麼？」

「試著找到仲介的名字，」她說話時目光沒離開螢幕。「可以提供一些工人給我們的人

——而且要快。」

「明天？」

「最好是今天。」

「如果有了新的工人，我們那些人回來的時候要怎麼辦？」

她聳聳肩。「那是你的問題。」

「這對他們不公平。」

「你到底要不要我這麼做？」她把頭從螢幕轉開，面向我。「聽著，如果我想要，下個星期就能在城裡找到另一份工作。可是你不行。等賴先生回來發現這團亂的時候你要怎麼辦？」

我點點頭，然後去泡茶，還特地用潔思敏泡過漂白劑的布擦拭水壺跟工作檯。我們要碰外面的東西前一定會戴上手套，可是我們不想冒任何風險。我聽到潔思敏撥打了一組號碼，接著跟某個人說話。雖然我每天都會聽見，但總是會感到訝異，因為她跟別人討論工作時語氣就會改變。她的音調會降低，講話時放慢到能讓對方聽清楚每一個音節，就像父母對不聽話的小孩說話那樣。那些話語聲會慢慢釘住不停亂動的小孩。幾分鐘後，她掛掉電話，打了另一組號碼，然後又一組。每次都會有問題。不行，這個星期太趕了。不行，我們不提供臨時勞工。不行，我們只接受三年的合約。不行，你們必須提供住宿。不行，妳一定是在開玩笑。

「跟妳說話的都是哪種笨蛋？」我說。

潔思敏正用手指轉動一枝鉛筆，繞著她的大姆指來回旋轉。她只有在煩惱的時候才會這麼做——這是她慌張時唯一會表現出來的跡象。「合法的。也就是有執照的？」

「執照個頭。如果妳去見剛才跟妳講話的那個人，給他一千塊，他就會替妳解決了。」

「我可不打算違法。」她往後靠著椅背，交叉手臂，眼睛眨也不眨地盯著我看了好久。「你那顆聰明的腦袋裡有什麼其他辦法嗎？」

我不會坐在這裡告訴妳當時我沒想到阿強。我當然有想到。我們因為霍亂失去第一個人的時候，我就考慮過打給他了。我在腦中聽見他吹噓著自己談好的生意，他能夠協商處理的麻煩狀況。你要什麼，我都能弄給你。他說的話有一半是謊言——這點我很清楚——可是另一半呢？在他聲稱的內容裡，只要他做得到百分之五十，就有可能立刻解決我的問題。就算只有百分之三十或二十也很好。不過從另一方面看，我就得跟阿強說話、吃飯，一起去卡拉OK店唱老歌。他可以有正當理由隨時打給我。他會認為我很感激，我必須假裝感激。一邊是以百分之二十的實話解決那個麻煩——另一邊是讓妳想忘掉的人回歸，那個人來自妳以為妳已離開的生活。

那就是我坐著注視潔思敏時，在腦中計算了一遍又一遍的事。她的眼神像是在質疑。最後我說：「我認識一個人。一位老朋友。」

她轉過頭，又開始捲動螢幕上的電話號碼。「我覺得你連朋友都沒有。」

我在手機裡尋找阿強最後傳的簡訊，我知道那就埋藏在幾個星期前的訊息之中。雖然我沒把他的號碼設為聯絡人，不過我也沒刪掉他所有的簡訊。我不知道自己為什麼要留下一些他的訊息——我不會說那是因為我有某種預感，覺得他會派上用場。不是那樣的，而且也沒根據什麼邏輯。我認為有幾則訊息很蠢很好笑，覺得以後可能還會想再看看。那種粗魯的語氣，那種愉快的感覺。他使用的髒話，就我所知沒人會用在簡訊中。在街頭聽見那種粗俗字眼的時候，妳可能會覺得很有趣，可是那些話語寫下來後就有了不同的重量。它們使我震驚，但也會讓我發笑。要是珍妮看到，一定會覺得很厭惡——不只是因為那些話，而是因為知道我竟然認識會寫下那種東西的人。她沒有錯：正派的人不會使用那種語言。

我找到了訊息，走出辦公室，然後撥打號碼。走到一段距離之後，我轉過身，發現潔思敏在注視我，等著看我的對話是熱絡還是冷淡——看我是不是真的能夠做點什麼。我不想讓她聽到我說的話或取笑我說話的方式。我知道我在跟阿強之類的人說話時會改變語氣和態度，因為他們沒時間講客套話，也不會尊重人，除非我們表現得跟他們一樣。如果妳想要他們幫忙，就得像他們一樣。「你不太像個嚴酷的人呢！」潔思敏曾在我跟新古毛（Kuala Kubu Baru）一位水泥供應商講完電話時這麼調侃我。這次我不想聽到那種話，我不想在跟阿強說話時被分心。

我轉身慢慢走，最後到了水池邊，辦公室看不到這裡。可是阿強沒接電話，我被轉進了語音信箱。我沒留言就掛斷了。也許他換了電話，也許那組號碼已經不是他的了——我什麼都不確定。我立刻重撥，一樣，沒人接。

我站了一會，看著水池，水面被幫浦噴進的水均勻擾動著。往後是河口，邊緣那些小樹很快就會被潮水淹掉一半。再繼續往後是鼠灰色的大海，跟平常一樣平靜。

下個星期賴先生開除我的時候，我能做什麼？我可以在他抵達這裡看見損害之前溜走，像移工那樣一夕之間消失。或者我可以撐下去，試著挽救我的工作。（可是要怎麼做？不可能。）我可以請潔思敏找新工作的時候帶著我。就這樣，這就是解決的辦法。她會可憐我，在她找到工作的地方也替我找個像樣的工作。她說她可以很快找到新工作或甚至更好的工作，這並不是在吹牛。她不怕遭到拒絕——原因並不是她很年輕，而是她知道自己可以在世界上生存。其實不只是生存，她可以控制生命中發生的事。她擅長跟人們相處——聽著她講電話或是看著她開會時，我偶爾會覺得她厲害到令人訝異。她的從容，她的自信。有時候我會因為太過驚訝而突然感到一陣短暫的痛苦。

我們從未聊過她的家庭或童年，就像我們總會避免談論我的，儘管我們在對話中常提到我從小在本地成長。不過我知道她跟我的差異其實沒那麼大。我們了解彼此。她看著我的時候，或許會想起自己的兄弟或表親，某個沒像她那麼機智的人。這在我們的家庭中並不少見。年紀比較大的男孩想要仗勢欺人，卻從來沒成功過，因為年紀較小的妹妹或表親比他聰明也更勇敢，結果反而是女孩幫忙男孩寫作業，還替他把青春期的怒火轉換成能讓他父母理解並接受的內容。而她在這麼做的過程中開始憐憫他了；可是她的憐憫也加強了她跟他的連結。他很不幸，她很聰明，所以她必須照顧他。我在我們的村莊隨時都能看見這種情況，聰明的女孩本來應該要搬到大城市再也不回來，但卻選擇留下顧家；而她們那些溫和、遲緩的兄弟則在空蕩的大海捕魚，也沒辦法拿錢回家。憐憫。那就是潔思敏會幫我找到工作的原因。她可憐我。

我開始走回辦公室時，已經在腦中想好了這件事，而我現在冷靜多了。一旦妳接受了生命中某段時期的終結，即使沒出現新的事物取而代之，妳的過去也會開始迅速消失。就像我某天決定離開吉隆坡時，心裡很清楚我在養殖場工作的日子要結束了。沒什麼大不了的。我會請潔思敏替我找份工作，如果她不肯，我就自己找，以前我一直都是這樣的。我會想辦法告訴珍妮，不過是在我找到新工作之後。我不會告訴她我搞砸事情被開除了，我會說我想要改變。我在到達辦公室之前想好了一切——我已經做了決定，所以思路非常清晰。那天晚上我離開養殖場以後就再也不會回去了。我會讓它自生自滅。

我才走進辦公室，手機就響了。我剛才已經把它放進繫在皮帶上的套子裡，它的震動感覺比平常更強，也有可能是因為那天很熱，溫度隨著日正當中而升高，或是因為在外面聽著幫浦噪音之後進了辦公室突然安靜下來。我已經下定決心繼續走別的路，所以花了一段時間才意識到是阿強打的。號碼在方形小螢幕上閃爍，可是我沒馬上認出來，儘管我幾分鐘前才撥打過。

「拜託在我瘋掉之前接吧！」潔思敏說，她正在看著一張紙打字。

「嘿，小弟！」阿強的聲音比平常還大。我聽見背景有金屬敲擊聲，還有人正用我不太清楚的外語大喊。一些笑聲。然後是一陣尖銳的碾磨噪音，暫時蓋過了阿強的聲音。「你打給我嗎？我在一間加工廠。那些混蛋——」

「什麼？你在哪裡？」

「我告訴你了啊，」他現在更大聲說：「在——」

「阿強，」我試圖模仿潔思敏講電話時的專業語氣：「我打電話是因為想問你能不能幫忙。我的意思是——不是幫我，是養殖場。我的僱主有個小問題。我是指，不是問題，只是有個……狀況。」

潔思敏正在繕打文件，目光在紙張和電腦螢幕之間來回移動，可是我知道她正在注意聽。

「狀況？幹那是什麼意思？」阿強笑著說。

「我的意思是，這個狀況需要專業人士解決。」

「等一下，我聽不到你，別掛斷。」他往噪音的反方向走，手機一直拿在耳邊，所以我聽得見他在炎熱中沉重又煩悶的呼吸聲。「好了，是什麼問題？」

我看著潔思敏。「我們有人力問題。」

「人力問題。幹你在講什麼？人力問題個屁啦！」

「我們的勞力不足，」我說：「情況，呃，很緊急。」

「你那個生意都在新加坡的大老闆沒朋友是咩？」

我走到外面。「阿強，」我讓手機緊貼著耳朵，壓低聲音說：「我需要你幫忙。」

氣氛停頓了片刻，而他再次開口說話的時候，語氣已經改變了，不再是剛才那種粗魯尖銳的笑聲。我聽見一些沙沙聲，接著是打火機的金屬鏗鏘聲。

「我需要一些工人。要快。能夠做粗活的人。知道自己在做什麼的工地工人。是份大差事。我可以給他們還不錯的薪水，但是我馬上就需要他們。你能不能幫忙？」

他緩慢地吐氣，而我能想像他的臉，想像他瞇起眼睛吐著香菸的煙霧。彷彿生命很朦朧，也有種美感。「別擔心薪水，不會花你太多的。」

「所以你可以幫忙？」

氣氛又停頓了一下，時間長到讓我以為我誤會了，或是以為他改變了心意。

「你永遠都可以相信我啦！你有問題，就直接打給阿強。你知道的。」

「抱歉給你找麻煩了，」我說。我站在庭院中央，陽光亮到我必須遮著眼睛，儘管我沒在注意看什麼東西。「只是我的情況真的很麻煩。」

「如果你不能依靠童年的老朋友，還能依靠誰？我們就像是兄弟。我們必須互相幫忙，對吧？」

我回到了辦公室，潔思敏正在傳訊息給某個人。她在我一走進去時就開口說話，但是沒抬起頭看我。「哇，你朋友講話一直都這麼大聲嗎？你只是在電話的另一端，他不必把聲音投射到國內的另一側讓你聽見吧！」

「傳妳的訊息吧。等妳弄好我再跟妳說。」

「我可以同時做兩件事。」

我盡量裝作若無其事把消息告訴她，彷彿預期結果就跟太陽從東邊升起一樣那麼正常。「我會有工人。搞定了。」

她放下手機盯著我看。「你在開玩笑。」

我露出微笑，假裝查看文件，好像在尋找重要的資訊。「如果妳不相信我，那是妳的問題。」

我的手機嗶了兩聲，表示有新訊息，而我在打開之前就知道是阿強傳的。

明天見　問題解決了

兄弟要互相幫忙

每次我們見面，我都會注意看她查看她的文件。有些是散裝的，會整齊放在一個資料夾裡。她也有一個孔夾，用彩色的隔板分類標示。大部分的文件內容都是打字，主要是英語和馬來語，不過裡面也有新聞剪報，其中很多來自中國的媒體。她也有很多自己手寫的紙張，有時候她會在我說話時草草記下某些事，寫得很快，每一行都很整齊，筆尖在紙上輕快地移動。我永遠沒辦法像那樣寫字。

我知道那些紙張和筆記全都跟我有關。

我假裝沒在看她。假裝我對她寫的東西不感興趣。可是在大部分時間裡，當她低著頭專注閱讀或寫作，我就會試著看看紙上的內容。我一直沒辦法看清楚。她離我有點太遠了。只要我們其中一個暫停去廁所或廚房，她就會蓋上筆記本跟資料夾，就算我們只休息兩分鐘也一樣。她不想讓我看裡面的東西。

哇，妳有好多文件。全都是妳自己打字的嗎？有一天我這麼說。

沒有很多。這對做研究來說算很正常吧。

那些筆記本裡寫了什麼？

噢，都是一些片段。只有我才看得懂。你不會有興趣的。

今天早上，她在我說話時在一大張紙上寫了些東西，還畫了圖表。我想要看她在做什麼，可是每次瞄過去，我就會變得結巴，沒辦法專心在自己說的事情上。她會抬起頭，而我必須假裝我沒在觀察她。研究計畫。我好奇自己在她的計畫中是什麼樣子，會不會比真實的我更好。或是更差。

快到中午時，她看了手機。她說，真抱歉。我真的很不想這樣，可是我真的得打給我母親。她預約了今天稍晚要到醫院，我必須安排一下。我不會太久的。

她進了廚房，雖然看不見人，但是我可以聽到她在說話。我等了一下，然後伸手拿起離我最近的筆記本。我毫無遲疑地打開它，然後開始讀。

DECEMBER, 12TH
十二月十二日

阿強在中路公路旁等我，就在他描述的位置——一小排商店前面的路邊停車區。他坐在他的車裡，車門開著，邊抽菸邊吃東西——他把手伸進一大袋蝦餅裡，那袋蝦餅就放在儀表板的上方。我在交叉路口等待迴轉時，從路的另一側看見了他——一隻腳掛在車外，輕踩著長滿草的路緣，同時抬起下巴吐出煙霧，就像我們在九〇年代常看的香港黑幫電影那樣。他的動作有點緩慢，帶著一種悠閒的感覺，彷彿他可以跟青少年一樣在那片滿是灰塵的地帶待上好幾個鐘頭。他看見我停到他前方的空位時就下了車，把菸彈到泥土裡，把袋子裡剩下的蝦餅倒在手上，然後塞進嘴巴。

「你不應該吃那種垃圾的。」我說。

「我不在乎，我的身體早就搞爛了。」他在牛仔褲上擦了擦手，接著打開我的副駕駛座車門。「我們開你的車。我的冷氣故障了。」

我們向北開，往內陸切進林地的中心，那裡的路又長又窄又直，除了載運棕櫚油果去工廠處理的卡車，幾乎一片空蕩。道路兩旁的景觀都一樣，棕櫚樹越來越密集，形成一片既濃密又厚實的陰影，看似無止境延伸，彷彿林地的另一側並不是東西向公路或彭亨（Pahang），而是俄羅斯或阿拉斯加，或是土星的第七道環。有一次一位造訪養殖場的承包商給我們看了那片區域的地圖，以及一些從直升機拍的照片。除了大海和岸邊有人居住的不規則狹長地帶，就只有連綿不絕的人造林，像是一整片毫無縫隙又平坦的綠色地毯，而且其中完全沒有破壞地景一致性的小片森林。一片接一片的人造林，每一片的大小都跟新加坡差不多，或是盧森堡。「其實呢，盧森堡比新加坡大很多，」潔思敏說：「我覺得你指的是列支敦斯登，或是安道爾，類似那樣的地方。」我一直沒弄清楚她是怎麼知道這些事的。

「這整個該死的地方在我看來全都一樣，」阿強說：「害我起雞皮疙瘩。如果你想要害死某個人，只要讓他走在裡面，告訴他有間小屋在賣偷來的白蘭地之類的。那個可憐的王八蛋就會兜圈子走上好幾天才死。幹。所以我一直很討厭住在這裡。搞得我一團亂。」

就某方面而言，他說的對，也因此他需要我跟他一起。如果妳想在這裡找到路而不必繞一大圈，妳就得知道怎麼分辨景觀的差異——棕櫚樹的年齡和高度會有點不一樣，有些園地比較舊或比較新，路面跟太陽之間的角度都不一樣，每個村莊都不同，或者也可以尋找被樹木遮擋住的小型祈禱室（surau）或印度教寺廟——除非妳知道它在某個地方，否則妳很可能會直接開車錯過那種小型地標。這些東西能讓妳知道自己走了多遠、是否在某處轉錯了彎、還有多少時間到達目的地。那可是在GPS出現之前的事，別忘了——或者GPS已經存在了，但只有非常有錢的人才能在車上裝那種東西。現在就連我這裡的鄰居開進市區或其他去過上百次的地方時，也會在他們的手機上看地圖。是因為道路改變得太快了，他們這麼說，但這並不是理由。是因為我們改變得太快了。大家都不想再冒著迷路的風險了。大家都不想損失時間。可是我確信妳開在離這裡不遠的那些小路上時，妳的手機一定沒辦法告訴妳怎麼走。我不覺得 Google 會在乎沙白安南（Sabak Bernam）或瓜拉雪蘭莪。

「真的只有當地人才會知道這裡的路，」阿強說：「謝天謝地有你在。如果是我，現在應該已經在開往太平（Taiping）的半路上了。」

我們要找一座種植園，它的名稱對我有某種意義。我覺得多年前我曾經開車經過那裡幾次，當時賴先生跟我為了去買一些便宜的除草劑和網子而經過。在那段日子裡，我們才剛起步，因為訂購的數量太少，所以沒人願意幫我們送貨。他會用客家話親自跟一位老人談好生意——其實他不會講那種方言，不過他從他母親那裡學得夠多，能夠在需要的時候拉攏關係。那時候他甚至還請不起外籍勞工，所以我會一起去，把貨裝上我們的小貨車：一袋一袋搬到車子後方打開的平臺，然後爬上平臺拖進去擺好。我說的是至少十五年前的事了，也許還更久，當時我比較強壯。哇，你真適合做這個！賴先生會在看著我把貨物緊密排放在貨車後方時這麼說，而他說的沒錯：我的身體可以輕鬆應付那種工作，原因可能是我得到父母的遺傳基因，或是因為我在農場工作的那些年。然而沒有什麼能永遠不變，即使是勞動的基因。再過不到幾年，我就會失去那樣子工作的能力了。我結了婚，升了職，身體忘掉了在陽光和雨中做苦工的感覺。不過在開回養殖場那些漫長緩慢的車程中，當我穿越人造林與那些森林樹木，看著小橋蜿蜒跨越平坦的土地時，我不會質疑我的身體，而我的身體也不會質疑我要它做的事。我常把一隻手伸出車窗，另一隻握著方向盤，從未想過後來的我會發生什麼事——從不相信我除了二十三歲還會變成別的樣子。

在我生命的那個階段，一切似乎都很新穎也有些奇妙。我在吉隆坡時有時無做著沒前途工作的那些年結束了，現在我已經穩定任職了一年，還有大好未來在等著我。我記得那些日子裡的每一個細節——賴先生嘴巴開開的在副駕駛座睡著，臉頰側面垂下一條口水。每次我從二檔換到三檔，離合器卡住時都會發出尖銳刺耳的聲音。傍晚太陽下山時，棕櫚樹的葉子會轉變為銀灰色而不是綠色。壞掉的亞答屋（attap）位於遠離道路之處，乾燥的葉子屋頂在去年的暴風雨中被吹走了——那些事物一直都在我的生命中，永遠固定不變，以至於我視而不見。只有在那幾個月——或是幾年，我記不清楚——那些事物得到了關注，然後又逐漸消失。

所以我才會知道「黃金園地」（Golden Land）這個名稱，知道到達那片人造林大略位置的最快路徑。「你確定知道嗎？」阿強在我們卡在一輛延誤車流的貨車後方時問：「你上次去那裡是什麼時候？」

我聳聳肩。「在你出生以前，閉嘴就是了。」

他笑起來，接著頭往後仰，一副要睡覺的樣子，但他還是繼續說話，完全不需要我回應。他說他住在這些地方的時候真的很難受。住在村裡的時候。每一個人都恨他。就連他母親也討厭他——她討厭他是個討厭的人。她常常說，為什麼你不能跟人好好相處？為什麼不能對人友善一點？我們是外地人，我們來到這個地方，我們必須表現良好，要不然就沒人會接納我們。態度溫和一點。客氣一點。如果其他男孩辱罵你，就直接走開；如果他們打你，就直接逃跑。這是什麼屁話。帶著一個十幾歲兒子的單親媽媽，你覺得有人會接納她嗎？花那麼多時間為村裡其他人煮飯、縫衣服、打掃房子，還常常沒拿到錢——這根本沒差，他們還是會看不起她。想像一下，住在那種爛地方的人竟然看不起她。他偶爾會幻想在晚上趁大家睡覺時到村裡各處朝所有房子潑汽油，然後放火燒掉整個地方。他當然從來沒那麼做過。汽油太貴了！總之，現在後悔已經來不及了。他無法融入，結果就是那樣。幸好有我在。唯一使他保持理智的就是我，李福來——傑登李福來，哇塞！不過他母親竟然還告訴他別跟我在一起，還講了不只一次。她喜歡我，卻不想要他跟我相處。

「為什麼？」

「因為你家跟我們家太像了。破碎的家庭。」

「可是她做了水餃給我吃。饅頭。餅乾。」

「別問我，」他回答，同時從盒子裡緩緩拿出一根菸。他停頓了一陣子，然後才打開車窗。空氣在車子周圍急速吹動，悶住了他的聲音，我很勉強才能聽見他說話。「我猜要是你想受到尊重，就得跟值得尊重的人在一起。有錢人。正常人。而不是跟——」

一輛卡車從對向經過，蓋過了阿強說的話。我沒興趣聽他跟他母親對我們的看法。我們很正常，我心想。至少在那個村莊，我們從未出過風頭。我選擇不跟他吵，而是讓他繼續下去。反正都無所謂，那已經過去好久了；那跟我現在擁有的生活無關，跟我的未來無關。

我們遇到一支延伸了幾英里的卡車車隊——那一定是棕櫚油果收成的時節，因為卡車都滿載著橘褐色的果實。我們通過時，卡車引擎的隆隆聲使我很難清楚聽見阿強說的話，這讓我很高興。我聽到一次抱歉，可能還講了第二次。車隊通過後，我才明白他是為了我們年輕時住在吉隆坡而他突然離開的事情道歉。還記得他常提起的那個朋友嗎，就是要到香港一間飯店工作的那位？（不，其實我不記得了。）他找阿強跟他一起去那裡。薪水很高，他們會在旺角或新界某個地方共租一個房間，然後他們會存到足夠的錢，過幾年後回家開創他們自己的事業，例如開一間餐廳之類的。事後來看，這是個愚蠢的舉動，不過當妳很年輕，又處於他那種境況，妳就會覺得虛無縹緲的承諾聽起來也像確切穩固的職涯規畫。

那個時候他有很多問題。（對，這我記得。）他的頭腦都糊塗了，無法正常思考。他開始吃下一些自己在賣的藥丸，弄得腦袋一片混亂，害得他精疲力盡。（我懷疑過，噢我懷疑過，可是我一直不確定。）這個星期他會想像住在香港太平山上的一間閣樓裡，下個星期卻發現自己垂死躺在秋傑市場的路中央。他會連續醒著兩、三個晚上，然後又一口氣睡上兩、三天。他身無分文，隨時都有陷入麻煩的危險——不管是警察或是和他在同一個地方混的幫派分子。因此他才會某天醒來以後心想，我必須離開。就是現在。

他花光所有的錢買了一張前往香港的便宜機票，可是我們都知道那個故事的結局——就發生在那裡，就在故事開始的地方。他跟他朋友降落在香港，可是找工作找了兩個星期都失利後，他只得回家。沒人會僱用像他那樣的人——沒有證件也沒有專長。就連販賣藥草或學校制服那種低級的店也不肯收他。他是可以在低廉的餐廳找到洗碗工作，就像他朋友一樣，不過如果他要做那種事，還不如在家鄉做。他仍然記得那種感覺：坐在香港機場的候機室，聽見飛回家的班機延誤了。他覺得要是沒在接下來十分鐘內搭上那班飛機，他就會爆發，把整個該死的地方砸個稀八爛，揍扁那個告訴他必須等得越來越久、越來越久、越來越久才能回家的人。這是他從小以來第一次覺得快哭了。他一想到要回去原來的地方就覺得既傷心又無力，而他不知道自己是因為丟臉或是鬆了口氣才會這樣。接著他真的哭了出來。

他回來後曾想過打電話給我卻沒打，因為他不好意思。他能告訴我什麼？說他離開然後失敗了嗎？只過了兩個星期？他做不到。他知道我會氣他直接丟下我而消失（我沒有生氣，我心裡想的是：我很高興）；他想不到方法解釋自己為什麼是這麼不可靠的朋友。

這段經歷讓他清醒了。回家以後，他開始去上他之前一直說要參加的電腦課程，後來因此在一家建設公司找到了工作。他就是在那個時候注意到國內的外籍勞工人數。到處都有。某天他在一座快完工的辦公大樓附近看見一組人正在處理天花板的線路，那些人什麼國籍都有。從一段距離之外看過去，那些人似乎撐住了頭上的混凝土，於是阿強心想：少了他們，那棟該死的大樓就會倒塌。事實上，沒有這些工人的話，整個國家都會崩潰。當時的他意識到了從國外引進勞力的商機有多大。沒過多久，他就在一間專做這種事的小公司找到了工作。

可是他覺得很抱歉。那些年來，他一直希望當初能跟我好好道別。

「沒關係，」我說：「其實我不在意。」

他一直說話，但因為開著的車窗外有盤旋呼嘯的風聲，所以我一會兒之後才發現他已經轉移到另一個話題，毫無前兆就改變了焦點，而他一向就是這樣。他告訴我孟加拉人的事。我知不知道平均起來，馬來西亞人比孟加拉人賺的多十倍、十五倍？那就是他們有這麼多人來這裡的原因。如果有一位孟加拉人去新加坡，他可以賺到比在家鄉多五十倍的薪水。五十倍！只要是想賺那麼多錢的人，都會願意搭上船並吃一點苦。不過他們大多數人最後還是會來這裡，因為新加坡有規定、許可，一堆沒意義的東西，而妳無法改變。嘗試賄賂某個人的話，妳就會直接進監獄。沒有許可，就沒得談。可是這裡不一樣。他們可以用各種方式進來，外頭有人會幫助他們入境。只要他們來到這裡，就可以上清真寺，吃清真食物——這樣對他們比較容易，所以他們肯接受較少的薪水。

阿強解釋說，我們現在就是要去找一群剛抵達國內的孟加拉人。總共十八個，大部分是男人，可是他不太確定。如果是孟加拉人，其中就很少會有女人——跟緬甸運輸過來的不一樣，那種就常能找到女人。

運輸。他使用這個詞的方式，就像賴先生提到用卡車載送冷凍的魚到城裡，或是載送我們當成飼料的黃豆粉和玉米粉。可是我瞄向阿強時，看得出他並未發現那個詞聽起來有多麼奇怪。他沒有任何特別的意思——對他而言運輸就是運輸。那只是工作。

他說這些工人還沒接工作，等著由第一份合約指派，而阿強已經安排好他們到附近某個地方了。那個工作還要一個月才開始，所以他可以把他們借給我兩、三個星期——足以完成養殖場的工事並讓我免於被開除。到時候，如果我覺得那些人做得好，他可以處理一下，讓他們之後在國內的時間都留在養殖場。至少三年，如果我要的話想將時間拉長一倍也很容易。

「我不需要那麼久。只要能讓我的人休息，從生病中復原就好了。」

「你付給你那些印尼人多少？」

我告訴他。

「如果你用我的人，每個月就可以省下百分之二十五到三十。孟加拉人太便宜了。想想看——等你老闆知道你可以為他省多少錢，他就會在你阿公阿嬤的墳墓蓋一座廟了啦！」

「我不行。」

「啊？為什麼不行？」

「我的工人恢復以後，我要怎麼辦？」

「開除他們囉！」他笑了，然後開始用口哨吹起一首歌——梅豔芳一首老歌的副歌，可是走音得很嚴重，我一開始還聽不出來。接著他好像想起了某件事，說：「其實，他們已經開除自己了。這麼說好了，在我們年輕時做的那些爛工作中，要是你生病而一個星期沒去上班會怎麼樣？」

「我從來沒生過病。」

「可是如果你有，等你回去工作的時候，老闆一定已經找到新的人了。你以為他們會怎麼做？你生病了，你就會被開除。」

我們正在進入人造林區域，道路兩旁的樹林完美而筆直地排列著——現在長得更高，遮擋住了遠處地勢的起伏。我記得的小山丘在哪裡，上面有電線杆或電塔，某種金屬柱之類的東西？我開始納悶我的記憶是不是有我以為的那麼可靠，不過這時我們看見了一塊標示寫著那片人造林到了。阿強說：「好，現在我們得找到東北方的邊界。你要的人就在那裡。」他往前傾，抬頭看著天空，彷彿能根據太陽找出我們的相對位置——我們兩個都知道他沒這種能耐。「大概是在下個路口左轉吧。」

「不，我們要右轉。」我開得更快了。我想要趕緊到那裡，盡快解決這團混亂。我大略知道林地有多大，也估算了我們抵達目的地要多久——如果我快一點，最多也只要十分鐘就能到。我也想好了該怎麼處理阿強的人。我最多讓他們待兩個星期，也許只要一週或十天，然後我就會讓他們回去找他，編個我們兩個都心知肚明不太能站得住腳的藉口。不過看在舊友誼的分上，我們會假裝沒事，阿強會安排他們去別的地方，而我再也不會見到他們，或是他。他們跟我在一起的日子裡，雖然能完成的很少，不過足以讓賴先生看見他們在工作——這證明了我的可靠與機智。雙方都不會有時間培養任何情感，對他們或對我都是。養殖場只是他們另一個工作的地方，就跟他們以前工作的其他地方一樣熟悉與陌生。我年輕時就知道那種感覺——我記得為了生存而去某個地方工作的感覺。他們不會以為養殖場除了幾天的薪水之外還能給他們什麼別的，他們知道那隨時都會結束。因此，等漢卓跟其他人回來的時候，我會直接打給阿強，讓那些孟加拉人離開。整件事就是這麼簡單。

我在接近園地的邊緣時放慢，這裡的樹林越來越稀疏，所以陽光可以灑落到地上，反射在附近濕地的表面。阿強查看手機上的訊息。「這裡對了。」他說。雨水聚集於空曠的地上形成小池子，正在中午的陽光下越縮越小，而我們的速度已經慢到能夠看見池子裡的漣漪。林地現在位於我們的後方，景觀變得雜亂而原始，在到大約前方半英里外的下一片林地中間有長長的草和低矮的灌木。我們到了那裡以後就折返，尋找人類居住的跡象，可是附近沒人。我們停車下來找——還是什麼都沒有。我開始納悶這整件事是不是阿強編造的，因為我知道他以前就會虛構事情了。人們對他做的壞事；捏造的敵人；他經歷過的美麗巧合；他去過的地方，什麼他都能想像出來。

他再次查看手機，撥了一通電話。「幹。沒信號。這個鬼地方！」

「你到底在演什麼？」我大聲說。我沒想到這幾個字的語氣聽起來那麼強烈，或者也可能是因為在那片寂靜中突然出現了聲音——沒有伴隨潮汐變化而出現的強風，也沒有等待黃昏而喧鬧的叢林昆蟲。「我早就該知道不能把重要的事情交給你這種沒用的人。」

「操你的，」阿強在我們回到車上時說，接著我開始沿原路回去。他一直按手機上的按鈕，可是信號太弱了。「給我消息的那傢伙，我一定要揍死他，把他大卸八塊。」他重複講了幾次，可是我完全沒在聽他說話。喂喂！他對著手機大喊，不過線路還是連不上。

「等等，」我說。車子突然煞住，嚇了阿強一跳，使得他立刻安靜下來。「看那裡。」我指著遠處的一個點，棕櫚樹人造林整齊的線條在那裡變成了雜亂的灌木叢和小樹。阿強拉起墨鏡瞇著眼睛。「那裡。」我說，但他還是沒看見。一片灰色帆布掛在樹幹上。附近地上好像有空的草編袋，那裡大多是髒髒的白色，不過我想我看到了一小片紅色。

「你他媽的在看什麼？」

我下車開始穿越又長又刮人的雜草，走向那些掛在樹影之中動也不動的舊布。要看清楚那些是什麼並不容易，而且有時候在陽光下，我會覺得那些看起來像屍體，是死去動物的殘骸。當我還是小孩，有一天醒來的時候，發現村民在騷動。有人的狗不見了，那種又小又瘦的雜種狗白天都待在街頭，晚上就會成群結隊到處晃，例如去森林裡玩，或是獵捕小型動物，天曉得還有什麼。這隻狗的主人最後發現牠死了：掛在樹上，被一隻黑豹吃得剩下一半。其他小孩跟我跑過去看牠的殘骸，結果我們只看見一片灰白色的皮膚掛在上頭。血或肉都變黑了，而我們認不出牠的臉或是曾經知道的任何特徵。令我們害怕的不是死亡，也不是殺戮的殘忍——別忘了，我們可是在海邊長大，我們看過更糟的情況——我們害怕的是生命這麼容易就能被抹滅掉痕跡。我們沒有任何哀悼或悲傷，甚至沒有領悟到已經結束了。看起來像一件髒衣服，其中一個小孩在我們離開時說。我們笑了，但我們忍不住一直去想那隻狗，還有牠怎麼會變成了只是一塊破布。

走向鉤在前方樹枝上的那些帆布時，我經歷了同樣的恐懼。一件髒衣服。我試著避開地面上濕軟的部分，可是這不容易。有時候我直接一腳踩上看起來像一堆草的地方，結果下面卻是一灘褐色的雨水。阿強正在我後方大聲咒罵。我要去哪裡，我他媽的想要看什麼，為什麼他會答應要幫我。他開始跑，讓小水坑潑濺起來，於是又罵得更凶，而等我抵達灌木叢時，他已經快跟上我了。

我們站在那裡盯著防水布看了一會兒。靠近以後，我們看見了防水布的邊緣吊著其他繩子，顯然是連接到其他樹幹，將整塊布拉開當成遮蔽，而裡面的高度似乎太低，不夠讓成人正常站立。但說不定這是故意的。把一塊帆布吊到天花板的高度，這很明顯就是要讓人住的。如果降低兩、三英尺，讓帆布低於灌木叢，這樣就不會引人注意了。下方的矮樹叢已經清空，整個空間散落著塑膠袋和包裝紙，而且被雨和葉子壓平在地上，但還沒褪色——他們在那裡只待了幾天。再遠一點有一大堆燒焦的樹枝。我用腳輕推了一下，結果底部一層粉狀的白色灰燼露了出來。

「他們待過這裡，」我說：「是最近才搬走的。」

阿強走在小片空地的周圍，一邊踢著地上的垃圾。王八蛋王八蛋王八蛋，他一直重複。說謊騙人的王八蛋。

「看來你說對了。」我說。

「我要好好教訓那個傢伙。」阿強已經回頭往車子去了。「他一定會後悔欺騙我的。」

「誰？」

「我提起過的人，」他說：「那個黑鬼。」

我們回到車子，脫掉了鞋子和濕襪子。我想要把它們擰乾，不過像沼澤的水已經滲透，聞起來很臭，所以我直接丟進了草叢。阿強把他的鞋襪放在車頂，希望能在烈日下曬乾，可是這麼做沒有用，所以最後他也把它們丟了。我赤腳開車，踏板踩起來又硬又有砂礫。阿強沉默著，而我開得很快，沒想到自己竟然能順暢地從一條路接到下一條，總是能找到最順暢的路線。接近城裡的時候，我說：「我看替養殖場找工人的事情就算了。」話一出口我就後悔了，我也預料安靜的阿強會突然發飆起來。但他仍然沒說話，只是凝望著從前方斜射進我們眼睛的午後陽光。

「我會替你弄到的，」他說：「不過你得幫我。我們必須找到帶走他們的那個傢伙。」

令我震驚的是清單。一切都記在清單裡。通常是最無聊的日常瑣事。例如：

※

居家裝飾：（在引言中使用細節？）

日曆（美鳳糕點店）為二〇一四年。

（十一月：桂林峭壁的照片）

春聯，已褪色。（歲歲平安，萬事如意。）

丹麥奶酥餅乾盒（空的？），多處生鏽。

鉤針編織桌墊，藍／紅／黃，最上方角落扯破。

招財貓，手臂沒動。

藤製扶手椅 ×2，扶手網椅

※

或是：

※

冰箱（十二月三日星期二）：

豆腐乳（搭配福建粥）

蛋 ×3

Gardenia 牌麵包（一半）

沙丁魚罐頭，開過，吃了一半

（註記**飲食**↓↓皮膚粗糙，牙齒不好）

※

我不明白她為什麼對這種小事感興趣，也不知道這跟她的研究計畫有什麼關係。

DECEMBER, 15TH&16TH
十二月十五日及十六日

我偶爾會感覺好像有一種疾病遍及了整個州：由兩條河流從有人居住的內陸將疾病帶到下游，在港口匯集，把疾病吐向大海，但就連鹹水也不足以殺死傳染病，所以那種病會在沿海地帶神祕地蔓延開來，又自行釋放到空氣中。我知道情況不是這樣運作的，我知道科學不會支持那種觀點，不過那就是我的感覺。我們得了一種病，而它不會消失。

我和阿強在跟上次一樣的路邊停車區見面。我抵達時，心想原來養成習慣這麼快。跟你在老地方見，他前一天晚上是這麼傳的，事實是這樣沒錯——才第二次，這個地點感覺已經像在我們生命中占據了特定地位，是一個連結著我們的定點。我看見他的香菸一端在早晨的陰暗中發亮——現在才過六點不久，草上還有濕濕的露水。「操他媽的，」他打著哈欠說：「為什麼我要這麼早起來？我一定是瘋了。」

「對我只是平常的工作日，」我回答：「你要喝點咖啡嗎？」

「我不需要咖啡，我需要毒品。」他伸展身體，發出尖銳像吠叫的呻吟聲。「開玩笑的啦。走吧，我們開你的車。」

我們在離公路不遠的一大片灌木叢林地中開到一處新建住宅區，接著道路變窄，通往人造林的中心。房子幾乎快完工了，是一排又一排的普通雙層建築，有綠色屋瓦跟漂亮的前庭——沒什麼特別之處，妳知道那種房屋，妳隨處都能看見——不過工人還在安裝窗戶跟大門。「到底有誰會想住在這裡？」我說：「我們已經離城裡很遠了。」道路的表面還沒處理好，而我們揚起的灰塵有如一層薄紗，讓那些工人看起來就像幻影——從夢中出現的形體。

「城裡已經沒有空間了，」阿強說：「這些房子便宜得要命。再過幾年後回來，我敢打賭你會在這裡看到大型購物中心，還附設電影院跟保齡球場呢！」

他舉起一隻手，在我們抵達一處交叉路口時示意我放慢速度。前方，一群工人正在將一根管子放進溝裡。阿強下了車走向他們，大聲喊了一個我聽不清楚的詞，接著他們全都抬起頭來。其中一個人站直身體，雙手在褲子上擦了擦，好像是要弄乾淨準備握手，不過最後他只是擦掉了臉上的汗水。阿強雙手插腰站著，看著那些人開始鏟挖土堆倒進溝裡。我在那個時候注意到了他們的動作——就算做最簡單的動作也顯得吃力與沉重，例如把鏟子插進土堆——紅色泥土似乎在他們面前變成了堅硬的石頭。每個姿勢都很緩慢，在動作開始與完成之前都帶有瞬間的猶豫，彷彿他們正在思考自己是否有力氣完成他們開始做的事。有個男人蹲下去看著洞。停頓了一下。然後他就摔進去了——是意外而不是故意的。結果要兩個人才能把他拉出坑洞。

我感到膝關節一陣刺痛，然後是我的肩膀。工作的記憶。我的身體正在回想那些年做過的苦工。我看著工人辛苦勞累時，它偶爾就會這樣。即使是現在，如果我在路邊攤吃麵，看到某個人在搬一袋一袋的混凝土，或是用十字鎬敲擊水泥時，我的手臂和雙腿就會想要做出一樣的動作，儘管我知道它們已經無法勝任了。但還是會那樣。最近我在某個地方讀到，有位足球員半夜一直會在地板上醒來，原因是他的身體會做出踢自由球之類的動作，而那種動作既激烈又真實，以至於他整個人摔下床。那個人五十歲，全身都是瘀傷。他甚至從沒做過足球的夢，對足球也不感興趣了。我們身體所有肌肉的所有纖維，所有微小的神經，都會記得我們頭腦忘掉的事。

當妳在太陽底下做著那種工作，妳唯一會想的事就只有盡快完成，這樣妳才可以到陰影中休息，即使只有五分鐘。即使是要接著去做下一個工作。以及下一個。妳不會去想自己做得如何；妳不必想。有人會給妳命令，妳只要遵守就好。妳的身體會遵守妳的命令。妳的動作很迅速，很直覺，甚至很粗魯。粗魯是因為妳正參與一場戰爭——一場在工作解決妳之前先解決它的戰爭；一場為了獲得在陰影中休息五分鐘、十分鐘的戰爭；一場爭取時間的戰爭。在那群人之中完全看不出這一點，而我們當天後來見到的其他人也一樣。他們沒有戰鬥的氣力。

「他們生病了嗎？」我在阿強回到車上時問。

「沒有，」他回答：「他們什麼事也沒有。除了都是懶惰的王八蛋以外。」他拉下遮陽板照鏡子，撥掉頭髮上的灰塵並弄整齊。

他說，那些是他的人，這表示他們正在依他提供的合約工作。通常都是這樣運作的。地產公司或人造林或飯店——不管是什麼——都需要人力，而且通常很趕。他們沒辦法親自到外面直接找到三十個孟加拉或尼泊爾或緬甸的工人，因此他們會聯絡阿強的公司，而他的公司有一堆人待命。僱主支付薪水，阿強從中拿走一點。我們看到的人應該在將近一個月之前就要完成工作，可是事情接二連三出狀況，使得他們還在處理那片討厭的住宅區，完工的日子也遙遙無期。阿強本來希望他們的工作現在進入尾聲，這樣就能偷走幾個替我工作，但那已經不可能了。

「客戶是很有名的地產商，是登記上市的公司，」阿強說：「我不能惹他們。」

「你確定那些人沒什麼不對勁嗎？他們看起來真的很像生病了。」

「他們全都那個樣子啦！」他回答。

我們造訪了一間鐵皮工廠，然後是一間位於棕櫚油樹林地中央的加工廠，接著又去了一處工地——即將是一排孤立於稻田邊緣的小型商家。接著我們去了另一座人造林，那裡有三、四十位孟加拉和印尼工人正要回宿舍，宿舍是一座低矮的混凝土建築，頂部是生鏽的錫皮屋頂，我看不見裡面有什麼。當時白天已經快要結束，陽光開始失去光彩，在樹林上方變成濃重的橘色。他們也一樣無精打采，就跟我們那天見過的每一群工人一樣，有一種超乎平常勞累的沉重感，到了好像連呼吸都會吃力的地步。有些人站在外面，用雙手在水龍頭底下捧著水潑向自己。那種動作看起來非常虛弱無力，無法緩解高溫或沖掉身體的汗水。那一丁點用手捧起的水，沿著他們的軀幹細流而下，將長褲染上深色的斑點，而後來他們的氣色看上去並沒有變好。

這個時候，我才明白那不是我的想像。一整天我都很接近看著工人發紅呆滯的眼睛，聽著他們喉嚨彷彿塗上一層沙子的粗重呼吸。在加工廠那裡有幾個女人——我猜是緬甸人，但我不確定——她們正在使用機器與安排卡車裝載貨物，而一開始我心裡想著也希望她們不會像我見到的男人那樣虛弱無力，希望她們更有抵抗力。結果卻沒有。她們好像全都放棄並屈服於這種疾病了。空氣中瀰漫著一種病。在陸地上，在水中。到處都是。

「你瘋啦！」阿強在我告訴他這個理論時說：「你又急又慌。你的腦袋壞了。」

我們站在工人宿舍的庭院，看著他們拿著塑膠瓶排隊從水龍頭裝水。他們坐在水泥地上啜飲著瓶子裡的水，沒什麼說話。我心想，這裡的水想必來自一口井。我好奇土壤中的化學物質與細菌以及河水會如何滲入井裡。我想到了我們的養殖場，想到我們的工人——我已經將近兩天沒有他們的消息了。

阿強正在跟領班談話，對方來自孟加拉。從阿強站立的方式，還有他雙手插腰，頭稍微下垂的樣子，我就知道那個男人跟他說了什麼。一整天的內容都一樣。沒有多餘的工人——男人、女人或小孩都一樣。他們全都在忙。至於消失的那些，我們也沒有線索。「看來我應該對全球經濟快速成長感到高興吧。」阿強之前這麼說過。他的嘴唇彎曲成微笑，可是沒笑出聲。現在他跟領班談話時，似乎認命地接受了那個未說出口的困境。

「這群人跟消失的孟加拉人來自同一省，」阿強說：「我覺得他們可能會聽說到什麼，也會跟他們聯絡。」

我開始往回走向車子。「你怎麼會覺得他們知道什麼事？」

「那些人裡面有他們的朋友，也許是來自家鄉村莊的人，說不定甚至是親戚——總有人會知道些什麼的。搞不好他們還會聯絡。這些人一到國內，第一件事就是弄到手機。」

「我現在得回家了。」我說。

「我們還得找一個人談，」阿強說：「拜託。」

「沒時間了，大哥。」我發動車子，慢慢開出庭院。天空正逐漸變暗，點綴著敏捷飛行的蝙蝠。

「阿福，」阿強說：「我可以解決這件事的。那些失蹤的工人就在某個地方。有個王八蛋把他們藏了起來，我們必須找到他們。」

「我太太快到家了。我得走了。」

「喝一杯就好，」他說：「這很重要。」

東京飯店（Tokyo Hotel）的酒吧同時也是大廳——因為這裡以前不是，現在也不是什麼又大又高雅的地方——裡面跟平常一樣混雜著旅行中的銷售員、幾個韓國商人，還有一小群來自中國大陸的觀光客，他們濃厚的北方口音劃破了大廳中所有聲音，在室內的另一側都能聽見。那一晚，大廳讓我覺得像是個密封的箱子。也許因為地板是又硬又亮的假大理石，就像妳在高檔或想要仿效高檔的地方見到的那種，或者是因為我在鄉間待了漫長的一天，幾乎沒聽到什麼噪音，只有阿強單調的說話聲，以及他抽菸時降下車窗從外面呼嘯吹入的風聲。不管是因為什麼，那些聲音似乎都過度放大了，不是人類能夠自然發出的。電梯門開啟時清亮地砰了一聲讓我嚇一跳，接待櫃檯的電話鈴聲就跟火警警報一樣尖銳刺耳。我心想，我得打開所有的窗戶——那樣就能讓聲音再次變得正常而真實。或者也可能是我生病了，我的身體被我先前在鄉間見到的那種疾病侵襲了。

「到底有誰會想要跨越亞洲到這種爛地方做生意？」阿強指著韓國商人說。他在最後一段車程中很安靜，只告訴我前往飯店的方向。而現在的他癱軟在一張扶手椅上，似乎跟我一樣耗盡了精力。這種爛地方。我不知道他指的是飯店，是城市，還是整個該死的國家，可是我也沒問。我伸手拿我的啤酒，那已經變溫了，而我只喝了一口就放下——它嚐起來很苦又不吸引人，於是我看著凝結的水珠在玻璃杯上聚集，緩緩滴向桌面，形成了一個小水坑。

一位菲律賓女歌手正在跟她的伴奏準備晚上的演出——大廳的海報上將她宣傳為獨一無二的莎莉塔（Sarita）——而伴奏者是個年輕男子，他穿著尺寸大了三號的晚禮服，正在鍵盤上彈奏簡短的旋律以測試音響系統。喇叭在他調整時發出很長的尖銳聲，接著是一陣低沉的轟鳴聲，似乎是由某種原始的野獸發出，就像恐怖電影裡未知的怪物出現時那樣。我摀住耳朵。測試，一，二，歌手在喇叭調整好之後對著麥克風說。大家好，這樣可以嗎？又是刺耳的聲音，這次是從麥克風發出的。抱——歉。

「他到底在哪裡？」阿強邊說邊四下張望。他在手機上撥了個號碼，把手機拿到耳邊。他喝了一大口啤酒，接著頭往後仰。我看著他的喉結在喉嚨裡移動——那一小塊隆起看起來異常堅硬又凹凸不平，來回滾動著就像是生物。它的活力使我作嘔。

經過漫長的一天，我的喉嚨因為口渴和灰塵而變得乾燥。我想要喝點水，可是沒有力氣舉手引起服務生的注意。反正附近也沒有人——管理酒吧的男人之前曾替我們送來飲料，現在還要兼任櫃檯的接待員。有幾分鐘，我的視線開始顫動，感覺很不可靠，好像無法判斷人們有多遠，他們在室內移動的速度有多快，或者每一個人的動作是為了什麼。那個在椅子上傾身靠向女性同伴的男人——他是要打她，還是要跟她說話？那位匆忙往出口去的飯店經理——是要跑去追某個人，還是要逃離什麼？我脫水了，我這麼告訴自己。我沒生病，只是脫水了。我應該再多喝點啤酒，但光是想到就覺得噁心。

歌手和鍵盤手回到舞臺上開始演出。獨一無二的莎莉塔說了些話，不過麥克風太靠近她的嘴巴，所以我聽不清楚內容，只能感受到她傳達的活力，而這讓我覺得更加疲累了。她開始唱歌——瑪麗亞·凱莉（Mariah Carey）的〈英雄〉（*Hero*）。我覺得天旋地轉。我什麼都搞不清楚了。她緊握一隻手稍微舉起，遠離身體停留在半空中——那是什麼意思？我望向阿強。他含糊唱出歌詞，至少是他以為的歌詞，結果卻是對不上歌手節奏又走音的一連串聲音。

在室內另一側，有個男人從酒吧後方的角落出現，身穿黑色長褲搭配白色襯衫，繫了一條領結。是位服務生。我舉起手，可是他沒看見我。我本來應該要站起來的，但我的雙腿感覺跟全身其他部位一樣很不穩也不可靠，所以我才坐在位子上對他揮手。阿強抬起頭。「他在那裡，那個王八蛋。」他一隻手放到我手臂上不讓我揮動。我不知道為什麼就放下了手。我想說，我很渴。我需要一點水。我需要回家。

服務生慢慢走向我們，而我無法理解他的意圖，就跟我無法理解其他人一樣。他到處張望

——在我看來很緊張，可是為什麼？

「服務生，」我在走到我們桌邊時說：「我要喝點東西。」他戴著一塊名牌，上面寫著他的名字——烏薩爾（Uzzal）。

「你沒接電話，」阿強瞄了他一眼，然後就像是在對其他人講話：「我需要幫忙。」

烏薩爾輕聲說話，他的馬來語帶有濃厚的外國口音——我猜是孟加拉語——但是很流利，足以讓人知道他已經在國內待了很久。他說，他正在上班，他在上班的時候要怎麼接電話？他會在一、兩個鐘頭後跟我們碰面，到時候最後的客人都會離開，他也能讓酒吧打烊。他看著阿強說：「你下次不應該再來這裡了。」

「我們很渴，」阿強回答：「我們要喝東西。」

「我會拿給你們，」烏薩爾說：「可是你們得付錢，要不然我的老闆會懷疑。」

阿強聳聳肩膀。

莎莉塔正在唱〈我會永遠愛你〉（*I Will Always Love You*），而阿強現在似乎沒那麼累了。啤酒讓他的臉頰稍微紅潤了些，眼眶也變得濕潤，看起來像是剛洗好熱水澡，正在慢慢恢復精力。烏薩爾在幾分鐘之後回來，帶了另一瓶嘉士伯啤酒給阿強，一瓶水給我。雖然我現在很確定我不可能那麼做，不過在記憶中，我一口氣就喝光了水。我不記得自己曾像那晚在東京飯店時那麼口渴過——以前和後來都不曾。

烏薩爾是阿強在巴生的掮客。一位掮客的掮客。某個消息靈通的人。獲得成功的外籍勞工。阿強不知道他到底在國內待了多久，不過至少一定有個八年十年，說不定更久。他們第一次碰面時，烏薩爾在附近的一間水泥工廠工作——只是個普通的外勞，是以十五、二十個人為一組的其中一位成員。而這個人之所以顯眼，在於他的衣服總是看起來洗過也燙過，而且散發一種他跟其他人不同的感覺，但其實他跟大家沒兩樣。因為所有人之中只有他會笑，讓人以為他工作時很開心，所以他當然會被升職，而且每次阿強回工廠查看人力時，都會注意到烏薩爾穿著好看的衣服，並以極為熟練的方式安排好底下的人力。阿強覺得很奇怪：他的表現既像他們的指揮官又像他們的夥伴。換句話說，他是他們的一分子，但也不是他們的一分子。

「這麼講好了，」阿強說：「你跟在養殖場工作的那些印尼人是朋友嗎？」

「我們相處得很好。」

「但你們是朋友嗎？你會不會去跟他們吃午餐，聊起你的太太跟小孩——聊那些鳥事？」

「不會。」

「看吧！他們不太喜歡你啦！只要你有老闆，你就有敵人。可是這傢伙不一樣。」

阿強看著烏薩爾工作，發現他應付同伴很拿手，可以讓他們做老闆沒辦法叫他們做的事

——他從不威脅他們，而是哄誘他們。他會跟他們開玩笑。在別人聽不見的前提下暗中提出嚴厲警告。這個人很聰明，某一天可以派上用場，阿強心想。他知道烏薩爾很快就能想辦法替自己弄到適當的文件和穩定的工作。有時候妳就是會對某個移民有那種感覺。妳不會知道他們為何及如何能掙脫枷鎖並在這個國家出人頭地，妳就是感覺那會發生——也許是因為他們比其他人更急切一點，也許他們比朋友的智商高了一些。誰知道。他也認為，這個人知道怎麼招攬生意。果然，阿強隔年帶著另一組工人去工廠時，烏薩爾已經不在那裡了。他找了個老婆，他的同事這麼說。是本地人。他辭了工作，在城裡某一間餐廳上班。要找到他很容易——阿強打過去才幾秒鐘他就接起了電話。

阿強的直覺沒錯。烏薩爾認識那一區所有的孟加拉人——知道哪些是好工人，哪些態度很差，哪些在隱瞞很快就要擊垮他們的傷病。他知道誰打算逃離工作，知道他們躲在哪裡——城裡看不見的貧民窟、河岸上的狹長地帶，或是鄉間的森林之中。他知道移工進入國內時常使用的全部路線，除了水路，尤其還有穿過泰國邊界過來的陸路。他熟知走私者採取的所有技巧，包括將人藏在貨櫃和直接賄賂。那是最常見的。海關官員看到滿載著米或活雞的大卡車，一定知道那些東西底下有什麼。他們只要花上一小時卸貨就能發現藏在裡面的移工，可是只要付給他們足夠的錢就能直接放行了。也許他們不想找到真正藏在裡面的東西；也許他們害怕會發現屍體，例如在一堆咯咯叫雞隻下方擠出的狹小空間裡找到悶死的孩子。妳做那種工作，不代表妳就是沒感覺的人。然而只要一點現金，就能讓妳比較容易睜一隻眼閉一隻眼——有人真的付錢讓妳別去看骯髒又不舒服的糟糕事。任何人都會那麼做。

烏薩爾熟悉所有的招數。他把那些方法存放在腦中，就像其他人把私房錢塞進床墊那樣。包括所有的資訊——如何進來，如何出去，如何生存。他保守著祕密，從不透露給誰，除了付錢的人。外國人和僱主都一樣。那就是他的生財之道。

「就像我說的，」阿強邊說邊喝完他的啤酒：「我一看到行家就會知道。」

「你自己去見他，」我說：「這不關我的事。」

「嘿，你到底還要不要工人？你會害自己被開除的。」他站起來，看了看手錶。「我們會向烏薩爾問出工人在哪裡，然後你就可以回家告訴你的老婆跟老闆，說你把問題解決了。明天我就會帶人到你的養殖場，到時候你回想今天晚上就會覺得，『我他媽的幹嘛這麼暴躁？』就是幫朋友一個忙。這是我做過最簡單的事啦！」

歌手和伴奏休息了，他們坐在酒吧旁的塑膠摺疊椅上。大廳突然感覺空蕩又安靜——聚集在接待區的人們已經消失，酒吧除了我們也沒有別人了。阿強注視他的空杯子，還稍微轉動著，像是在查看泡沫留下的蛇皮圖案。「我們是兄弟，你得支持我，」他的聲音聽起來又像洩了氣：

「我做這一切都是為了幫你啊！」

妳一定在想，為什麼我不直接起身走人？逃跑、離開的時機出現了，就跟之前和之後一樣。我非常清楚當下的情況——我有機會對他說「你知道嗎？這對我而言太麻煩了」——然而知道機會跟把握機會完全是兩碼子事。面對一扇敞開的門，我們之中有多少人會真的走過去？我們從不掌握逃跑的機會。我們會留下來。雖然我們知道有危險，但大腦裡有個聲音會告訴我們沒那麼糟。我們相信生命能夠消除我們遇到的障礙，讓一切變得順利。我們沒想到會有真正的壞事發生在自己身上。一切最後都會沒事的。

我說：「我累了。我頭痛。」

阿強看了看無人的大廳，然後伸進口袋拿出一個小塑膠袋，裡面裝著三、四顆藥丸。「普拿疼，」他笑著說：「治你的頭痛。」

我知道那是什麼——絕對不是止痛藥。我搖搖頭。「打給服務生。我們快解決這件事吧！」

會面點在舊城裡的一座停車場，是在一排店屋中的空地，那裡有一棟因為年代久遠而倒塌的建築，或者是被拆毀的。地面粗糙的庭院一側籠罩在一棵大樹的陰影下，濃密的藤蔓從樹上垂至地面，像簾幕一樣無法穿透。我們就在這裡等烏薩爾，一邊聽著公路上的車聲在夜晚漂流。天空開始下起非常細微的毛毛雨，雨水落在上方樹葉的聲音聽起來像悶住了，彷彿是從距離好幾百英尺的遠處空中傳來，而我覺得自己跟周圍的聲音隔離著，就像被一顆巨大的泡沫隔絕起來。

阿強吃了一顆藥丸，完全靜止不動地站著，目光專注盯著街上。他說藥丸能使他專心，讓一切變得清晰、明亮、樂觀，就像日出時壯麗的景象。我記得他十年前的樣子，記得他因為吃了藥丸有太多精力而整夜不睡覺。「就算我去爬聖母峰也沒辦法睡著的。」他常這麼說。現在的他不再會表現出以前那種帶有神經質的活力——他雙手插進口袋站著，偶爾踢動腳下的碎石，其他時候幾乎沒什麼動。每次有車接近，他就會變得僵硬，稍微縮進陰影中，等到車燈刺眼的光線逐漸消散之後才會放鬆下來。我們站在路燈柔和的橘色光線後方遠處。在晚上的那種時刻，城裡的這個區域車子很少，不過我看夠了阿強的工作，知道保持謹慎是必要的。對他而言是必要的，我心想。除了活在陰影中，他不知道還能用什麼方式謀生。

摩托車的聲音出現時，我們都知道是烏薩爾來了。他的車放慢時，引擎發出了噠噠聲。那部機車滑行到街上未被照亮的地方，就像某種出自本能找尋邊緣地帶的生物。他刻意讓車頭燈逐漸變暗，然後在接近停車場時完全關掉。他在接近時將引擎熄火，跳下來，推著摩托車走向我們。他現在看起來比在飯店穿著服務生的制服時年輕。他的動作迅速而從容，而且走得很快。我覺得很難相信他在國內待了十年——我心想，他當初抵達這裡的時候一定是個青少年。是個男孩。

阿強沒動。他等到烏薩爾夠接近我們時才說話。「我一直告訴你，」他說：「你應該辭掉那個爛工作的。那套制服讓你看起來像隻企鵝啊。」

烏薩爾笑的方式讓我覺得他跟阿強比我以為的更熟識。「我還能怎麼辦？」他說：「乾等著你出現，偶爾給我個幾百令吉嗎？我可是有老婆孩子要養的呢！」他停妥機車，輕輕撐好，確認它不會摔在不平坦的地面上。

「我忘記你現在是爸爸了。」

「是啊！就跟當服務生一樣。」

阿強笑了。「你真會開玩笑。」

烏薩爾臉上還在笑，不過他的眼睛看著我，同時四下張望，彷彿覺得可能有其他人潛伏在黑暗中。

「別擔心，他是我一個老朋友，」阿強說：「小時候就認識了。本地人。他在幫我解決這件鳥事。」

烏薩爾徹頭徹尾打量了我一會兒，好像能找出什麼來測試阿強對我的事說的是不是真話。我想要他注意到細節——我穿著的方式、臉上刻意不露出笑容、適用於輕微農業工作的粗厚鞋子，任何他覺得可疑的微小線索都行，那樣就能讓他知道我完全不是阿強製造出來的產物。我用意志力要他繼續，暗自慫恿他說出，那個傢伙，他不是你朋友，他不像你。他不是我們這種人。叫他離開這裡，我不相信他。我甚至還搖著頭，希望能傳達讓他知道我是意外來到這裡的，而且我有家庭，有工作，有妻子——有著跟這座被廢棄建築包圍的破舊停車場完全無關的完整生活。

他繼續盯著我看了一陣子，這時我才第一次體驗到那種奇怪的感覺，而那種感覺我後來在同一週裡也會經歷，在入獄的期間又會出現——時間放慢速度，對摺起來，彷彿變成了實體，而且正在坍塌，就像我們周圍的建築。我記得我小時候會快樂地滑進想像的兔子洞，出現在另一座大陸上，或甚至是另一顆行星，那裡的景觀和人們我都非常熟悉，以至於我偶爾會難以相信自己是在新的地方——但我真的是，因為在這些新的環境裡，我知道怎麼做決定，選擇對我跟家人好的事，而且居住在這個世界的其他人也全都表現得一樣清醒與從容。然而現在我不是小孩了，我知道這種事情不可能發生。我不知道當下為什麼會想起那件事，那實在荒謬到讓我笑了起來。

烏薩爾轉頭看著阿強說：「我知道你要什麼，可是我幫不了你。」

阿強笑了。「你在開玩笑對吧？」

「朋友，我幫不了你啊！」

阿強往烏薩爾走了一步。只是簡短的一小步，但足以讓烏薩爾做出反應——稍微拖動一下腳步，擺穩姿勢掩飾想要後退的本能反應。

「我付錢給你，可是你不幫我。」阿強說。我不確定這是問題還是陳述。

「是老闆。那個人把他們弄進國內。他有你要找的人。」

「我的公司付錢給那個王八蛋帶他們進來，結果現在他把他們藏起來了。我要找到那個該死的孟加拉人，讓他付出代價。」

烏薩爾沉默了半晌，在半暗的光線中，我看見他往上看著樹冠。當時還在下毛毛雨——雨勢小到我的臉上感覺有一層薄霧。他笑起來，輕輕哼了一聲。「他是在幫你的忙。」

「他把欠我的人還給我，然後滾出這裡，才算是幫我的忙。」

「你應該要替他們弄到許可證，可是你沒有，所以他要怎麼辦？他又不能直接放走他們。」

阿強又往烏薩爾走了一步。這次他真的後退了。「那個傢伙——他走私人口到我們的國家，現在他還想叫我去弄許可證？」

「我只是把他告訴我的內容告訴你，」烏薩爾堅定地說：「如果那些人沒有許可證，他們就不能工作。」

阿強笑了。那是一陣宏亮的笑聲，劃破了雨的寂靜，還在停車場的牆面回響。我查看四周，確認是否有任何經過的行人可能會聽見聲音，不過附近沒人。我心想，我變得像阿強和烏薩爾了——謹慎、害怕。

「看看你，律師先生，」阿強說：「誰他媽的會在乎許可證？今天我們看了兩百個工人。兩百個工人都沒有文件，全都開開心心地工作。所以別用那種狗屁唬我了。」

「我只是把他說的話告訴你。」烏薩爾轉身走向他的摩托車。

「你要多少？」阿強說：「找到他們在哪裡，我給你一千。」

烏薩爾笑了，但是沒轉過來。

「嘿，多少？」阿強大喊。

烏薩爾坐上摩托車，不過沒發動引擎。「那一群裡面有女人，」他說：「還有兩個孩子。他們需要文件。」

「什麼孟加拉人需要文件？等我有文件，我就會解決了啊！」

「他們不是來自孟加拉。他們是羅興亞人（Rohingya）。他們需要難民文件。」

「羅興亞人，孟加拉人——隨便。你們都一樣。」

烏薩爾發動引擎，慢慢騎向道路。

「我朋友明天會過來，」阿強說。我知道他指的是我。「你把消息告訴他。我要去解決你的孟加拉老闆。」

「連我也不知道他在哪裡，」烏薩爾大聲說，然後緩緩地騎走了。他一騎上路面，就打開了車燈，但一直等到過了一段距離之後才開始加速。

阿強咒罵了一聲。他又用他每次稱呼黑皮膚的人那種字眼辱罵烏薩爾。我們走向我的車，而我腦中只想著我當晚那種時間把車子停在不該停的地方，會不會有人注意，還起疑到記下了車牌號碼。可是當然沒人這麼做。我就不會。光是去想有人可能會這麼做就很荒謬了，不過這就是我的思維在跟阿強相處了幾天之後所受到的影響。

「難民文件。他們知道處理那些東西要等多久嗎？那些羅興亞人全都沒有啊！」阿強上車時點了根菸。「我不清楚羅興亞人跟孟加拉人之間的差別。我看起來他們全部都一樣嘛！你分得出來嗎？」

我搖頭。「聽著，這太複雜了，」我說：「這整件事就算了吧！」我以為他會反駁我，告訴我所有應該繼續幫助他的理由，並且找藉口解釋為什麼沒把我先前懷疑的事情告訴我，而現在那些事都很明顯：他處理的業務中有非法移民就已經很糟糕，現在還包含了半死不活的難民。我以為他會說這沒什麼大不了的，要我面對現實，看看現今國內有多少外國人是合法居留的，所以他為什麼要特地告訴我？他會試圖說服我必須幫助他，這樣才能幫助我自己。他會提起友誼的羈絆，雖然那從未存在過，可是因為那對我有意義，所以聽起來會很有說服力。

結果，他保持沉默，然後降下車窗吐出煙霧。風在車內亂吹，使我想起了我們一起度過了漫長的一天，使我想起了疲勞。「也許你說的對，」他過了一會兒後說：「也許我們應該忘了這一切。收拾行李，去住在大西洋中間的一座荒島。」他把臉靠近車窗感受急速流動的空氣，彷彿是在品嚐。

我想要說，你這笨蛋，大西洋才沒有荒島。可是那一晚我已經累到再也無法說話了。

一陣聲音。沒什麼特別的，只是一輛車。不過我整天都坐在這裡，所以我聽得出外面聲音的細微差異。我看都沒看就知道那是計程車，是她搭乘的。從我們開始會談以來，這是她第一次遲到。

她穿過大門時看了看錶。

抱歉我遲到了。

妳的車怎麼了？

我遇到一點問題。不過沒事。我搭KTM通勤鐵路到巴生，然後坐計程車。沒什麼。

妳的車壞了嗎？

她走進屋裡，坐在平常的位子上。她吐出一口氣，往後倒向椅背，好像剛跑了十英里的路，已經沒有足夠的力氣坐直了。

不，被搶走了。

啊？被偷了？

不，被拖走了。吉隆坡市政局的人就在我眼前把車子拖走。我停的地方完全合法，我的票卡才他媽的過期一分鐘，結果他們早就站在那裡準備把它拖走了。他們說如果我付罰款，他們就會讓我走，我就說，罰款，什麼罰款？你們是指賄賂吧，然後他們就開始笑我。欸阿妹，別那樣。天哪。我真該給他們一巴掌的。我他媽的為什麼要忍受這種貶低女性的詞？他們怎麼敢叫我阿妹？真是種族主義的厭女者。我都忘了還有那種事。幹。

妳的語言。妳講話的方式聽起來像我。

我不在乎。你能相信嗎？一分鐘。就那麼愚蠢的一分鐘。他們在我跟他們爭執的時候笑我。一邊笑一邊抽菸。我什麼都做不了。直到卡車過來拖走我的車。

妳為什麼不直接付錢？

她停下來看著我，好像無法理解我說的話。

只是五十、一百塊錢而已，我說。妳應該直接付的。

她瞇起眼睛，讓我覺得是我做錯事，不是吉隆坡市政局那些帶走她車子的人。

那不是重點！為什麼我要付錢？我又沒做錯什麼。他們只是想多賺點錢，而我才不付。懂嗎？那叫貪汙。那就是這個國家的問題——每個人都只顧自己，想要從別人身上輕鬆撈錢。那些白痴，他們可以去死一死啦！

冷靜點，別大叫。

我那時候覺得，你們到底知不知道這是貪汙？拜託。

她從文件夾拿出一些紙張，然後把手機放到桌上，準備像平常一樣錄音。

總之，抱怨也沒用。到時候我再照程序走。現在我們得工作了。

不。我們要去拿回妳的車。

我進入臥室，去拿衣櫃裡一個餅乾盒內的現金——我在過去六、七個月裡存到的錢。我不知道有多少，所以全都拿了。以防萬一。我離開房間，直接走向門口。

等什麼？我對她說。最好現在就把問題解決。

到了拖吊場時，她堅持要我站在一旁，叫我什麼都別說。

你覺得就因為我是女人，所以我沒辦法處理這種事嗎？她說。

哎呀，別說那種話。我只是來給妳加油的。像我這樣的人還能幫上什麼忙？

我假裝閱讀布告欄上的通告，但其實是在聽她跟櫃檯那個人爭執。雖然說是爭執，不過其實只有她在講話，她想要說服他取消罰款。

她說，停車監督員應該要謹慎執法，我才晚了一分鐘。我們應該改革體制，讓它公平有彈性。

那個人甚至沒看她。他注視著自己手機的螢幕，大拇指每隔幾秒就滑動一下。

她提高音量。嘿，聽我說話！你太沒禮貌了。她幾乎要大叫了。

抱歉小姐，規定就是規定。他露出笑容，然後開始翻閱報紙。

你們這些人沒救了。如果你們都是這種態度，要怎麼期待這個國家進步？

她的聲音大到室內另一側的人都轉過來看了。我害怕接下來發生的事，儘管她並不怕。另外一個男人——那間辦公室裡全都是男人——他站起來說，那個蠢女孩在大吼大叫什麼？

蠢女孩？她大喊。你是在叫誰蠢女孩？你要不要出來當面對著我講？

嘿嘿嘿好了好了。我到櫃檯前站在她身邊。我說，沒有問題。我們只是想拿回車子。

妳知道嗎？剛才站起來的男人說。妳的罰款現在是一千令吉了。對，變高了，因為妳是特殊案例。

什麼？你們不能那麼做，她大聲說。

嘿，阿妹。規定就是規定。

你知道嗎？她說。把那部爛車留下來吧。

她轉身迅速走出辦公室。雖然室內有空調，但還是感覺非常熱。那些男人都在看手機或翻雜誌。感覺就像我們從未進過辦公室，甚至從未存在過。

我在外面找到她，她就坐在一棵樹影底下一堵低矮的混凝土牆上。她的後方有一些因為高溫正在死去的小型植物。裸露的土地非常乾燥。

我真需要抽根菸，她說。

我伸出手，打開手心。

搞什麼？她盯著車鑰匙說。你怎麼拿回來的？

我聳聳肩。

你賄賂了？

不然呢？

你付了多少？天哪，你不應該那麼做的。你只會讓體制延續下去。你在鼓勵那些人。

從我給她鑰匙到我們找出車子坐進去時，她都一直在念我，完全沒間斷過。

就是因為像你這種人，他們才敢要人行賄。腐敗是雙向的。受害者根本就不知道自己是受害者。其實，你可以說受害者不只變成了助長腐敗的人，同時也是作惡的人。

哎呀，夠了吧。對不起，好嗎？我只是想要拿回車子。

我們開出停車場，加入路上的車流。我們兩人都沒說話。最後，開到中路時，她說，你付了多少？

六百。

哈，他們還給你打折呢。

我就只有那些了。

她沒回答，而我覺得她可能不想再討論這件事了。但過了一陣子後她說，那是一大筆錢，我很抱歉。

沒關係，別放在心上。

我們沉默地開著，一直到快抵達我家時，她才再次開口。謝謝你，她說。我很感激，很抱歉我那麼大聲說話。

那一晚我打開了餅乾盒。我已經好久沒見過裡面什麼都沒有了，於是我把皮夾裡僅剩的四張十令吉紙紗拿出一張，放進盒子裡。我知道這麼做沒意義，可是這讓我覺得自己還有多餘的錢。我在心裡迅速想了一下我還有多少食物，在拿到錢之前還能活幾天。我在睡覺時告訴自己，不會有事的。

DECEMBER, 20TH
十二月二十日

「你又開始抽菸了嗎？」珍妮問。我們才剛上車，她正要繫上安全帶。「這裡好臭。」

「沒有，」我回答。這是事實。不過就算我把空調開到最大也降下了車窗，阿強的菸味還是殘留在空氣中。

「真難聞。」她抬起前臂用鼻子嗅聞。「味道還滲進我的衣服了。」

然而，幾分鐘後，她還是不得不把她那邊的車窗關上。風將塵土吹進她的眼睛，她的頭髮也開始變得凌亂。她花了很長的時間準備那天早上的會議，而我們從醒來以後就沒說什麼話了。她在工作上有重要的事情時，我偶爾會覺得自己只要說話就會打斷她專心——我的聲音聽起來又粗又難聽，特別是我才起床不久，而且我的喉嚨也因為睡了一覺還有點乾燥。那天早上她正在為一場集會準備，所有賣 Skin-Glo 的人都會參與，舉辦地點就在樂博務邊（Leboh Gopeng）的一座會議中心。她比我早一點起床，後來我準備早餐時，就聽見她在筆電上飛快打字。她是少數被選中在會議中演講的人。這表示她要在演講的內容裡放滿環環相扣的彩色圓圈跟波浪形狀的圖表，還要搭配照片秀出使用 Skin-Glo 的快樂人們。我替她送來茶和蛋——她喜歡的吃法是把蛋煮兩分鐘，再打開放到淺碟子裡，就像在舊式海南人的咖啡店那樣——接著我悄悄把餐盤放在她旁邊。我看著螢幕——她正在翻閱演講的內容，動著嘴脣默念著她的演說——然後我發現她加了幾張照片，那些我很久沒看過了，而且在她東西越積越雜亂的桌面上也沒注意到。我因為工作發生的事太過分心，所以沒問她的工作情況如何。

照片有五、六張，都是珍妮的獨照或我們兩個的合照。第一張是她站在新加坡的魚尾獅前，那是我們結婚不久後的一趟旅行。我們打算存錢去一場真正的蜜月旅行——到國外一、兩個星期，像臺灣之類的好地方，我們會穿上漂亮的衣服，在阿里山或日月潭擺姿勢照相，然後我們可以為相片加框，像別人那樣拿來裝飾客廳。我們也討論過普吉島——我們想像自己穿著飄逸的白色衣褲，融入在完美的沙灘上；我們拍下大字型跳起來的快照，背景是一片藍綠色的大海，明亮到沒人會相信那是真的。就像孔雀的顏色，珍妮這麼說。

可是那一切都在未來，到時候我們就會有比較多的時間與金錢，所以在那之前，我們認為我們可以先在新加坡度過一個很長的週末。四天，沒什麼花俏的行程，只到烏節路上看看商店櫥窗，還有到植物園欣賞蘭花。我們暫住在珍妮親戚位於大巴窯（Toa Payoh）的公寓，那裡有景觀可以看到其他住宅區，有一排又一排完全相同的公寓大樓——白色，長方形，每一層樓都有長條狀的深色窗戶，像是列隊遊行的士兵。在公寓之間有工整的方形混凝土廣場或草地。人們唱卡拉OK的聲音從遠處傳來。我們的房間小到床邊幾乎沒有空間可以走路，還有我們坐在床墊上就能聽見人們經過外面走道時的對話——他們打算到美食街吃什麼、他們要搭幾號公車進城——我們開玩笑說這就像住在豪華飯店。外頭客廳的電視開著，音量調得很大聲，因為珍妮的阿姨年紀越來越大，聽力開始變差了。是一部韓劇，以中文配音。哥！哥！有個女人一再尖叫著。珍妮跟我笑了。「我們一定要離開這裡啊！」我說。

接下來兩天我們整日外出，很晚才回到公寓，那時珍妮的親戚都已經上床睡覺，電視也終於關掉了。我們走在陽光下，滿身是汗，然後到有冷氣的購物中心涼快。我們到小船塢附近散步，在魚尾獅前方和富麗敦飯店（Fullerton Hotel）的紅毯階梯照相，好像我們真的住在那裡。其他真正的客人走上階梯時還對我們會心地點頭，而我們也點頭回應。後來，我們對他們以為我們跟他們一樣的事笑個不停。「明天我們應該去萊佛士酒店（Raffles）呢，」珍妮說：「假裝我們也住在那裡。」我們去電影院看了《哈利波特：阿茲卡班的逃犯》（*Harry Potter and the Prisoner of Azkaban*）。當時那部電影已經快下檔了，所以電影院裡只有半滿。我們坐在靠前面的地方，因為我們想盡量讓銀幕感覺大到蓋住一切。音效敲擊著我們的肋骨，就算後來我們到馬里士他路（Balestier）一間深夜營業的熟食中心吃麵薄和烤雞翅時，也還是能感覺得到震動。

第二天我在回家的公車路上因為吹冷氣著涼，後來就感冒了。第三天珍妮也病了，於是我們下午都待在床上。空氣又熱又黏，我們只好開著窗戶。我們躺了好幾個鐘頭，聽著珍妮的親戚準備晚餐、在電視的噪音中大聲說話。我們想要擁抱，可是我們兩個人都輕微發燒，身體又燙又被汗水濕透，所以我們只是躺在一起，她的手放在我手上。你為什麼要這樣對我？有個男人在電視上大喊——是生硬的配音。我們開始傻笑。

「答應我，我們真正的蜜月不會像是這樣。」我說。

「你在說什麼啊？」珍妮回答：「這就是你的蜜月啦！」

當然，她在開玩笑，我也是。不過隨著時間拖延下去，我們都清楚近期是不會去度蜜月了——因為工作，因為我們還沒有足夠的錢——討論可能的蜜月地點最後也就變成了只是討論。我們看過搭船到貝諾瓦（Benoa）或是京都賞櫻行程的廣告，我們也會討論為了旅行要存多少錢，以及怎麼各自告訴老闆說我們想要休假十天。「想休假十天去賞櫻，賴先生會殺了你啊！」珍妮開玩笑說。她模仿他的語氣：「你變成女人了咩？休假去看花？」

到了某個時候，我們在討論這些幻想的出國行程時就不使用「蜜月」一詞了。我猜我們已經不認為我們的婚姻必須藉由蜜月這種有情感意義的事來慶祝或鞏固。某些事情只有新婚夫婦能做，而我們錯失了機會。我想珍妮一定也有同樣的感覺。我們兩個的年紀都夠大了，知道生命中這些失去的機會再也不會出現。

但還是很可惜。那天早上，我從珍妮背後看著她放進演講的那些照片，不禁好奇我們多年前的那趟新加坡之旅，會不會不只是一場很長的週末而已。我看著珍妮在熟食中心的照片，她把一顆紅龜粿舉到嘴邊，那看起來紅亮肥厚，就像特大號的小丑嘴巴。另一張照片是我感冒那天躺在床上，頭髮變得更亂，甚至比平常更像刺蝟。我在那張照片裡裝出難過的表情，但看起來既滑稽又開心——蠢到讓我在這麼多年後還是會笑。我記得把相機交給正好經過植物園的一位老人，請他替珍妮和我拍張照。他沒辦法幫我們取景，於是往後退。珍妮開始緊張起來——她很擔心他會帶著我們的相機跑掉——不過我說：「別擔心，這裡可是新加坡。沒人會偷東西的。」照片中，我們在樹蕨旁邊擺出像寶萊塢演員的姿勢——雙手緊握，手臂圍成一個漂亮的圓形。我們的笑容很誇張，但卻很真實。

珍妮在照片上方寫了「我的生活」幾個字，後面接著「快樂」和「Skin-Glo」。她繼續看著電腦螢幕，可是嘴巴沒動了。我回到廚房，給自己泡了杯雀巢咖啡。我還在想著自己差點忘記的新加坡四天之旅。後來我經歷了一種失落感，但我不清楚自己失去了什麼。也許什麼也沒有；也許是一切。我們偶爾要到某件事結束時才會意識到它的存在，那個時候都已經來不及慶祝——只能對此感到遺憾。

「我希望妳的演講很順利，」我在車子緩緩通過車流時說。珍妮正往前傾，嗅聞著冷氣出口尋找菸味的蹤跡。「我相信妳一定會表現很棒的。」

「如果大家喜歡我的演講，我可能會得到更多客戶。」

「我相信妳一定會得到一堆的。妳應得的。」

「我聽說有人會拍下那些演講的影片，然後寄給美國的總部。到時候科羅拉多州的人就會看到我了！」

「那太棒了。」

「前幾天晚上我夢到我演講完以後，整個會場的人都站起來為我拍手。大家在喊著我的名字。等我回到座位上的時候，香港部門的負責人就已經給我一份在吉隆坡的工作了。她要我馬上就搬到那裡。然後國內其他區域的銷售員都過來恭喜我。其實我做那個夢的時候並沒有睡著，所以那不算是真的夢。比較像是可能會發生的景象。這不是很有可能嗎？只要一個特別的時刻就能改變你的生命。想像看看。下個月的現在，搞不好是下個星期的現在，我們可能就會到白沙羅高原（Damansara Heights）或肯尼山（Kenny Hills）看房子了。還有選傢俱。」

「其實我對吉隆坡沒那麼熟。總之，我們的房子很棒，對不對？」

她安靜下來，我瞄了她一眼，看見她的嘴唇在動而沒發出聲音，可見又在練習演講了。她的目光直視前方，但我知道她看到的並不是我們前方那部廂型車冒著煙的排氣管，而是一座會場，裡面充滿了注意聽她說話的銷售員。

「對了，你的工作怎麼樣？」她過了一陣子後問：「你解決那個人力問題了嗎？」

「對。對，我解決了。呃，幾乎吧。事情很快就會結束。情況甚至會比之前更好。妳知道的，有時候工作就是得面對困難的問題才能提升到下一個境界。我聽妳以前這麼說過，這是真的。只是我現在才明白。」

她轉頭看我，露出笑容。「我對未來感到非常樂觀。」

「我也是。」我們快到會議中心了，這裡的車流比之前更順暢。

「你救了賴先生的養殖場，他最後一定會給你一大筆獎金，到時我們就用那來付吉隆坡新房子的頭期款。」

「也許吧。」

「你要正面一點啊！」她開朗地說：「像我一樣。要對自己有信心！」

「妳要遲到了。」

「等著看吧！」她邊說邊拿起公事包。「一切都會有很棒的結果。」

當時我看著她，心裡真的相信她的話。

「祝我好運！」她在下車時說。

妳抽菸了。

啊？她抬起頭看了我一眼，可是目光立刻又回到她的筆記上，好像沒真的聽進我的話。她咳嗽了。咳嗽的聲音聽起來又濃又濕。

我說，妳抽菸了。對不對？

那又怎麼樣？你抽了好幾年。

這對妳的健康不好。

看看是誰在說話。你十五歲就抽菸了。

可是我戒了，對吧？妳看起來很累。

我沒事。

她又開始咳嗽，而她想要悶住卻沒辦法。咳嗽比她更有力——她越想壓抑，就咳得越嚴重。她彎著腰，雙手摀住臉。她的背部起伏著，彷彿被咳嗽掌控了全身。最後她站起來去了廁所，接著我就聽見更多咳嗽聲。她回來時，我給了她一杯熱水跟幾顆喉糖。

我不需要糖，我需要一根菸。

妳在玩開笑嗎？妳是外行人。妳根本不知道怎麼抽菸。喝點水吧，這會讓妳覺得好一點。

她喝了一小口水，然後倒在椅子上。

我覺得不太舒服，她說。她的聲音很沙啞。

妳看起來不太正常。發燒了嗎？

她觸碰額頭。沒有，我想沒有。我沒生病。也許有，但那不是身體的病。

我懂了。是戀愛的問題。跟妳的交往對象嗎？妳從來沒跟我說過她的名字。

是前對象。

什麼？

我們在週末的時候分手了。我是指我跟她分手了。

妳在開玩笑對不對？本來不是很好嗎，妳們非常快樂的。

她聳聳肩。我才剛發現我沒辦法跟她一起生活。我們太不一樣了。當然，我們在一起之前就知道那一點，可是我們以為可以克服差異。我們以為愛可以戰勝一切，諸如此類的。不過你知道嗎？愛沒辦法戰勝一切。所以我覺得，最好趕快結束，長痛不如短痛。

妳確定嗎？我的意思是妳們才剛同居。也許是因為妳們還沒習慣彼此。珍妮跟我結婚並開始住在一起的時候，我們什麼都吵。我沒洗我的杯子，吵架。她沒關好門，吵架。我們不知道怎麼同住在一個屋簷下。後來，經過一陣子，那些全都消失了，而她不在家的時候甚至會讓我感到焦慮。我想說的是，也許妳應該再多花點時間。學習跟她一起生活。

不是那樣的。那間公寓很大，我們有很多空間。我們不會影響到對方。我們的差異是……這麼說好了，我們的差異太深了，沒辦法填補。

為什麼？妳不是很愛她嗎？

我就是沒辦法忍受她的原則。她的政治觀。她太……太守舊了。真是個反動派。她覺得一切都很好，唯一有問題的是窮人工作不夠認真。你知道她那天說了什麼嗎？我們的朋友沙菲克（Shafik）被搶劫了。有個人騎摩托車經過，搶走了他的手機。結果她說，都是我們放進來的那些移工。都是他們在犯罪。於是我發飆了。我告訴她，在統計上，外籍勞工在國內的整體犯罪率只占了百分之十。你知道她說什麼嗎？哈，妳怎麼不把這件事告訴那個才剛被揍又被搶的老女人，或是上個星期在文良港（Setapak）被強暴的十七歲女孩。我們應該直接遣返他們才對。她是受過教育的人，她很富有，所以她應該知道別說這種歪理啊！我試著用別的方式說服她，不過她只是聳聳肩膀。隨便啦，她說。事實勝於一切。

也許她說的對。

她錯了！

所以妳們對犯罪的看法不同。那能當分手的理由嗎？

還不只那樣。是一切。她的所有政治觀。對，她是個企業律師，所以我知道她是資本主義者，可是我沒料到她原來保守得要命。她只想著賺錢。我認識她的時候，她開著一輛小型的本田汽車，現在她有一輛很大的奧迪四輪傳動汽車。接下來是什麼，賓利嗎？我這麼開玩笑。她說，嗯哼，也許再過幾年吧。

賺錢有什麼不對的？妳家也很富有，不是嗎？

我們不算富有，但還可以。就是因為這樣，我才會想多做點有趣的事情。有用的事情。她的父母都是銅臭味。為什麼她還想要更多？令我難過的是，她本來不是那個樣子的。我記得我第一次看見她的時候。她在紐約的匈牙利糕餅店（Hungarian Pastry Shop）獨自坐著看一本爛小說。她邊看邊笑，還會搖頭，好像正在閱讀全世界最有趣的東西，於是我心想，我可以跟那種人共度一生。她很有趣，她很愛笑。才不久之前的事而已。現在我們只會坐在沙發上整晚討論貸款利率。

她只是想給妳對未來的安全感。如果沒有一棟好房子，妳怎麼能安心呢？

你知道最糟的是什麼嗎？她支持政府。她看不出我為什麼要去參加反貪腐遊行，還說那是在浪費時間。她真的嘲笑我跟我朋友，把我們當成小孩子。好啊，如果你們喜歡，就去參加，假裝自己是革命分子吧！你們一定是瘋了才會以為能改變情況。我好想離開公寓甩上門，再也不要見到她。

她注視著她那杯水，可是沒喝。她一直低著頭，我心想，也許她在哭。

妳愛她嗎？

我怎麼能跟支持這個腐敗政府的人一起生活？

我問的不是那個。我是說，妳愛她嗎？

她繼續盯著水杯，不過還是一口也沒喝。等到她抬起頭看著我時，她嘆了好大一口氣。

她叫亞莉克絲（Alex）。其實她的本名叫英譚·亞歷珊卓·蘇萊曼（Intan Alexandra Sulaiman），不過她的朋友都叫她亞莉克絲。

DECEMBER, 30TH
十二月三十日

昨天晚上我驚醒了。前一刻我還在深眠，下一刻就完全清醒。我仍然躺在枕頭上，全身在睡眠中斷之前已經維持好幾個鐘頭一樣的狀態，可是突然之間，我就變成像現在坐在這裡跟妳談話一樣反應靈敏、頭腦清晰。是打雷的爆裂聲吵醒了我。一道無中生有的閃電俐落地將夜晚切成了兩半。我不知道妳那個地方的天氣如何——有時候這裡在下大雨，妳那邊卻像撒哈拉沙漠一樣乾。雖然只相隔三十英里，可是在妳住的那裡一切都可能不一樣。這裡的天氣最近一直很陰沉，充滿了又厚又低的雲，通常那表示會下起好幾天的傾盆大雨，甚至好幾個星期——結果卻一滴雨也沒下。每天早上我都會想，今天最好別出門，雨一定會下得很大，到時候就沒公車搭了。每天晚上我都會聞到空氣中的水分，以為晚一點會聽見雨水咚咚打在屋頂上的聲音，不過最後什麼也沒有。只有一片無光的藍灰色天空，充滿了浮腫而扭曲的雲，就像某種即將爆開的奇怪水果。

接著就是昨晚那一道尖銳的雷聲，就像一個油桶被劈成了兩半。我的眼睛突然打開。我在等待下一次閃電。我心想，有了，終於要下雨了。但還是什麼都沒有。我醒著躺了一陣子，完全沒眨眼，就那樣聽著、等著，儘管後來經過一段時間讓我知道不會有暴雨了。沒下雨的天空打雷——就只是那樣。在逐漸睡著時，我納悶是不是自己在做夢，也許那道猛烈的閃電，那陣響亮的雷聲，全都只發生在我的腦中。我偶爾會陷入這種狀態，困在兩個世界之間，不知道自己是完全醒著還是待在其中一個世界，也不知道自己是否正在逐漸進入另一個世界。睡著，奔跑，下雨，燃燒。有時候一切對我都一樣，而我無法分辨差異，無法讓自己思路清晰，也無法用待辦清單將我的日子明確劃分。這種情況從我出獄以後就變得更糟，不過老實說我一直都有點那樣，甚至從小就會了。看看天空。那就跟昨天以及之前的每一天都一樣。今天早上鬧鐘告訴我時間是七點半，然而天色還很暗，讓我覺得夜晚還沒徹底結束。

〔揉眼睛；停頓；眼神放空。〕

烏薩爾走出東京飯店的時候，我差點認不出來。我看著飯店後門等了超過一個鐘頭，那扇門通往一條幾乎沒有人車經過的小街。我把車子停在對街確認能夠發現他的地方——但我還是差點沒認出他。他換掉了飯店的制服，穿著迷彩長褲和一件利物浦足球隊上衣，這種裝扮通常只會出現在本地人而非外籍勞工身上。

那一天非常熱，即使完全降下車窗也幾乎沒什麼空氣，於是我流了很多汗。垃圾堵塞了小街旁的排水溝——通常就是餅乾盒、塑膠袋和斷掉的樹枝。難怪人們會生病，我這麼想著。一旦開始下雨，只要一個星期的傾盆大雨就會讓所有垃圾積聚成好大一堆，阻擋住防洪溝，到時候整座城市就會淹水了。我已經可以清楚看見：眼前的街道逐漸被上漲的洪水淹沒消失，浮木和塑膠的碎片漂浮在骯髒的爛泥中，細菌散播到各處。擠靠在建築側面那些臨時小吃攤的雨篷會無力地垂進水裡。我會坐在那裡看著，困在車上無法動彈，經過一陣子後，雖然門窗都是關上的，但我會發現水從細縫滲了進來，說不定底盤也會進水。有可能那樣嗎？總之，最後我會感覺車子開始漂移，感覺它失去重量，而水流就這樣將我跟其他垃圾一起帶走。

就在此時，我注意到有人從飯店後門迅速走向停在附近的一排摩托車，而就在對方開始要戴上安全帽時，我才發現那是烏薩爾。我正要下車，不過他的車燈已經亮起，引擎也在他離開時噴出一陣廢氣。我回到車上開始跟著他，而我不在意他是否看見了我。這跟妳在Astro電視頻道上看的那些警匪電影相反，在電影中，郭富城或劉德華開著休旅車跟蹤某人時總會試著不被發現，但目標一定還是會看見他們，最後就演變成飛車追逐了。我希望烏薩爾察覺我，不過他沒有，而是以不快也不慢的速度穩定地穿過車流，有時會加速並消失於貨車之間，有時則是耐心等待交通號誌。

經過格拉那花園（Taman Kelana）後車輛就變少了，於是我跟得更近。在我們快到士文達

（Sementa）的時候，他轉進了一處工業區，這裡跟大馬路之間的分隔是一條防洪溝跟一排小樹，樹葉被路上的灰塵覆蓋，厚到比較像是灰色而不是綠色的。我常開車經過這個地方，卻從未認真注意。許多小型工廠與倉庫逐漸隨著時間停業，而我很難看出哪些還在運作，哪些廢棄了。港口的生意已經不如以往，而且現在有好多工作都交給了電腦，很多我們視為理所當然的差事現在也都不需要了。在一間面對公路的工廠招牌上有紙張、鉛筆、廢紙簍的圖案，不過那裡老早就停業了，外頭還被樹木的樹枝與垂下的藤蔓包圍，濃密到很快就會把整棟建築完全隱藏起來。

烏薩爾停在一道又長又高並漆成紅色的波狀鐵皮隔牆外，隔牆最上方有兩道生鏽的鐵絲網。這看起來像是在保護內部的一間廠房——在隔牆後方，我可以看見一片平坦的混凝土屋頂，不過我也看見了晾衣繩。他推著摩托車穿過設施大門，於是我開到他旁邊停下。他看著我的時候，眼睛很明亮也有一點濕潤，看來是剛才騎在路上受到灰塵刺激了。一開始他沒認出我，不過後來他說：「我告訴過你了，我幫不上忙。」

「拜託，」我說：「我跟阿強沒有關係。我甚至不認識那個人。」我不認識他。我說出這些話時，感覺不像謊言，而像是完美又深切的實話，連我都相信自己從未見過阿強。也許是那個做夢的我在說話，是我很希望自己從來就不認識他。在另一個生命中——在那個安全、像樣、真實的生命中——阿強從來就不是朋友。「我有家庭。我有工作。我有麻煩了。」

「我沒辦法幫你什麼。」他說，然後讓摩托車停靠著一面牆。院子裡有其他人，男人和女人在塑膠桶裡洗衣服。兩個小孩站在建築外的階梯上，就待在門口，只要一有麻煩的跡象就會立刻躲進去消失。年紀較大的那一個差不多七、八歲，已經有了足夠的歷練能識別出危險，而她用一種封閉且不歡迎陌生人的表情盯著我看。她這輩子走在街上時，想必隨時都會發現有人擺出那種臉看她，直到她自己也學了起來，成為她的固定表情。別再靠近了。走開。她年輕的臉上這麼說著。她一隻手勾住妹妹的肩膀，而妹妹一定至少比她小了兩、三歲，她還沒跟世界隔絕，不過很快就會了。

我曾經也是跟她們一樣的孩子，站在我們家的門檻上，看著人們走近並評估他們會對我們造成多大的危險。討債的人、村民、外地的遠親。一開始我既著迷卻又害怕，不過後來我變得會懷疑一切。我猜我以前一定有一段時間什麼都不怕，會被所有新奇的人事物吸引，可是我不記得那段時期了。

我向烏薩爾說明了我的情況，沒有加油添醋也沒有誇大其詞。我告訴他到時候我會被開除，我的妻子會離開我，而我又會孤獨一人。我必須像二十歲的年輕人那樣從頭開始，只是我現在的身體已經不再是二十歲時的身體，也許無法為我開創新的生活了。所以我才會恐懼。我的身體已經常常不聽使喚；我的想法和我的行為會發生分歧。就算我願意到國內其他地方的養殖場挖水溝和池塘，我的身體也會拒絕那麼做。如果我得像以前那樣跟另外兩個人共用一層租金低廉的公寓，而且位置離上班地點還要兩個小時車程，那麼我的身體在陽光下工作了一天後，一定完全無法在地板上的薄床墊好好休息。

「你現在是飯店裡的服務生，你能想像再到工廠輪值一次十八個小時的班嗎？」我問。

烏薩爾看著他的孩子，然後走上階梯跟她們打招呼。他抱起年紀較小的妹妹。年紀較大的姊姊則是輕靠在他身上。她仍然用冷酷的目光注視著我。烏薩爾轉身要進屋時，示意我跟上。經過剛開始的一片昏暗之後，整座混凝土建築內部就被從屋頂開口垂下的方形燈管照得通亮。室內是個大房間，以前一定是擺放輕型機械的地方，而我們周圍有塑膠椅跟鋪在地板上的臨時床鋪。在一處角落有個算是廚房的地方，以合板箱靠牆擺放隔開，有一座小爐子跟三桶排在一起的瓦斯。

「如果那些爆炸，」我說：「你們還不知道發生什麼事就已經上天堂了。」

他點起爐子，開始加熱水壺。「你怎麼知道不會是地獄？」

孩子到外面的院子玩了。他們在破損的混凝土上排了一些樹枝，再用我不明白的某種模式從上面跳過去。他們說的語言我聽不懂，不過我在他們熱烈的聊天中偶爾會聽到幾個馬來語的詞，那就像漲潮時伸出水面的樹一樣明顯。一，二，三——。我看著烏薩爾和他家人當成家的混凝土空間，心想，這裡又乾又安全，很棒了。

住在那裡的不只他們三個人，這點很明顯。到處都有衣物袋和一雙雙的橡膠涼鞋。可是他們在哪裡？他一定有位妻子，說不定還有從孟加拉同個村莊來的表親，或是跟他一起長大的朋友。我沒問，他也沒主動透露任何信息。跟移工相處時，妳要學會不問他們家裡的事——妳要避開那個主題，因為妳不會想聽對方說明。怎麼來到這個國家的？父母發生了什麼事？妻子在哪裡？丈夫怎麼死的？妳知道一定會聽到相同的回答——妳以前就聽過，也在報紙上聽過——要是妳無法忍受再聽一次，就得學會別問問題。

他用一個鋼杯裝了些茶給我。茶很燙，有一點苦。

「你應該別再找了，」他說：「你找的那些人——他們沒辦法工作。」

「我們可以安排許可證的事，」我說：「我們可以賄賂警察，沒問題的。」

「不是法律的問題，而是現實的問題。他們生病了，他們虛弱到沒辦法工作。這樣沒用的。」

我很渴，可是茶太濃了，我喝不下去。「你確定嗎？」

他點點頭。他說，他們的旅程很辛苦，超乎一般的辛苦，大部分的人抵達這裡時狀況都不好。他們從緬甸南方一個叫實兌（Sittwe）的地方上船，離他的家鄉不遠。他們從那裡走一般的海路穿過安達曼群島（Andaman Islands）到泰國南方，然後前往泰國境內與馬來西亞接壤的狹長地帶。這段路程不算太長，那個時候的天氣也很好，介於雨季之間，風平浪靜。其實，他在一段時間前從海岸更北方的吉大港（Chittagong）出發時，也走過幾乎一樣的路，所以他知道那要多久。

不過事情出了差錯，船迷航了，他們在上岸的好幾天前就已經喝光了水，於是人們開始死去——他不確定有多少人。只要船上有一、兩個人死掉，就會改變妳在那艘船上的感覺，改變妳對於未來每一天、每個月、每一年的看法。就算妳的身體撐住了，妳的精神還是會希望妳死了。在海上漂浮著，妳會覺得妳也死了。妳失去了朋友，他們的屍體被扔下船時，也會從妳那裡帶走某個東西，而那個東西——是什麼？沒人知道——那個東西再也不會回來了。

他們一上岸，就被帶到泰國南方的叢林營地，要為穿越邊界的路程恢復足夠的精力。有一、兩具屍體被埋在叢林裡——是在上岸之後死去的人。這種事常發生。烏薩爾待在其中一座那樣的營地時，還得埋葬一個他在船上認識的十七歲男孩，那個男孩的夢想是當木匠。為什麼是木匠？烏薩爾從來就沒能了解。男孩得了痢疾，後來死於脫水。烏薩爾在為他挖墳墓時，心裡一直想，這可能會是我。如果我死了，就會有別人為我挖墳墓，而我會被埋葬在這裡，就在這個我根本還沒有機會認識的國家。我的身體會滋養這片新土地的土壤，我會把我自己獻給它，只是不是以我預期的方式。（當時我想告訴他一句中國人常說的話，可是我沒講出來。落葉歸根。妳知道這句話嗎？一切都會回歸到原來的地方。就算到處流浪，妳也一定會回家的。萬物都是這樣自然發展，而我們預期生命也是這樣，也許對某些人來說真的是。但對大多數人不是。）

他們搭卡車被偷偷運過邊界，一路載到霹靂州的南部，現在他們就在那個區域，接連換了一座又一座臨時營地。烏薩爾所謂的老闆，也就是阿強要找的那個人，他想讓他們接受藥物治療，可是要為不應該在國內的人找到協助很困難。那就是烏薩爾聽說的——這群工人之中有很多都生病也垂死了。聽起來不妙。不久之前他可能會介入，試著做點什麼幫忙他們，也許讓他們跟已經在國內立足的家庭一起住，那些人可以照料他們，給他們住處與安慰，那比任何藥物都還有效。但他並不熟悉這種人。他們是羅興亞人。妳知道那是什麼意思嗎？他們是難民，他們住在戰區，他們被迫離家，他們早在啟程離開之前就已經很虛弱也受過傷了。如果妳來自那種地方，那麼不只是妳的身體會受苦，妳的大腦也會超出負荷，而烏薩爾不知道怎麼幫助那樣的人。走私客才不在乎他們帶誰進來，他們只會計算人數。只要船載滿人，他們就開心了。男人或女人——就只是一個人。那是烏薩爾的老闆在某天說的話，不過烏薩爾早就知道了，他從離開孟加拉的那天就知道了。他會知道，是因為他也曾是那樣的一個人。

那個時候他就決定再也不要參與這種事，所以他才沒辦法幫我。他現在有工作，是個像樣的工作。他有文件，也希望再過幾年可以拿到護照。他不能跟這種工作扯上關係，他必須完全脫離。

「我該怎麼辦？」我說。我說話的音量突然變得太大聲了，聲音在混凝土空間裡回響。我想要抓住他的肩膀搖晃他，對著他大吼。他在想什麼——以為他可以直接丟下一切，完全忘掉嗎？

「那不是我的問題，」他說，然後喝完他的茶。我們還站在房間中央，而他看著我幾秒鐘後才拿走我的杯子。「現在我得為孩子弄晚餐了。」

我無法向妳說明那是怎麼發生的——我突然伸出雙手，猛烈推了他的胸口。這件事一方面使我覺得很意外，另一方面卻又不覺得意外。我在腦中意識到烏薩爾跟我陷入了死胡同，知道他無論如何都不會幫我了。我甚至開始想像賴先生回來後發現養殖場沒有工人，而我也不在時，他會有多麼地憤怒。我開始想像阿強生氣了幾天，然後帶著受傷的自尊消失，回吉隆坡去了。

結局應該就是那樣。當時我應該離開了。所以我不知道為什麼我要那樣攻擊他。那只是推了一下，不算太用力，可是我們兩個都很驚訝，而他往後絆了幾步，雖然沒摔倒，但已經失去了重心。我那個杯子裡的茶水灑到了混凝土地面上，而我們兩個人都看著水跡，彷彿那是當時全世界最重要的東西。外頭，孩子還在玩，以唱誦的方式數著數字。十——七——十——八……

我轉身離開，不過走到門口時，烏薩爾叫住了我。

「我可以給你電話號碼，」他說：「就是你找的那個人。我不知道他在哪裡，我也不想知道。把他的號碼拿去，不過別說是誰給你的。」

我把號碼轉寄給阿強，可是沒收到回應。後來我躺在家裡的沙發時，聽見我的手機在餐桌上震動。我沒起身去看，而是繼續轉著電視上的頻道，沒刻意看什麼東西。後來我才去聽留言，而阿強的聲音異常平淡冷靜。你是我兄弟。你最棒了。

可是這不合法，她說。

那又怎樣？某件事不合法，不代表它就不會發生。

我們有處理那種事的法律。我是指你說的那種虐待。我們有針對剝削和暴力的規定。童工。我們真的有法規。

我笑了。妳知道自己住在什麼國家嗎？妳以為妳在瑞士或新加坡嗎？小姐，這可是現實世界。就算在紐約或妳做研究的任何地方，妳以為違法的事就不會發生嗎？

我知道，我沒那麼天真。但還是覺得不好。

妳不相信我嗎？

不，不是那樣的。只是你說的有些事……讓人真的很難接受。

我看著她，然後聳了聳肩。有時候我就是忍不住。談到不愉快的事情時，我知道我應該更小心用詞，盡量讓故事更好聽一些，也讓她可以接受。我看著錄音的手機，看著她的筆在筆記本上潦草書寫。我希望她認為，我喜歡這個故事。我知道我應該更慎重一點，說個好故事，結果我做的卻是相反。我把所有可怕的細節都告訴她，我無法克制自己。忍住，忍住，我心想，可是我卻不由自主地一股腦全講出來。她什麼都沒說，也不會打斷我，而這讓我又說得更多了。

今天我把來自孟加拉的外籍勞工故事告訴她時，已經在腦中想好了一句簡單的說法。那是一段非常艱辛的旅程，有人死了。結果我卻把我遇到的那位外籍勞工所說的內容一五一十告訴了她。走私客把他死去妻子的腹部割開，這樣她的屍體才不會鼓起，到時候丟下船也會快點下沉。雖然移工虛弱到快死了，但還是必須挖墳墓。他們自己的墳墓。這樣他們死了以後，走私客就可以直接把他們推進去。沒有力氣搏鬥，只有足夠的力氣去死。人們會看見自己的傷口長出壞疽，感覺自己的腿正被動物啃咬。

她會抬起頭看，而她的臉色會跟月亮一樣蒼白，並且困惑地張大眼睛，就像孩子聽見壞消息那樣。一開始我想要保護她，不讓她聽這些故事，然而我講述時，卻發現我想要她感受到那種痛苦，確保它會滲進她的世界，她那乾淨、快樂的世界。我想要它變成一朵雲，如影隨形籠罩著她，就跟我一樣，而且隨時都是這樣，所以我才會不停地講。但每次我說完後，都一定會發生相同的狀況。我很內疚把這種痛苦帶進她的生命中，接著我就會想把一切抹除掉，只是我辦不到，無論如何我都不會感到懊悔。我甚至說不出道歉的話。（而且要道歉什麼？）我覺得完全無能為力。所以我就只是呆坐著。

嗯，她停頓了一會兒之後說。那真是很難理解消化呢。

Part IV

January

一月

JANUARY, 2ND
一月二日

跟阿強和我後來知道名叫穆罕默德．阿夏杜爾的男人見面前一天，我在隔了一段時間過後第一次去了養殖場。其實那也沒多久，大概只有四、五天吧，不過感覺像是一個月。我開在前往那裡的小路時，彷彿舊地重遊，要去一個我曾經知道但已經離開的地方。樹上的藤蔓垂得比我記憶中還低，白茅已經長得又密又高，超出了路邊的範圍，讓小路的寬度縮窄到只有先前的一半。我們是在六個月前種植的，目的是為了穩固土壤並在雨季防止土石流，可是它們在這段時間內就已經長得非常茂密了。前一個星期我們就打算去砍掉它們了，就在工人生病之前。現在它們不再像是長長的草，而像是一片亮綠色大海上的波浪。

晚上的風一定很強，因為停車區散落著從樹上被扯斷的樹枝和新葉。潔思敏的車在庭院裡，可是我馬上就知道情況不對勁——驅動幫浦的引擎聲比平常更低更粗。遠處，那些整齊的正方形池塘看起來平靜又帶有銀色光澤，但那也是不好的跡象。靜止不動的水面使我擔心；世界上其他的一切似乎都在移動。

潔思敏從辦公室出來見我。賴先生打來了幾次，每次她都說一切很正常。他還以為會發生什麼？麻六甲海峽會有海嘯之類的嗎？別這麼神經質了。一切都很好。

我可以想像他們的對話。我聽過她講電話幾百次了。她可以使任何人相形見絀，用她的率直和平淡的語氣把賴先生這種人變成小學生，好像她覺得有點無聊，在等對方跟上她。她的謊言為我們多爭取了一、兩天時間——賴先生決定不從檳城趕回來了，他要再待個幾天，好好放鬆一下，跟他老婆出去吃幾頓飯。好主意，潔思敏這麼說。

「妳聞到了嗎？」我說。我們站在庭院裡，兩個人都沒問下一個問題：我們現在該怎麼辦？

「聞到什麼？」

我們開始走向池塘，才剛到第一座魚籠時，我就認出了瀰漫在空氣中那種刺鼻的酸臭味，而且越來越濃烈。氨氣和腐肉的味道。

「嗯。」潔思敏用一隻手摀住鼻子。

我在木頭走道的中間時，開始注意到養殖場遠端的幫浦沒在運作。魚群聚集在水面附近，有時揮動的尾巴會冒出來。我們一邊走，我一邊想到，大部分的人都不會察覺到我們的驚恐。如果妳是外人，跟我們的養殖場毫無關係，那麼妳只會看見平靜的灰綠色水面，還有猛衝的魚群。妳不會感受到表面下的擾動和魚群的不安，其中有些正繞著小圈瘋狂游動，有些則像懸浮在水中般緩慢漂移，就跟繪畫一樣沒有生命。少了幫浦輕微噴出的水流，妳會認為水面平坦，很自然也很平靜。潔思敏跟我看到的卻是死亡之前的停滯。在妳見到平靜的地方，我們見到的是混亂。妳看到事物美妙的秩序，我們看到的是腐爛。

我知道很多魚都快窒息了，牠們沒有新鮮流動的水，餵食也中斷了。也許有東西進了水裡，譬如來自海岸的一些化學物質。我們不需要走到最遠的池塘查看損害，但我們還是那麼做，我們看著魚群構成的銀色地毯，陽光在牠們翻過來的肚腹鱗片上閃爍。風已經停了，而要是沒人跟妳說妳看的是死魚，妳可能很容易就會以為是大海反射光線和雲朵稍微變動所造成的錯覺，改變了世界的樣貌。可是惡臭突顯了事實；化學酸味在我們的鼻孔內部燒灼，讓我們窒息。

潔思敏仍然用手摀著口鼻。她咕噥說了些話，幾乎是氣音。慘囉。其他時候她可能也會說這種話：繁忙的週六下午在城裡找不到停車位；或是手機費逾期未繳；或是發現她忘了帶皮包——現代日常生活的小插曲。不過在這件事中似乎特別適合。一句壓低聲音說出的看法。我們完蛋了。

我們回到辦公室時，顯然連潔思敏也想不到解決的辦法。「你要怎麼告訴賴先生？」她問。「也許你可以直接怪到工人身上。就說他們全都突然消失了，告訴他事實。」

我搖搖頭。我還在試著弄清楚兩池死魚會讓我們損失多少，試著替每一具屍體估算出價錢。如果我們可以找到一些便宜的新工人，多快能夠賺回那些錢？我不是指我們給印尼人的薪水很高，不過根據阿強和烏薩爾對另一批人的描述，我相信我們可以付更少的錢，至少一開始是那樣。如果有人急著想要工作，他們就不會提出許可證和保險的問題。他們甚至不知道那種事。雖然我無法精確算出我們能省下多少，可是長期下來一定很多。如果我可以讓他們在接下來幾天準備好，在賴先生回來的時候努力工作，這樣就能減輕損失很多錢的打擊。我了解他這個人。他不在乎失去工人，他只在乎那會對他的利潤有什麼影響。只要他們能讓他的事業順利運作，他就不會在意。那麼多年以來，他幾乎不知道工人的名字。也許他根本不會注意到我已經完全換掉了一批人。

「我有一些人在準備，」我說：「很快就可以工作了。明天或後天。」我在腦中確信這是真的。我所知的一切規則和慣例在當下全都改變了，我居住的世界似乎不再屬於我，而在這片新的土地上，整群的男人和女人會從家鄉消失，然後出現在完全陌生的外國，而他們不知道自己在哪裡，也不清楚是怎麼過去的。他們可能前一分鐘還活著，下一分鐘就死了，而原因就是他們喝了好幾個月一樣的水。

生命的正常順序已不再適用。妳離開老家的時候是個小孩；等妳抵達新家時，妳已經是大人了。妳甚至不知道那是怎麼發生的。妳找到工作。妳生病。妳結婚。妳很過癮。妳被開除。妳休息。妳被欺騙。妳什麼都沒得到。妳得到了一切。這個世界毫無邏輯可言，事情都是以隨機的次序發生。我無法理解某個事件如何引發下個事件，所以如果我認為隔天我就能找到十二位新的工人，那又有什麼荒謬的？我在完全沒有預警的情況下失去了舊工人，而我會以同樣的速度找到新工人。

「你在開玩笑嗎？」

我搖頭。「我今天晚上會跟某個人見面。明天，我們就有工人了。」

就算思緒一團混亂，我也知道失敗的可能性比成功大得多。但儘管如此——或許就是因為這樣——我還是自由地想像要是那天晚上成功找到新的工人會怎麼樣。他們會在隔天抵達，大家都很疲憊，也許還有點不舒服。我會餵飽他們，買新衣服給他們，讓他們洗澡，把自己弄乾淨。我會自掏腰包給他們一點現金，讓他們知道我們是真的要僱用他們，說不定再讓他們休息半天。到了隔天他們就會全力工作，等賴先生回來的時候，一切就像沒改變過。

那晚我跟阿強碰面時天色黑了，所以我看不清楚他臉上的表情——無法分辨他是緊張或害怕或憤怒。

「吃飽沒？」雖然這是標準的問候語，不過我發現他在那種時刻說出來很奇怪。當時已經快十點，早就過了晚餐時間，所以我當然吃了。我在等他告訴我是怎麼跟阿夏杜爾聯絡上的

——他們在電話上討論了什麼，達成什麼協議——結果他卻開始敘述自己晚餐吃什麼東西。他說，他很餓，沒吃午餐，或是沒吃多少，因為白天太早吃了，所以大概六點左右，他就去了一間海鮮餐廳，點了足夠讓一家人吃的分量。他吃了蒸蝦、一公斤的蟹、馬麥醬（Marmite）排骨、一大碗湯。他不知道為什麼會這麼餓，可是他吃到停不下來——感覺他好像幾天沒吃過東西，而且也從未吃過這麼棒的食物。一切似乎都很新鮮美味，還有那些食物當然讓他口渴了。也許他們在烹煮時加了味精讓食物更可口，而那種化學製品總會讓他口乾舌燥，所以他灌了三大瓶啤酒。他心想，這一晚可能會很漫長，還是吃好一點吧。

「為什麼會很漫長？我們只是要跟那個人談，對吧？確認他交出工人的時間。我們不需要花一整晚的時間。」

阿強聳聳肩膀。「你永遠都搞不懂這些人的。他說他準備好的時候會打給我，結果那王八蛋根本沒打。」他查看手機，螢幕的綠光讓他的臉看起來不成形又很平坦，而我還是看不出他的表情。光線熄滅後，他的臉又融入了黑暗之中，接著他說：「想喝一杯嗎？」他繞到副駕駛座，把手伸進雜物箱。他遞給我一個塑膠杯，然後轉開一個瓶子。他把瓶內的東西倒進我杯子裡時，我聞到了干邑白蘭地濃烈香甜的氣味。「我沒有可口可樂能加進去，」他說：「直接這樣喝就行了。」

我們靠著引擎蓋，看著車輛的頭燈在遠處經過。晚上這個時候幾乎沒什麼車，而我開始數著每輛車間隔的秒數。五，九，十二。

「你之前打給他的時候說了什麼？」我問：「他有人嗎？」

「哎呀，」他笑起來。「你老是愛擔心。安啦！沒問題的。他有人，我們只需要談好價錢。」

我們又喝了一杯，同時阿強也查看他的手機。他撥了個號碼，而我雖然站得離他有幾英尺遠，卻能清楚聽見鈴聲。我記得那一晚有多麼平靜——我記得當時完全沒有風，因為每一次的長嗶聲我都能聽見，就像有人在我耳邊搖鈴那麼清楚。

「我覺得想睡了，」阿強說。他伸進口袋拿出一個小塑膠袋，就是Ziploc那種夾鏈袋。他在夜空下舉起袋子，可是我看不見內容物。他把東西全倒進手心，然後操作手機用光線照著那些小藥丸。我注意到他的手歷經風霜又有皺紋——那雙粗糙的手像是屬於某個年紀大上許多的人。「吃一顆吧，」他說：「這會讓你非常清醒。」

「我不累。」我撒了謊。之前的那十五年似乎已經消失，崩塌在另一個國度裡，我們就像回到了在吉隆坡度過週五夜晚的日子，當時我們才剛脫離青少年時期，試圖在人生中起步。品質可疑的廉價藥丸、漫長的夜晚——那是我們青春的儀式。我吃了一顆，但我不知道那是什麼，也不相信它能真的幫助我保持清醒與警覺，而在接下來的幾分鐘和幾小時內，老實說我並不認為我的精神狀態受到了影響，無論是好是壞。那是我記得在審判時發生的另一件事：我的律師試圖主張我的舉止受到了藥物影響，儘管我已經告訴過她那顆藥丸跟我的行為沒有關係。四杯XO，也許五杯，再加上一顆安非他命或類似的東西——這樣並不會改變什麼。最後，她的答辯失敗了，陪審團不認為酒精和藥丸是相關因素。我也不覺得。這些年來我回顧了那一晚許多次，包括現在，而我同意他們。

阿強的電話響起，接著我就聽見電話另一端是一個男人的聲音。阿強咕噥著說了個單音節的字表示同意，然後收起了電話。他把他的杯子丟進長草堆裡，說：「我們開我的車。」上車後，他從座位底下抽出一個又長又細的東西，外面用布包著。他把它遞給我，說：「拿好這個。以防萬一。」

「你他媽的在開我玩笑吧！」我說。我不必打開他的小包裹就知道那是一把刀。「我們只是要去談一談。為什麼需要那個？」

「我說過，你永遠都搞不懂這些人的。」

「你拿，」我說：「我才不碰。」

「隨便你。」

我們沒過多久就開回了城裡。雖然那個時候路上的車一向都很少，不過那一晚似乎比平常還要平靜。誰知道——也許港口的生意不景氣，停靠的貨櫃船變少了，所以載運貨品到吉隆坡的貨車全都不開了。有時候港口的工作會變少，妳就會看到移工在城裡到處找只做幾天的零工，誰都可以僱用他們。在這種時期，城裡看起來運作得很正常，也就是說像妳這樣的訪客並不會注意到有任何事不尋常。妳會看見公車和市集，看見店主打掃自家門外的人行道，看見人們在路邊攤坐下——可是妳不會意識到焦慮的感覺，不會知道整座城市都要依靠跟遙遠地方的貿易；也不會想到商品的買賣都是由我們永遠不會認識的人們在進行。美國的某個政客決定他們不買馬來西亞的橡膠手套了，同一區裡突然就有十間工廠必須關門；歐洲人為了想要拯救這個該死的行星而禁止在食物中使用棕櫚油，一個月內，整座港口都會陷入困境。生活會繼續下去，但妳會感覺它正悄悄溜走，妳會擔心它再也不回來了。正因為那種恐懼，妳會覺得自己陷入了一種暫停的狀態。表面上看，生活似乎很正常，但其實它就快要停滯了。

那天晚上開進城裡時，我有種跟迷路一樣的感覺，彷彿事情都是由我不認識又距離遙遠的事物與人們所控制。我們開到在一些廢棄房屋附近的停車位，離河岸不遠。阿強帶頭進入一條穿越樹林的小路，之後我們走上了通往河邊的荒蕪小徑。夜空沒有充足的光線，什麼都看不清楚，所以我得拿起手機用微弱的光線照著前方地上以免絆倒。阿強走得很快，毫無遲疑，讓我覺得他以前去過那裡，走過一模一樣的路線。

「關掉你的手機。」他說。我在黑暗中絆了幾次，沒辦法跟上他。接著，在那場謀殺之後，我沿著原路折返時，心裡想的是即使已經半夜了，小徑還是能看得那麼清楚，周圍的景象還是那麼明亮。然而在一開始的前幾分鐘，我連自己的腳都看不到。我只聽見阿強規律踩著步伐穿過高高的草叢，也感覺腳下的地面變得有些濕軟。

我漸漸跟不上他，經過一段時間，他的距離就遠到我看不見了。等我趕上時，他已經在一棵蔓延生長的大樹下大聲說話。我從很遠的地方就聽見他的聲音，一開始很激動。現在他正大吼大叫。搞什麼，你已經不在乎錢了嗎？我要砍掉你那顆白痴的頭。另一個人沒有回應。在黑暗中，他的香菸末端發出深紅色光芒，接著又再次變暗。阿強繼續連珠炮般說話，詞語像長而起伏的小河流瀉而出。他揮動手臂，偶爾指著那個男人的臉，對方在我接近時還瞥了我一眼。我突然能夠看清楚他的臉，就像雲朵散開露出月亮，而在那種時刻，周遭的所有細節似乎都比正午時分還要清晰，雜草的葉片和樹葉的弧線都被月亮照得更加突顯。只是那一晚並沒有月亮——我後來才知道這一點。

我不知道自己當時怎麼會開始注意事物的形狀和紋理，畢竟幾分鐘前一切才被黑暗遮掩住了。阿強的面孔因為憤怒而扭曲，嘴巴和眼睛周圍出現了深深的線條。他變得好老。我也聽見了所有的聲音——他們兩個人的呼吸。阿強的呼吸既短促又吃力，而且會在句子結束時猛烈吸氣，罵完之後則會喘個三、四下。阿夏杜爾的呼吸緩慢刺耳，肺部與喉嚨像塗了一層焦油和痰。他的胸口發出吸菸者的咳嗽聲。跟阿強的歇斯底里對比起來，他的語氣十分平淡。非常清晰。

這是誰？

我表弟。你管什麼？

男人轉身面向我。然後他笑了——笑到使我一度以為這是笑話，以為我們是朋友。

兄弟，他看著我說話。你是來威脅我的嗎？

接著：阿強用粵語罵起髒話。（我記得當時心想，這有什麼意義，那個人又不會說粵語。）

你老母呀！我要斬你個頭。你爭我錢唔還。

男人在笑。他站得很穩，在阿強直接上前靠近時也絲毫不動。唔驚呀，我可以喺呢度殺咗你，沒人會在乎，我兄弟會整死你家人，把你後代都搞到勁悽慘。還是粵語。

為什麼？

香菸的煙霧在黑暗中像是一團羽毛。接著突然有了動靜，是腳步拖動的聲音，然後阿強就抽出了刀子。砍下你的頭看你還笑不笑得出來。但阿夏杜爾像周圍的樹木一樣靜止不動站著，而我知道他不會被撼動。我知道阿強會輸掉這場打鬥。

給我錢我們就讓你走，阿強說。

（我們。他說我們。）

他迅速撲向阿夏杜爾，對方突然就倒在地上了。他們兩個都在地上。我往後退，我得離開那裡，可是我向後絆倒了，我被一堆木頭絆倒，是一根樹枝。阿強的刀子已經掉到地上，消失在矮樹叢中。阿夏杜爾先站起來。他面向我，等了一、兩秒鐘，然後從他的口袋拿出一把刀。刀子輕彈打開，出現在黑夜之中，發出了尖銳俐落的聲響，他走向阿強，而我不知道他要做什麼。我看不見阿強的臉，但我還能聽到他的呼吸，既短促又危急。好像他沒辦法呼吸了。阿夏杜爾站在他前方，看起來像是在檢查刀子，考慮自己能怎麼做。我聽見阿強的聲音。

阿福。

我費勁站了起來。我把手放在身旁的樹枝上，但要撐著站起來時它卻斷了，於是我又摔到地上，手裡還握著那根沒用的木頭。阿夏杜爾笑了起來，然後轉身面向阿強。

我不知道我是怎麼做到的，不過我站起來了。我爬起來，只走了三、四步就到了阿夏杜爾身邊。我知道他沒看見我舉起手臂。我心想：這真蠢，我又沒強壯到能傷害他，他會殺了我。我會打他，可是力道不足以打昏他，然後他就會殺了我。第一擊直接打中了後腦杓，他隨即倒在地上。我看著他的身體緩緩倒下，心想：他是個笨重的人。他想要起來，不過我已經舉起手臂，打了他第二次。然後是第三次。一直持續下去。每一次我都對準他的頭。一開始他想要移開頭，用手臂保護自己，但很快就靜止不動了。我繼續打他。我不知道打了多少次。

後來，法院審理我的案子時，我聽說解剖報告指出我打了他十四次。那個數字對我而言沒有任何意義。就算他們告訴我是一百次或一千次也一樣。我記得自己一次又一次舉起手臂，直到那像是我手臂唯一會做的事，彷彿它的存在只為了那麼做，沒有別的用途。

我停下來以後，望向阿強。現在我可以看見他的臉了——十分蒼白，而且瞪大眼睛。*我們只是想嚇嚇他。我們沒打算要傷害他。所以我才找阿福跟我一起去。*我記得阿強在審判期間說的話，當時他的身分是辯方證人。*我想要那個孟加拉人把他欠我的錢還我，就這樣而已。二對一比較有效。他會害怕，他會給錢。這很簡單。除此之外我們沒想要做什麼。*

阿強在地上躺了一段時間，他看著我的樣子就像這輩子從未見過我。他沒眨眼，沒說話，讓我一度以為也許他受了致命傷；以為我沒看到阿夏杜爾刺中了他。我甚至以為他可能已經死了。人的身體能夠超出肌肉控制，做出各種不可思議的事。畢竟我們是大自然的產物。砍掉蛇的頭，牠還是會咬妳，還是能將毒液注入妳的血肉，不過這種情況比活的蛇更糟，因為毒腺不會知道何時該停止。有時候人死了還是會坐起來張著眼睛看妳，好像他們還活著一樣。我覺得那個垂死或已經死了的阿強正在無聲地問我一個問題——有時人們也會這樣，因為他們無法理解妳為何會表現得如此極端，如此怪異而費解，以至於他們甚至沒辦法問為什麼？

珍妮就常會那樣，例如有一次她發現我把用過的牙刷留下來塞滿了一整個抽屜。我會留下牙刷是因為我不想丟掉，覺得能以其他方式重新利用，像是清潔鞋子或瓶子，不過最主要是因為我討厭丟棄沒壞掉的東西，那是我花錢買的東西。她用一隻手抓著一大把牙刷，看著我的時候什麼也不必說。你到底為什麼要這樣？為什麼你這麼奇怪？不必問是因為我的行為無需解釋。無論如何，她已經有了她自己的答案，而我再說什麼都是多餘。阿強和我當下就是那樣。我們兩個再說什麼都沒有意義。

經過一陣子，我幾乎確信他死了的時候，他卻站了起來，爬上河岸，穿過樹林與矮樹叢，往馬路的方向去。從枝葉的撞擊與斷裂聲判斷，我知道他正在盲目奔跑，而且是以他最快的速度。他沒回頭看我。那是我在審判之前最後一次見到他。

等我再也聽不見阿強時，我知道河岸上就只剩下自己，而我覺得非常口渴。渴到我覺得無法呼吸了。我吞了幾次口水，不過喉嚨感覺就像砂紙那麼粗。我的雙腿開始彎曲，不得不坐下來。我發現我就在那個死人旁邊，距離近到他伸出的手差點就碰上我了。穆罕默德·阿夏杜爾。那個時候要是我知道他的名字，說不定會感到更害怕——對我做的事更感到痛苦，更害怕即將發生的事，害怕接下來的生活。結果，我只覺得四肢劇烈疼痛，痛到我一度以為自己可能會昏倒。

我躺在他身邊。兩具軀體，一起躺在黑暗之中。我根據人類的本能，注意聆聽他的呼吸聲，好像我們兩個人都只是躺下來睡覺。

車程比我預計的更久。那是週六下午，所以就連曲折穿越吉隆坡的公路也堵塞了。我從來沒開車到城外的這個方向，前往雲頂（Genting）的山上。我們抵達最後的收費站，等待通過的車輛已經排到了三、四百碼遠。冷氣吹著我的臉，我很高興開車的人不是我。

只要通過這一小段距離就行了，她說。

果然，我們一經過收費站就不塞車了，而且道路也開始爬升。

沒事的，她說。你會很喜歡的。

邀請的電子郵件寄來時，我並沒有回應。那封信不只寄給我，而是寄給一大群人，寄件人我也不認識——後來我才發現是她出版社的某個人，對方要舉辦宴會慶祝書的出版。對，你的故事，她在打電話問我為何沒回覆電子郵件時說。

亂講。那是妳的書，又不是我的。

但那是你的故事。你一定要來！我會去接你，我們一起開車過去。不答應不行喔！

我們經過由尼泊爾人看守的警衛室，他們在清單上勾了我們的名字後讓我們通行。雖然我們正緩慢地穿過叢林，可是道路非常乾淨，而且偶爾會有一棟大樓從樹林中冒出。我看見人們坐在陽臺上，那裡可以眺望後方覆滿森林的山谷。最後我們開進了某種農場——不是我小時候認識的農場，而是由幾塊整齊修剪的方形菜田構成，點綴著幾棵木瓜樹的一片地帶。入口有塊招牌說這是一座有機農場，而雖然已經傍晚了，田裡還是有幾個印尼工人在工作。我們停車的地方上頭還掛了一株百香果藤蔓。

我們似乎是最後抵達的人，而我們進入會場時，響起了歡呼聲。會場在一棟大型的木頭高蹺屋裡，外面可以俯瞰一座蓮花池。這裡沒有牆壁，一陣微風把一疊紙巾吹得散落在地上。大部分的人都在喝酒或香檳。有人要給我一杯。我拒絕了。

噢，你不喝酒嗎？真酷，那個年輕人說。他的長頭髮綁成馬尾，皮膚如蠟燭般白淨。我替你弄點果汁吧。鳳梨汁好嗎？

大部分的人都說英語，我覺得有一些聽起來像美國人。不過他們全都是本地人，是她的朋友。幾分鐘後，有個人發表了一段演說，內容是在描述那本小說。我猜他是編輯。他講得太快了，我聽不清楚他的話，而突然之間我發現自己其實完全不懂他在說什麼。在演說中的某一刻，所有人都轉過來看我，但我不知道原因。掌聲之後，素敏轉過來看著我。她說的話讓大家笑了起來，不過現在誰說話我都無法理解。她講完後，每個人都鼓掌喝采，然後人們就散開了。有些人晃到自助餐桌前，有些人則待在欄杆旁，一邊抽菸一邊說笑。我等了一陣子，好奇她會不會過來跟我說話，但我看見她正跟一群人熱烈交談，其中包括她的編輯。我非常低調地離開，沿著小徑走到池塘另一側，坐在一棵紅毛丹樹下。

從我坐的地方可以看見宴會，但是沒人看得見我。天色開始漸漸變暗，再往山上處出現了一些煤油燈，如同叢林裡的螢火蟲。那一定就是工人住的地方。雖然很多人都在笑，我卻能特別聽到她的聲音，那聽起來比其他人更明顯。我抬起頭，看見她正跟一個年齡相仿的女人說話。她們一起交談了很久，就只有她們兩人。

漣漪輕輕劃過池塘的水面，雖然在這種光線下看不見，但我知道水裡有吳郭魚。池塘的一側有一臺小型幫浦，旁邊是一叢香蕉樹，而我突然覺得自己產生了幻覺。其實我知道自己有幻覺，不過那感覺很真實。我看見母親蹲在池塘邊，用掛在頸間的小毛巾擦掉額頭的汗，接著劈砍掉一些長進水裡的雜草。她現在比以前更虛弱，手臂緩慢地舉起又放下。她的助聽器偶爾會發出尖銳聲，於是我呼喊她。媽，夠了，進來裡面休息吧！可是她當然聽不見我。

嘿。你一個人在這裡做什麼？你逃離宴會了呢！

裡面有點吵。我需要一點新鮮空氣。

是啊，很多人來了。大家都對你的故事著迷。

我認為他們是對妳的書感興趣。

這不是一樣嗎？

那是她嗎？剛才跟妳交談的人。妳的情人。叫亞莉克絲對嗎？

我的前情人，對。

妳們看起來很配。妳們似乎相處得很好。

你這麼覺得嗎？她笑了。哎呀，現在說那來不及了。

沒有來不及這種事。如果妳們還相愛，為什麼不再試一次？

再看看吧。總之，你呢？不如我介紹一些人給你認識？誰知道呢，說不定你會遇到對象。

好主意。殺人犯一向都很受歡迎。

那不是謀殺。她笑了。我一整晚都能聽見這同樣的笑聲，聲音飄過農場，跟水聲混合在一起。如果你願意，我可以嫁給你。一個激進的女同性戀跟一位憂鬱的重罪犯——絕配。

那才不好笑，我說，但我正在笑。我們都在笑。雖然這一刻只持續了幾秒鐘，不過感覺像是在夜裡拉長延伸了。

我想我現在該走了，我說。

不，拜託留下來！還有很多食物，很多喝的。

我累了，我要回家了。

真是瘋了。給我幾分鐘跟一些人打招呼和道別，然後我開車載你。

不用，不用，拜託。妳留下來開心吧！我查過公車時刻了，附近的村莊每個鐘頭都有一班。

她知道我在說謊，但她決定不反駁。

你確定嗎？

真的，我很確定。如果妳現在離開宴會，我會很內疚的。妳寫得很認真，現在應該好好享受才對。我累了。我得讓雙腳動一動，要不然我的背會出問題。

好吧。可是如果你需要幫忙就打給我。我會開著手機。

我們面對面站著。天色幾乎完全暗了。我覺得我好像應該伸出手，但那麼做感覺不太對，而且她也沒動。

再見，我說。

我走了將近一個鐘頭下山，抵達村莊時，所有商店都打烊了。我坐在一間咖啡店的混凝土階梯上，聽著附近公路上的車聲。汽車和卡車的聲音聽起來模糊而令人安心，就像颳風時的大海。

小說精選

倖存者，如我們

2021年10月初版　　定價：新臺幣420元

著　者	歐大旭
譯　者	彭臨桂
叢書編輯	黃榮慶
校　對	蘇暉筠
	李尚遠
內文排版	李偉涵
封面設計	木木Lin

出版者	聯經出版事業股份有限公司
地址	新北市汐止區大同路一段369號1樓
叢書編輯電話	(02)86925588轉5307
台北聯經書房	台北市新生南路三段94號
電話	(02)23620308
台中分公司	台中市北區崇德路一段198號
暨門市電話	(04)22312023
台中電子信箱	e-mail：linking2@ms42.hinet.net
郵政劃撥帳戶	第0100559-3號
郵撥電話	(02)23620308
印刷者	文聯彩色製版有限公司
總經銷	聯合發行股份有限公司
發行所	新北市新店區寶橋路235巷6弄6號2樓
電話	(02)29178022

副總編輯	陳逸華
總編輯	涂豐恩
總經理	陳芝宇
社長	羅國俊
發行人	林載爵

行政院新聞局出版事業登記證局版臺業字第0130號

本書如有缺頁，破損，倒裝請寄回台北聯經書房更換。　ISBN 978-957-08-6047-4 (平裝)
聯經網址：www.linkingbooks.com.tw
電子信箱：linking@udngroup.com

國家圖書館出版品預行編目資料

倖存者，如我們/歐大旭著．初版．新北市．聯經．2021年10月．360面．14.8×21公分（小說精選）
譯自：we, the survivors.
ISBN 978-957-08-6047-4（平裝）

873.57　　110016936